鉄条網と桜

アニタ・ヘイス　著
岡　紀子　訳

カウラを故郷にもつ全ての人に‥

序章：一九四四年八月五日

宏はまんじりともせずに収容所に突撃ラッパが響き渡るのを待っていた。午前二時だった。ラッパの後、すぐにオーストラリアの警備兵が発砲した二発の銃声が聞こえて来た。

日本人として誇りを持ってなすべきことをする、その時がやって来たのだ。そうすれば故郷の家族に恥と不名誉が及ぶことはない。

捕虜になってからすでに一二ヶ月。それなりに保護され平穏に暮らして来た。それでも捕虜生活には恥と不名誉の影が常につきまとっていた。

ここから逃げ出し故郷の仲間と共に自由を求めて走り出す、その時が来たのだ。

真冬の真夜中のことだ。抜かりなくしっかりと着込み、Bコンパウンドの混沌の中に飛び込んで行った。脱走だ。捕虜たちが決議をして決行すると心を決めたばかりの状況に破れかぶれに走りこむ。この脱走はわずか二十四時間以内でバタバタと決まったことだった。

六百人の男達が、ブロードウエイと呼ばれている、塀で囲われた通路に勢いよく走り出して行った。灯りで照らされた道は、宏がおぼろげに話を聞いたことのあるニューヨークの大通りに似ているのだろうか。

野球ファンの宏はアメリカのことは知っている。アメリカが戦争の相手だということも、そしてこの戦争で自分はおそらく死ぬのだということも、宏にはわかっていた。脱走に失敗して恥にまみれて生きるよりも、名誉の戦死をするべきだと痛感していた。故郷の家族に、捕虜の家族という不名誉な思いをさせてはいけないという強い願いが、ここカウラの捕虜収容所の捕虜達を脱走に駆り立てているのだ。

「天皇陛下、万歳!」男達は走りながら口々に叫ぶ。彼らは第一次世界大戦でオーストラリア兵が着ていた軍服を朱赤に染め直したものを身につけていた。ほとんどがかなり退色している。日本兵が、忌み嫌ったその赤い色を熱湯で煮沸し、色落ちさせていたからだった。多くの兵隊が毛布を足に巻きつけ、手作りの野球グローブを手にしていた。鉄条網をよじ登る時に役立つはずだ。しかし、毛布もミットも弾丸から身を守るには役立ちはしまい。

「お母さん!」

撃たれた痛みに叫び、崩れ落ちる多くの声の中、使命感に燃え、誇りを持って走り出した男達の気高き叫びが次々と消えて行く。宏が散々ニューギニアの戦線で聞いた悲痛な叫び声だ。ここ、カウラでまた戦争を経験することになるとは・・・。

宏はパンナイフを鋭く研いだものを携行していた。しかし彼はそれを使う時が来ないように、と願っている。敵にも、自分にもそれを使う時が来ないように、と。他の兵隊達のように、天皇陛下への忠義心を大義に、また家族に迷惑がかからないようにするために自害する決心は、宏にはまだついていない。彼が走り続けているのは、どうしても家族に会いたいが為なのだ。家族を恥から守るだけでなく、宏の死を知った後に神道のしきたりに従って執り行わなくてはいけない辛い服喪の経験をさせないようにと、その為に走り続けているのだ。

兵隊たちの中には野球バットや頑丈な棒を武器として持っている者もいる。オーストラリアの歩哨が武器を持った日本兵に虚を突かれたら最後、彼らの銃もまたグローブや毛布と同様に役に立たないものになってしまう。

逃げ道はいくつもあった。収容所は四区画に分かれていて十二画の形をしている。ほとんとの脱走兵は南北に走るブロードウェイを逃げ道として選んでいた。ノーマンズランドと呼ばれている緩衝地帯に沿って行く者もいた。大勢に紛れている方が安全だ。少数派に属するのは危険だ。宏は自分に言い聞かせていた。脱走の是非を問われて投票した時と同じ論理だ。

班員たちが各班の班長から収容所からの脱走の是非について投票するようにと言われたのは、ほんの数時間前だった。宏は脱走反対の印、バツを用紙に書きたかった。今、結果として脱走を強いられて走っているものの、本心ではこんなことはしたくなかった。捕虜としての不名誉を抱えたまま生きて行くよりも死に身を投じる、という選択はしたくなかったのだ。他にも脱走に反対の者がいたのは知っている。でも、所詮少数派だったのだ。ほとんどの連中がしたように、内心では否定し、現実として脱走なんか起こさないでくれ、と願いながらも脱走賛成の印を書き、提出したのだ。

精神的重圧はひどいものだった。二者択一。名誉の戦死を遂げるか、生きて故郷に戻るか。捕虜になってしまったという不名誉な烙印からはすでに逃れることはできないものの、これ以上の恥と不名誉を家族にもたらしてはいけないことは、宏にはわかっているのだ。

このままでは助かる可能性は低い。脱走が決まった時から生き延びるには作戦が必要だと考えていた。もし逃げ延びることさえできたら、なるべく長く生きていたい。宏は伝統も先祖も重んじている。しかし、自分では抑えきれないほどどうしようもなく家族に会いたい。

川に出られたらどうにかなるだろう、と宏は考えていた。魚を捕まえて食料にすれば、しばらくの間は生きながらえることができるのではないか。

あたり一面に煙が充満し、宏の肺にも入ってくる。カウラの収容所の小屋を温める薪の匂いではなく、脱走の際に小屋の下に薪を積み上げて火を放った、恐れと憎しみの混ざった匂いだ。宏の走り方は機敏でしかもしなやかだった。彼ほど体をうまくバランス良く使って早く走れる者ばかりではない。数時間前に交わした別れの盃の影響でヨタヨタしている連中も見て取れた。神戸の銘酒、正宗を真似て名付けられた自家製の「カウラ正宗」を宏が飲むことはなかった。彼は素面のまま仲間と別れの言葉を交わしたし、頭がクリアな状態で脱走したかった。しかし今起きている混乱を目のあたりにした今、次に何が起こるのかという恐怖に支配されて、宏は全く冷静ではいられなかった。Fタワーの近くの北東の角の、ヴィッカー銃が備え付けられている見張り塔に辿り着いた時には、彼の周りには日本兵が何人もいた。タワーの上の台に銃が備え付けられていて、二人のオーストラリア兵が辺りをぐるぐると全方向に向けて撃っていた。日本兵が次々と倒れていた。彼らが痛みと苦しみであげる叫び声は、宏の耳には銃の炸裂よりも響き、堪えるものだった。既に負傷し地面に倒れている兵達の声を聞かないように宏は耳を塞いだ。

一歩動く度に次に撃たれるのは自分ではないかと、彼の心臓が早鐘のように警鐘を鳴らし続けていた。同郷の親友、正雄の姿が見えない。しかし、今待ってはいられない。鉄条網に毛布を被せ、他の誰よりも早くよじ登り無事に越えた。力の限り早く早く走り続ける。学生時代に勉強と同じくらい心血を注いだ運動をしているかのようだ。子供の頃に従兄弟と一緒に走った時と同じくらい一生懸命走った。ああ、今、故郷で従兄弟と一緒だったらどんなにか良いのに！

あまりに早く走り続けたので、宏には自分の鼓動が太鼓のように聞こえていた。戦地に赴く準備をしていた宏に、父親が聞かせた太鼓のあの音だった。精神を高揚させるための贈り物ではあったが、それはかつて同時に敵を恐れさせるための威嚇の音でもあり、命令の合図でもあったのだ。オーストラリア人を怖がらせるものは何だろう？彼らは戦地で何を叫ぶのだろう？宏は束の間そんなことを思った。

太鼓の音は宏を駆り立てた。走れ、走れ、逃げろ、逃げろ、逃げ通せ。敵を出し抜くのだ！

数分して、宏はハッと自分が一人だと気づいた。収容所の敷地からは既に脱出していた。同郷の友人の正雄の姿は見えない。急に辺りが真っ暗に感じられた。記憶にある限り一番暗い夜だった。満天の星空だったが、月は明るくない。闇に紛れて走り、逃げおおせるかもしれない。暗さがありがたかった。汗が滴り落ちた。少し走るペースを落とし、注意深くどこかに隠れる所はないものかと遠くまで目を凝らした。どんな可能性があるのかは全く想像もつかないが、とにかく止まってはいけないことはわかっている。今、この時点でただひとつ確かな計画は生きながらえる、ただそれだけだ。

川を探し出さなければならない。そこを拠点に位置関係を探り、川沿いに海へと向かうことができたら・・。地形も地理も見当もつかない。海までどのくらいの位置にいるのかも全くわからない。仲間達が、港まで行けさえしたら、と話していた時には宏は懐疑的だった。でも、今となっては海に出ることができさえすれば、その海は故郷へと繋がっているのは確かだと思える。

銃声が背後にまだ聞こえていた。宏は逸る心に任せ走り続けていた。急坂ではないけれど、起伏のある土地だ。故郷の島の山がちな地形を思い出していた。農民たちが細々と米と麦を育てていたものだった。この地では、イタリア人捕虜たちが農場で働いていることは知っているが、そこにたどり着くまでに今夜これから一体どのくらいの丘を越えて行かなくてはいけないのか、宏には見当もつかない。

喘いでいるうちに、いつしか思いが沈み、古い白黒写真のアルバムをパラパラとめくるように宏の脳裏に自分の過去が思い出された。思い出が溢れて出て来た。出征の日に母親が流した涙。脳裏に浮かぶのは愛する家族、今まさに恋しく焦がれる、故郷に残した顔、顔、顔、そしてあの頃の平和な生活だけだった。

この見も知らない異国の町の外を走る暗闇の中、進み続ける一歩一歩が故郷への思いを新たに呼び起こしていた。たまらないほど切なく、まだ甘美な思いとしてさえ感じられた。

さあ、これが最後に見る収容所の敷地の姿だ。何が起ころうとも二度とあそこには帰らないのはわかっている。帰ることはできないのだ。一九四三年から収容されていて、一年を過ごし、また新たな季節がやって来るところだった。夜明けにユーカリの木に止まるワライカワセミたちの鳴き声を聞き、夜半のフクロウの声に耳を傾け、宏自身は見たことがなかったけれど、仲間が面白おかしく語る、小屋に出てきた蛇にまつわる話を楽しんだものだった。近所のロックラン川での魚獲りがなかなか良いことも聞いてはいたが、釣り具があるわけでもない。

宏はつまずき、よろけて、大きく息をつき、周りを見回した。向かう先に灯りがチラチラと瞬いているのが見えた。その後ろ側では火が焚かれているようだ。銃声が続いているのと、日本兵の叫び声とがまだ微かに聞こえていた。宏はまた走り始めた。

故郷への思い、どうして生き延びたいのか、不名誉な状況を押してまでなぜ家族に今一度会いたいとこうして命がけで逃げているのか、という考えに集中して、自分の乱れた呼吸と胸の拍動から気をそらそうとする。

あの、華奢な母親をもう一度抱きしめて、息子の安否を心配し続ける負担から解放してあげたいのだ。大学で英語を学んでいた宏の二十歳の誕生日に、徴兵検査を受けろと強要した父親とは違って、母親は思いやりと愛情に溢れた人間だ。

卒業するまでは兵役は免除されることを宏も父親も知っていたが、父親はそれをよしとはせず、とうとう二十二歳で兵役につくことになった宏の肩にグッと力を込めて手を置き、「戦争に行くからには死んで来い」と言ったのだった。宏にはその意味は痛いほどわかっていた。不名誉の帰還をするくらいだったら名誉の死を遂げよ、ということなのだ。

人生を平和的に捉えている母親の記憶が、一番重要で強いものとして宏の行動の指針になっているのは、こういった背景があってのことだった。日本人としては戦争反対とは口が裂けても言えない状況で、母親の気持ちは公には抑えるしかなかった。そんな中で「無事に帰ってきておくれ」と別れの際に宏の耳元に囁いたのも彼女だった。宏が逃げ出してきた状況、そしてこれから踏み込んで行く場所には恐怖が立ちはだかっている。しかし、極限まで彼は走り続けなくてはいけない。ただただ、母親に会うその為だけに。

パニックで過呼吸を起こし始めた。体がわなわなと震え、痙攣している。波のように吐き気が襲ってきた。銃声がさらに聞こえた。親友の正雄も他の兵隊たちももう殺されてしまって、自分はたった一人になったかと思うと恐怖で体が動かなくなった。呼吸を整え、兵士として受けた訓練を生かして立ち上がった。直立不動の姿勢を取り、軍事的信条、いわゆる戦陣訓を静かに唱え始めた。彼が取るべき行動の指針。「恥を知るもの強し。常に郷党家門の面目を思ひ、愈々奮励して其の期待に答ふべし。生きて虜囚の辱を受けず、死して罪禍の汚名を残すこと勿れ」

＊『戦陣訓』より（名を重んじ武人としての恥ずかしい行動をしない者は強い。常に戦陣における自分の行動が、直ちに郷里の人々や、家族親戚たちの名誉に影響することを考え、一層奮い立って、これらの人々の希望に添うように努力せねばならない）

捕まったらどうするべきかの覚悟はもとより、宏には脱獄の覚悟さえなかった。

日本人兵士はただ立派に戦って死ぬように、と教育されていただけだった。捕虜となることも脱走することもそして脱走後に捕まることも、全く想定されていない。収容所に到着した当初は、不安と感情の発散のため大抵の者は荒れていた。　また他の日本兵から前以て聞いていた話の悪影響を受けて、反抗的な態度をした際には、オーストラリアの看守から厳しく扱われたこともあったが、その後は敬意を持って人間として接してもらっていた。

尋問された時にはオーストラリアの担当官の優れた日本語能力に感心したものだった。それゆえに尋問されてもあまり抵抗なく答えることができ、さらには協力的に話をしさえしたものだった。宏は好戦的でもなく、尋問官を手こずらせることもなかった。お互いに対する尊敬の念が生まれていた。

捕虜の中には甘いものやタバコで、尋問官に操られる者も少なくなかった。　オーストラリア兵たちは必要な情報を得たい時には「最後に甘いものを食べたのはいつだったのかい」と甘いものを差し出しながら質問を始めたものだ。

捕まってしまった気持ち、糖分への渇望、母親が作ってくれた甘い餅菓子、どれも現実のものとして宏には実感されている。餅菓子の味をまざまざと思い出すことさえできる。

もちろん、綺麗事ばかりではなく、嘘も必要だった。他の兵隊がしていたように、宏もまた偽名を使い、自分が収容所にいることが絶対に日本の家族に知られることがないように気をつけていた。カウラの収容所にいたという事実も、また戦で捕まったことがあるということも決してわからないようにしていたのだった。捕虜だと知られた瞬間に、恥の人生が始まってしまうから、隠し通さなければならない。

軍人としての階級についても嘘をついていた。大学卒という学歴がわかれば、大日本帝國陸軍では士官であることを意味する。Dブロックには士官が集められていたが、宏は嘘をついていたのでそこで他の士官と一緒になることはなかった。

今回の脱走には士官は参加していない。宏は一兵卒であることにして、親友の正雄と一緒にいられるようにしていた。親友とも別れた環境で囚われるのはさらに惨めで嫌だった。

収容所での生活は前線よりも、そして軍事訓練よりも遥かに居心地の良いものだというのが現実だった。日本軍はニューギニア島に飢えた日本兵を置き去りにして、食べ物を得るために彼らが敵と戦わざるを得ないように仕向けていた。それに比べ、ここでのオーストラリア兵たちは日本人にきちんとした食事を与え、扱いも良く、まるで理想郷のようなものだ。宏はそんな扱いをしてくれることに敬意を覚えていたものだ。Bコンパウンドに来てからというもの、まだ痩せているとはいえ、体重は増えて来ていた。

宏にとってニューギニアのことは遥か昔のことに思えた。

川に出た。簡素な小屋が点在しているのが見受けられる。集落は鉄道橋の下で、近くに採石場がある。六つの小屋が川と、橋の南側にある道路との間に建っていて、さらに四軒が橋の北側、もう何軒かが宏がおぼろげにそこにあると見ることができたフェンスと川との間に散らばっている。

四国で一般的に建てられている、伝統的な小さな木造の建物を思わせるような作りだ。故郷と同じようにここにも網で魚を獲る漁師がいるのだろうか。

とても静かだった。犬が吠えているだけだ。宏は二番目の集落に向かって走って行って、休むことに決めた。どのくらい走り続けていたのか、収容所からどれほど離れることができたのかは宏にはわからなかったが、とにかくまだ十分な距離は来ていないはずだということだけがわかっていた。なるべく体力を消耗しないように動き続けた。一塁から二塁へ素早く走り抜ける、大学時代に野球で身につけたあの動きがイメージだ。次に目指す塁を仮に想像して、そこに向かって走る、というのを繰り返して移動するのだ。とにかく隠れるところを探すのだ、と自分に言い聞かせながら。

宏の服は恐怖と切羽詰まったゆとりのなさとで汗をかいてびっしょりだった。ようやくたどり着いた二番目の集落は収容所のBコンパウンドのように小さかった。疲労の限界だった。ペースを落とし何とか隠れることのできそうな場所を探した。息を潜め、軍事訓練で受けた賢い特別な能力を持った狐のような身動きを心がける。探し回るうちに、ベランダのある小屋を見つけたので、その下に潜り込んだ。

太陽が昇り始めていた。宏はもう目を開けていられないほど疲れ切っていた。不安とアドレナリンでどうやら今までは眠りに落ちずにいられたが、精神的にも肉体的にも、緊張したまま走り続けた逃避行で疲弊しきっている。何時間も気が張った状態が続いていたのも辛い。寒さと霜で居心地が悪い。収容所の暖かさに守られていたことが恋しく感じられる。

数分しか経っていないように感じた。光を感じて目が覚める。タバコの匂いがして、男の声が聞こえる。誰に話しかけているのか、不思議なことに一人の声しか聞こえない。気がついたときには宏が寝ているところから一メートルと離れていない場所まで近づいて来て犬に話しかけている。

犬がベランダの下に鼻を突っ込んで来て唸り始めた。噂に聞いた凶暴なディンゴだったらどうしよう、とパニックして宏は急に体を起こした。梁に頭をしたたかにぶつけ思わず大きな声で唸ってしまった。犬がさらにひどく吠え始めた。宏はますますパニック状態になってしまう。「KB、静かにしろ。みんなが起きるだろ。こんな時間からグーサ（子供達）に走り回られたら敵わない」褐色の肌、黒髪の男がくわえタバコで愛犬に静かに話しかけている。犬はさらに吠えたてる。宏もくわえ煙草の男に同じく犬に吠えるのをやめてほしい。

長い脚の男だ。でも、片方は全く曲がらないらしく、犬が何に吠えているのかを見ようとして屈もうと苦労している。とうとう男と宏の目が合ってしまった。宏は恐怖で身が竦んだが、男の目は意外にも温かみを湛えていた。「これはまた一体何なんだ」男が煙を宏の顔に吹きかける。詮索好きな表情が男の顔に浮かんでいる。

第1章

老け顔の四人のアボリジナルの男達がてんでバラバラの椅子に座って小さな木のテーブルを囲んでいる。バンジョー・ウィリアムズの家だ。

シド・コー、フレッド・ムーライの顔も見える。二人はここの地域社会では長らく尊敬される立場についている。フレッドの従兄弟のドゥーラン・ムーライは二十年も、エランビーと呼ばれるこの保護区のリーダーを務め、保護区内に学校を作った影の立役者でもあった。彼が亡くなってからは、フレッドが家族の長となり役目を引き継いでいる。

フレッドとシドは地元の缶詰工場で働いている。エランビーのマネージャーである通称キング・ビリーでさえ、他の連中同様に彼らに一目を置いている。バンジョーは大工だ。エランビーの住人の家具のほとんどは彼が作ったものだ。自宅のベランダも彼の手製で家族の憩いの場になっている。収容所の敷地での仕事もしたが、捕虜たちと直接の関わりを持ったことはなかった。

バンジョーの弟のケヴィンは牛追いをしたり、荒馬を扱ったりしてニュー・サウス・ウエールズ州全体を移動しながら働いている。四番目の椅子に座っているのは彼だ。

男達は皆、長い一日の労働と、長年妻子を守り養ってきた心労とで疲れ切った顔をしていた。ケヴィンだけはまだ生き生きとした表情が目元と笑顔に見て取れて、それが彼を他の者たちよりも若く見せていた。リベリナ地域では、ケヴィンはアボリジナルの子供達に人気の話し手であり、また女性関係も華やかなことでも知られた男だ。ダンスの動きもさることながら、引き込まれるような歌声と女性たちを惹きつける魅力を持っている。

バンジョーは弟のそんな女好きな面を面白く思っていない。ケヴィンはケヴィンで、流れ者の男達がカウラの黒い肌の美女目当てで町までやって来るのが面白くない。

今夜の男達は、いつもの気軽な笑いと大げさな作り話の集まりとは打って変わって、真剣な様子でバンジョーの話に耳を傾けていた。

「いつも通りあそこに座って朝の一服を点けていたら、KBがやたらと吠えたんだ。でも朝から騒がしくしてもらっちゃ困るだろう」バンジョーがテーブルの上に置いたタバコいれをポンと叩くと、他の連中が頷いた。「奴に静かにするように言っても、ベランダの下に鼻を突っ込んで唸っていやがる。兎か、蛇か何か他のどうってことない動物だろうと思ったんだけど、KBは吠えるのをやめないんだ。仕方ないからこの使い物にならない脚をごまかしながら何とかして下を覗き込んだのさ。そこで何を見つけたと思う？　俺の見たものが何だったかお前達には信じられないだろう」

バンジョーがぐるりと見渡すと、他の三人が期待に胸を膨らませているのが見て取れた。バンジョーは他に誰も聞いている者がいないことを確かめてから、何キロも離れた収容所の方向を指差しながら言った。「ジャップなんだよ」「日本兵だったんだよ。あの収容所から来た奴だったんだ」

「何だって？」ケヴィンが大きな声で聞き返す。

バンジョーがケヴィンの大声をたしなめる。「しっ・・」「逃げて来たんだよ。それはもう確かだ」「そいつはどこにいるんだ？」ケヴィンが聞く。「匿っておいた」「なんだって！？」ケヴィンの大声に眉をひそめながらバンジョーが返事をした。

「勘弁してくれよ、ケヴィン。どうしたらいいかわからなかったんだ。奴は恐ろしく怯えていたんだよ。何というか、そう見えたんだ。急いで防空壕に連れて行って、梯子を降りるようにどうにか伝えたんだ。俺は自分じゃあそこは降りられない。ほら、木を切っていた時に傷めてからこの脚はどうにも使い物にならなくなったからな」

ケヴィンは頭を横に振りながら信じられないという様子で言う。「何でまたジャップのためにそんなことをしてやったんだ」

「他にどうしたらいいかわからなかったんだよ。明らかに奴は俺の助けを必要としていた。脱走して逃げて来ているんだったら、突き出すことはしないさ。それは俺たちの信条に反するだろ。収容所からは直線でも四マイルはあるだろう。もしタラガラの町の東を廻って来たなら6マイルだな。それだけでも褒めてやるに値するだろう」バンジョーは息もつかずに一気にそう言った。

シドも太鼓腹をさすりながら「休ませてやってもいいかもな」と同意した。

ケヴィンは両の拳を握りしめている。「そんな奴をここに匿うわけには行かないさ!」「ここの連中は誰もジャップを隠して置いてやろうなんて思わない」

誰も返事をしないのを見てケヴィンはさらに声を上げる。「俺たちはあのゲス野郎どもと戦争中なんだぞ!」すっかり頭に血が上ったケヴィンはシドとフレッドを見据えながら両の拳でテーブルを思い切り叩いた。「俺たちの仲間が戦争に行っているんだ。あんたら正気なのか!?」

そこにバンジョーの妻ジョアンが警戒しながら洗濯物を抱えて小屋に入って来た。外の亜鉛メッキのたらいで手洗いしたシーツだ。今日は風が強い日だったから乾くのも早かった。「しーっ。外からでも声が聞こえていたわよ。静かにしていないとキング・ビリーが来てしまうじゃない」とジョアンはケヴィンを見ながら注意した。彼女は夫のそばに行って、身をかがめて「どこにいるって？」と聞く。

バンジョーが囁き返す。「防空壕の中だ。大丈夫だろ。安全なんだよ」ケヴィンがまた両の拳でテーブルを叩いた。

「奴が安全だって!? 俺たちはどうなんだ？ 俺たちは安全なのか？」ジョアンがテーブルを回り込み義弟の肩に手を置いて諭す。「ケヴィン、このことについては私達、心をひとつにしなくちゃいけないわ」

なだめられたケヴィンはジョアンに敬意を表して声を低くし「心ひとつって言っても、逆の形でだな」と言う。シドが「どういうことだ」と聞き返す。

「こんな話をすること自体がいけないことなんだ。今やってる戦争で、ジャップは敵なんだ。奴らがオーストラリア兵をきちんと扱っていると思うのか？　捕虜になったオーストラリア兵たちはシンガポールとか他のところかに送られて、日本軍のために働かされているって聞いたぞ！俺達の仲間は敵のために無理やり働かせられているんだ。お前達、わかっているのか。そんな日本軍のために何かしてやりたいのか！それじゃあみんな裏切り者じゃないか！」

バンジョーも、ケヴィンの言うことはほとんど正論だとわかっている。他のみんなにもそれはわかっていることなのだ。オーストラリアは戦時下にあり、我らが種族、ウィラジュリの男達も戦っているのだ。

「ジムが言うには、仲間達はジャップに革の鞭で打たれたりバットで突かれたりして情報を吐くように強要されているっていうのが日常なんだと。奴らは野蛮なんだ。この、お前さん達が救ってやろうとしている奴も、隙さえあらば同じことをする違いないんだ」ケヴィンが頭を振り続ける。

「ここからも俺達の身内の者、仲間が十人近く駆り出されて戦争に行っているじゃないか。ケヴィンが一人一人の目を見つめる。「仲間がどこにやられたのかもわからない。ジャップが俺達の仲間を守ってくれているとでも思うのか？　もしかしたら食われちまっているかもしれないんだぞ！　あん畜生どもに！」

ジョアンがケヴィンの人喰いの話に頭を横に振る。ケヴィンの話はいつも仲間内では飛び抜けて大げさなのだ。ジョアンは他の男達同様に、ケヴィンの話に何も意見せずにやり過ごした。

バンジョーは静かに黙っている。彼は常に思慮深い。ともすれば攻撃的になりがちな弟の怒りの炎をどうやって鎮めるかを考えていた。ケヴィンに発言の機会を与えるのが良いと考えて、バンジョーが「じゃあ、どうするのが良いと思うのか」と聞いた。

「長老のトミー・マックの考えを聞こうじゃないか。実際に戦に行ったことのある人に、脱走して来たジャップをどう始末したらいいか聞いてみたらどうだろう」とケヴィンが息巻いた。

ケヴィンの言い方にあまりに毒があり皮肉が満ちていたので、他の連中は皆居心地が悪くなった。この会話の進んでいる方向を見る限り、脱走兵の行く末には危機感が増していた。一時間とないかもしれない。「コーの一家に意見を聞いたらどうだろう。あの家からは以前の戦争で犠牲者が出ているじゃないか。まあ、俺が思うに今回の戦争で敵を匿いたいとは言わないだろうがな」ケヴィンはそう言うと今一度バンジョーに、そしてシドとフレッド、それぞれに一瞥をくれ、返答を待った。

「ニュートン一家にも聞かなくちゃな。ドゥーリーとビビーが戦争でどうしてるかって」リンゼーとルーベンによると、ドゥーリー兄弟は二人とも戦地にいるそうだ。「ビビーはマラヤにいるらしいけれど、長いこと音沙汰はないそうだ」ケヴィンはここでちょっと間をおいて、ビビーの戦死の可能性を匂わせる。しかし、それは誰もが既に感づいていることだ。

「ルーベンはブーゲンビルかどこかにいるようだな。もしかしたら今匿っている奴と戦ったことがあるかもしれんな」「やめて。子供達に聞こえるわ。ニュートンの家の子達と遊んでいるのよ。そんな話がうちの子から伝わったら困るじゃないの」とジョアンが怒って言った。

部屋にいる全員がコー家の二人の男達を覚えている。戦没者を追悼するアンザック・デーには毎年、故郷に戻らない彼らを讃えるためにコミュニティの全員が集まるのだ。二人は尊敬され、いつまでも人々の記憶に残る。アボリジナルの人間を国民として認めず、公平な給料を払わず、マネージャーの許可なしでは結婚さえできないように彼らを扱った、そのオーストラリアという国のために戦った二人を。

「あんた達、みんな裏切り者だ」またケヴィンが蒸し返す。「自分と同じ種族への忠誠心はないのか。俺と血の繋がりがあるのが、たまに信じられなくなるよ」ケヴィンはもう一本タバコに火を点けた。「兄弟分を大事に思わないのか」

バンジョーがとうとう口を開く。「この日本兵にだって、兄弟がいるかもしれん。俺達の兄弟だったらどうする?」

バンジョーは自分の胸に手を置いた。「もし身内が、同じように捕虜収容所から逃げ出したとしたらどうする? 誰かが人間らしく扱ってくれて面倒を見てくれたら、と願わないかね」

ケヴィンは納得できない様子で立ち上がると椅子を強く押し倒した。今聞いたことが信じられないとばかりに、タバコの煙を鼻から勢いよく出した。

「もしできるものなら、誰だって監獄から逃げ出したいとは思わないかね。あの収容所から逃げようと思うのではないか」バンジョーは三人の男達に向かって問うた。自分で何をしているかはわかっている。でも、他の三人にも理解して同意してほしいのだ。

「こいつだって自由が欲しいだろうし、そりゃあもう家族に会いたいと思っているんだよ」「そりゃあその通りだな」フレッドが静かに言った。

一人の同意が取れた。後二人だな、とバンジョーが考える。ジョアンはもとより彼の味方なのはわかっている。

「日本はオーストラリア政府と戦っているのさ。俺達もまたその同じ政府と戦っているじゃないか。もっといい生活のためにな。俺はな、俺達の生活を支配する連中と毎日戦っている気持ちでいるんだよ。水も出ないこんな小屋で暮らすのはもう堪らないんだよ。白人と同じ仕事をしたら、同じ給料が欲しい。子供がいつ連れ去られてしまうか怯えて暮らすのはまっぴらなんだ。白人は何ひとつそんな心配はないじゃないか。十分な食料があって、水道も電気もある暮らしをして、仕事に見合った給料がもらえるのさ」

バンジョーの声は大きくはないが、説得力があった。「もし俺達が政府と戦っているんだったら、こいつと俺達は同じ側に立っているようなもんだ」バンジョーの声は信念に満ちている。そんな夫をジョアンは今までになく誇らしいと思った。シドとフレッドは目を合わせ、お互い、眉をちょっと上げて同意の意思を確認しあった。

「じゃあ、投票しようじゃないか」ケヴィンはまだ諦めない。

バンジョーは「俺は守ってやることにする。賛成する奴は手を挙げてくれ」と頷いた。シドとフレッドがゆっくりと手を挙げた。喧嘩腰のケヴィンは子供がするように両腕を体にピタリとつけて頑なに手を下に下げた。「また兄さんの勝ちだな」かつて一人の女性を取り合った過去を匂わせるような言い方だ。

ジョアンと一緒になったのはバンジョーだ。バンジョーの弟のケヴィンはまだジョアンを愛していたし、他の男達もそれを知っている。ケヴィンが激昂した時にそれをなだめられるのはジョアンしかいない。ケヴィンが耳を貸す人間は他に誰もいないのだ。

彼の粗暴なところが、かつてジョアンと一緒になれなかった理由だった。

「三対一だ。困ってやることに決まりだ。できる限り、このまま防空壕に隠れさせてやろう。安全な間は面倒をみてやって、そうしているうちに戦争が終わったらそれはその時だ」

「何を食べさせるつもりだ?」ケヴィンがバンジョーに聞いた。配給の食料の量はどう工面してもみんなに行き渡るのがギリギリなのだ。十分だった試しはない。「あんな少しのために働かなければならないだけでも厳しいのに。パンと紅茶と砂糖だけ…。それをくれてやるというのか」「みんなで分け合おう。ケヴィン、わかっているだろう。今までだってそうしていたじゃないか。初めてのことじゃない。悪いことをしているように言うのはもうやめてくれよ。自分達らしくすればいいんだ」「一緒に乗り越えようじゃないか」バンジョーが妻の肩に手を回して言う。「菜園があるからみんなで少しずつ都合し合えば、奴を生かしておくくらいの食い扶持は何とかなるだろう」

ケヴィンがイライラと窓に向かって歩きながら「あるのはジャガイモだけで、それも十分じゃないじゃないか」と口を挟む。「かぼちゃとキャベツもあるのよ」ジョアンが言い添える。「いつもあなたは長くはいないから、なかなか食べてもらえないわね」ジョアンでさえ、義弟の機嫌をとるのに苦労している。

「誰にも話しちゃいかんな」シドが心配そうだ。「俺はバンジョーの言うことはよくわかった。でも、同じように考える人間ばかりじゃないし、キング・ビリーに知られたら、こっぴどくやられるぞ」

「その通りだ。誰にも話しちゃいかん。家のもんにも言っちゃダメだ」バンジョーがフレッドのことを見ながら言う。フレッドの妻のマージはおしゃべりで有名だ。マージに知られたら最後、噂は瞬く間に広がってしまう。フレッドとマージはバンジョーの隣に住んでいる。マージはどんな小さなことも見逃さないたちなのだ。彼女にはいつだって誰が何をしてどんなことを考えているのかお見通しだ。

お互いの家の間にはフェンスがないので、バンジョー・ウィリアムズ家の裏側にある防空壕も、マージの家から丸見えなのだ。マージは誰からも好かれている。しかし、その誰もが彼女が手のつけられないおしゃべり好きで、しかも毒舌を吐くことも知っている。フレッドは妻のマージを愛している。でも、そのフレッドでさえも、妻がグレート・ディバイング・レンジの丘のこちら側きってのおしゃべりだとわかっていた。「マージには言わないよ」フレッドが約束した。

「俺もアイビーには黙っておくよ。ジムには話すのか」シドは第一次世界大戦の退役軍人で、今は第二十二師団に所属して捕虜収容所の看守として働いているジムのことを言っている。ジムは地元のウィラジュリの男だ。「ジムから収容所の話を聞きたいものだな。どうやって脱走したのかとかな。でも、ここで一人匿っていることは知られるわけにはいかないな」

「ジムには知らせるべきだろう。知る権利があるからな」ケヴィンが意見を言う。「いや。知らない方が彼の身のためだ。こんなことに巻き込んだらいかんだろう」バンジョーの意見だ。「知っていたら、立場上いざとなった時に罪が重いからな。裁判になっちまったら気の毒だ」「もう一人、イタリア人捕虜を農園に連れて行っているアボリジナルの男がいるだろう」とフレッドが思い出した。「チャールズっていったな」「そうそう。そのチャールズも何が起きているか知っているだろう。兵隊たちに巻きタバコを巻いてやっているから、結構親しいだろう」

「イタリア人捕虜にはちゃんとした看守がついていないっていうのがよくわからないんだ」ケヴィンが言う。「まるで奴らがこの町を仕切っているみたいだよ。自転車には乗っているし、映画にもパブにも行っているというじゃないか」「収容所でグラッパを作って、看守の持ってくる残り物の肉とその酒とを交換しているって話だぞ。俺も兎かスイカでも持って行って交換してもらいたいもんだ」

文句を言うにも、せめて目先の一つの問題にとどまってくれたら良いのに、とバンジョーは次から次へと心配事を並べ立てる弟を眺め遣る。バンジョーがチャールズの話をし始めようとした矢先にケヴィンがまた言い募る。「奴らは舞台を作って衣装も用意してプログラムまで印刷して、劇をやっているって話を聞いたよ。楽器も用意してもらって、ペンキも準備してもらったらしい。想像つくかい？捕虜だっていうのに、俺たちよりもずっといい扱いを受けているんだ。そのチャールズってやつはそんなのを見ていて、どんな風に思うんだろうな」

バンジョーがきっぱりと「そいつはこのことに巻き込んじゃいかんな」と言い切った。「できる限り、密かにことを運ぼうじゃないか。あちこちに頭を突っ込んだらいけない。特に収容所で働いている者には気づかれないようにしなくちゃいかんな」「防空壕なんて代物で、どのくらいの間匿ってやれると考えているんだ？もし本当にくそ防空壕を使う時が来たら、どうするって言うんだ」ケヴィンはおいそれとは引き下がらない。兄弟間に対抗意識が存在するのは確かだが、それはあくまで一方的なものだった。

ケヴィンはジョアンが眉をひそめたのを見て「ごめんよ」と謝った。この家では罰当たりなことを言ったり、汚い言葉を使ったりすることは許されないのを思い出した。「戦線がカウラまで来ることはないわよ」ジョアンが明るい表情でケヴィンに話しかける。

誰もあえてしようともしないが、ジョアンだけはケヴィンの気持ちを盛り立ててやることができるのだ。「この保護区に置いておくよりはライアンのところに匿ってやった方が安全かもしれんな」とフレッドが提案してみた。「そうだな。楽しいことがあるところの方がいいだろう。あそこの連中と一緒に笑ったり踊ったり。いつだってパーティだものな」ケヴィンがまた例の調子に戻ってしまった。「酒の一杯も飲めるかもしれんしな」

「よく知っているわね」ジョアンが皮肉な調子で声を出す。「ん?」無邪気なふりをしているが、ケヴィンは兄も一緒に引き摺り下ろそうとしている。「俺だけじゃないよ。兄貴だって行ったことがあるだろ。誰かと二人で踊っていたのを見たことだってあるんだぜ」こんな年になってもまだ、ケヴィンはジョアンに色々な許可を求めるのが常だったが、あれこれ言われるのは好まなかった。「そうだな。あいつを匿う場所はあそこには無いだろうな。ほとんど小屋もありゃしないしな」

その時、ドアが勢いよく開いて、ウィリアムズ家の子供達が笑いながらなだれ込んで来た。大人たちは即座に話をやめた。長女のメアリーは十七歳だ。バンジョーとジョアンが子供を授かるまで、長い年月を要したものだった。メアリーの九年後に、期待していなかった二人目の女の子が生まれ、さらに二人、そして最後に唯一の男の子が生まれたのだった。

「グーサ(子供達)を違う部屋に連れて行ってくれ。母さんがすぐに世話をしに行くから」とバンジョーがメアリーに指図した。「大人の話を終わらせなくちゃならんからな」

メアリーは何かが起こっているなとすぐに察して父親の言う通りにした。正面の入り口からすぐのキッチンから居間のような場所を通り、寝室へ連れて行った。寝室の更に奥にも寝場所がしつらえて合った。バンジョーとジョアンは子供達と一緒に奥で寝ている。ベティ、ドティ、ジェシー、そして3年前に予期せず授かった末っ子のジェームスだ。メアリーは前の部屋で寝ている。暖炉があるので冬も暖かい。他の小屋に比べて、バンジョーの家はかなり良い方だった。フェンスも、小さな菜園もある。朝顔が蔓を這わせているベランダはぐるりと家を囲み、夏は日よけに、冬は風よけになる。家族が飲み水や洗濯、掃除に使うのに必要な水は、家の前の水道から使うことができる。波状のトタンの壁はむき出しで、冬の霜の時期にはたいして寒さが防げないが、キッチンに備え付けてある黒いストーブで少しは暖がとれる。

メアリーと子供達が部屋から出て行くが否や、バンジョーがテーブルに覆いかぶさるようにして低い声で話し始めた。

「いいな。これで決まりだ。絶対に使わないだろうってことで他の連中が見向きもしないのはあそこしかないから、防空壕で匿ってやろう。エランビー以外の人間はあれがあるってことすら知らないしな。ジョアンは他の連中に不審に思われない程度に残り物を集めてくれ。」「うちは人数が多くて普段から食べ物は足りないってみんなが知っているからな。多少は都合してくれるだろう。キング・ビリーのところの仕事から帰ったら、メアリーが闇に紛れて食料を持って行ってやれるだろう」「どうしてメアリーなんだ？　大丈夫か？他のやつには話さない、って決めただろう」とシドが心配する。「その通りだ」ケヴィンが唸るように言う。「誰にも言うな、って自分で決めたばかりなのに何だっていきなり決まりを破るんだ？　兄さんかジョアン、あとは彼らだっていいだろう」とシドとフレッドの方を示す。バンジョーが悪い方の足を叩いて「この足じゃ梯子は使えない。お前達が裏庭でチョロチョロしていたら他の連中の目を引くだろう」シドが心配する。「でも、どうしてメアリーなんだ？あんなに若くて大丈夫なのか」「そうだ。若いさ。でも、メアリーはキング・ビリーの信頼を得てる。他の連中も一目置いてるだろう。だから、何かがおかしいと誰かが気づいたとしても、誰もそれがメアリーの仕業だとは思いもしないだろ」

玄関のドアを叩く音がした。「バンジョー！開けろ。ジョン・スミスだ！」「何の用だろう？」ケヴィンが声に出さずにシドとフレッドに口の動きで聞くが、二人は肩をすくめるだけだ。

ジョン・スミスはエランビーのマネージャーだ。面と向かっては言わないが、スミスのことはみんながキング・ビリーと呼んでいる。国のあちこちにある保護区には色々なタイプのキング・ビリーがいるものだ。

黒人達が長年自分達に対して鬱積した憤りを抱えていると気づいているマネージャーは稀だった。さらに、それを思いやってやろうというマネージャーはもっと少なかった。保護区のマネージャーにふさわしいのは、人間の権利とか公平さとかに関して我関せずといった態度だったのだ。自分自身の土地に住んでいるにも関わらず、拘束されて惨めな生活をエランビーで送っているバンジョー達にとってできることは、マネージャーのことをあげつらう冗談を言うくらいだった。

ジョアンがキッチンをさっと見回し、ちゃんと整頓されているか確認する間に、男達はきちんと座り直した。「マネージャーの来る日じゃないわよね」ジョアンが夫に言う。マネージャーまたは彼の妻が小屋を見回るのは決まった日に限られていた。マネージャーやたまに同行してくる警察官が探しにくるのは、黒人達が親として不適切であると言いがかりをつける理由だというのをジョアンも他の母親達も知っていた。玄関に泥があった、ベッドがきちんと整えられていない、子供達が不衛生な状態だ、とかそういうちょっとしたことに目をつけられる。

　ジョアンが目を走らせる。肉の貯蔵庫、台所に吊るされている鉄製の鍋、磨き上げられたケロシンのランプ。定期的にサンドストーンの石鹸でしっかり磨いている木の床。全てをざっと見渡したところでバンジョーが玄関を開けた。「何をやっているんだ?」キング・ビリーがバンジョーの肩越しにテーブルに集まった男達を見ながら聞いた。「仕事をサボる打ち合わせか?」男達は何も言わずにぎこちなく笑い声をあげた。「後で知らせがあるまで、全員自宅待機するように」とキング・ビリーが命令する。「何か問題でも?ジョン」バンジョーが今朝起きたこととは関係ないと良いなと願いながら聞いてみる。「ジャップの収容所で脱走事件が起きた。俺が良いと言うまでみんな家の中にいるんだ」

　キング・ビリーの言い方は非難めいたようなきついトーンだった。「みんなも知っての通り、ジムは収容所で仕事をしている。でも、誰も彼に話しかけてはいかんぞ。脱走事件のことはお互いに話してもいけない。騒ぎや面倒はまっぴらだからな。こういうことは軍隊に片付けさせたらいいんだ」

　キング・ビリーはバンジョーに向かって言う。「お前はいつも通り自分のことだけしていればいいんだ。解決したら知らせてやるからな」それから他の男達に向かって「いいな、お前達もだ。今言った通りにしろ。家から出てうろついている奴がいたらちゃんと命令に従うように伝えるんだぞ。さあ、帰った、帰った!」ケヴィン、シド、フレッドが立ち上がった。ぐずぐずと椅子をテーブルの下に押し込みながら時間を稼ぎ、キング・ビリーが出て行くのを待った。キング・ビリーが次の小屋に足早に向かうのを確かめてから、ケヴィン達は先ほどの決め事を確認するために握手を交わし、帰って行った。

「メアリー！」バンジョーが娘を呼んだ。メアリーが他の子供達と一緒に部屋に戻ってきた。末っ子のジェームスが母親に駆け寄って、いつもやるように脚の間に潜り込んでしがみついた。三人の女の子達は怯えきっている。「何の用だったの？」あまり不躾に聞こえないようにメアリーが注意深く聞いて来る。「スミスさんが良いと言うまで数時間家の中にいなくてはいけないんだ」バンジョーは普段キング・ビリーという渾名を子供達の前で使うことはなかった。万が一子供達が口を滑らすことがあってはいけないとの配慮だった。

「ちょっと来なさい」バンジョーはメアリーだけを外のベランダに誘った。バンジョーはタバコに火をつけながら、そばに誰もいないことを確認した。「今朝、ここに来た奴がいるんだ。日本兵だ。収容所から逃げ出して来た、ってことなんだ」メアリーはマグから紅茶を飲みながら聞いている。「それでだな。俺達で決めたんだが、ここで保護してやることになったんだ」「匿うってこと？」「そうだ。詳しいことはわからないけれど、ジョン・スミスの言うことには脱走事件のようなことがあったらしい。この日本兵は逃げて来たみたいだ。そこでだな、メアリー、俺達みんなでこいつの面倒を見てやりたいんだ。おそらく戦争で大変な思いをして来ていると思う。俺達の仲間が戦場で経験しているようにな。この日本兵にもおそらくここの仲間と同じように家族がいるだろう。ひどく怯えていたんだよ」

「お父さん、でも、みんなは何て言うかしら？ここにいる人達はみんな日本人を憎んでいるわ。スミスさんはいつもひどいことを言っているもの」「わかってるさ。でも、俺達はそれほどこいつに憎しみを感じちゃいない。うちでは他の人がしてくれるように相手にも親切にするようにしているだろ？な？」バンジョーは娘の目をじっと見た。「そうね」メアリーが頷いた。「だから、できるだけ面倒見てやろうと思うんだ」バンジョーはタバコの煙を深く吸い込んでから吐き出す。「とても大事なことがふたつある」メアリーがそれを聞いて目を輝かせる。「どうしたら良いの?」「まず最初に誰にも言ってはいけない。スミスやマージおばさんに知られたらとても面倒なことになってしまうからな」「わかるわ」「それから、お前には毎日こいつに食べ物を届けてやって欲しい。十分ではないだろうけれど、できるだけ分けてやろうと思う」「どうして私が?」「お前以外の人間だとどうしても他の人の注意を引いてしまったり、疑われたりするからだよ」「いつ持っていけばいいの?」「今夜は危険すぎるから何もしないが、明日になったら何かしらかき集めるからそれを持って隠れ場所に行ってやって欲しい」「わかった」「心配か?」「今のところ大丈夫よ」とメアリーが落ち着かない様子で笑った。「本当に大丈夫か」「みんなが私を信頼してくれたのが嬉しいわ。スミスさんちで洗濯をするよりもずっとワクワクすることよね」そう言ってメアリーが少しだけ笑った。

その夜、バンジョーは一度決めた決断を覆してメアリーを使いに出した。メアリーの従兄弟のクロード・ウイリアムズや他の若者達を連れて帰るようにと迎えに行かせたのだ。彼らはケンダル・ストリートのカウラ映画館にいた。どうしたことか、外出禁止という指示を受けていなかったようだ。まあ、聞いていたところで抜け出すのが常だったが。

劇場に着いたら制服を着たジムに会ってしまった。「メアリー、こんなところで何をしているんだい？家にいなくちゃいけないだろう」メアリーがビクつきながら「わかっているのだけど、クロード達を迎えに来たのよ」と返事をする。「そうか。急いだ方がいいぞ。もう上映が始まるところだ」

いつものようにクロード達は正面ではなく横の入り口から入って、ロープで白人達から隔離された場所に座っていた。映画館の一番前の席から無理な姿勢で画面を見上げることになる。映画が始まる直前にメアリーがクロード達を迎えに映画館に入ったのと、場内アナウンスが始まったのはほとんど同時だった。

『戦争捕虜収容所で脱走事件が起こりました。全員速やかに退場し、自宅に戻り、後ほど通達があるまで外出を控えるようにしてください』

若者達はみんな平気を装っていたが、あたふたと急いでその場を離れる様子から本当はかなり怖がっているのがよくわかった。日本人についての新聞記事はいつも悪意に満ちたもので、風刺漫画では常に悪人として描かれていた。若い連中は学校でしばしば「黄色い災」という言葉を耳にしていたが、それが本当に何を意味するのかはよくわかっていなかった。イタリア兵達が町中や地元の人の生活圏で仕事をしたりしていたのと違い、日本兵はカウラの人の生活圏に入ることは許されていなかったので、地元の学生達は日本人を見たことさえない。

白人が地元の黒人よりも戦争相手のイタリア人捕虜を仕事で使いたがるので、バンジョーはよく腹を立てていたものだ。イタリア人が、水道も電気も自由に使えるムルヤン牧場で、昼ご飯つきで働いているとバンジョーが知った日には、怒りのあまりもう少しで天井が抜けるほど屋根を叩いてしまった。バンジョーがそれほど怒ることは滅多にないので、ジョアンと子供達はすっかり怯えてしまったほどだった。

映画館から出ると、メアリーは走り出したクロード達に遅れないよう、すぐ後ろを心配しいしい一緒に笑いながら付いて行った。ゴルフコースを横切った。お互いをわあわあからかったり脅したりしながらクスクス笑っている。それでも何か変わった音が聞こえると「今のは何だ!?」と誰かが心配そうに言う。恐怖と笑いで息が切れてしまった彼らはとうとう走れなくなり、早歩きに落ち着いた。

クロードは一番体力がなかったので、グループの最後尾になってしまった。先を歩く連中は皆フットボールで鍛えている。メアリーはクロードと並んで歩いているが、口はきかなかった。他の連中ははるか先を行っているのにクロードは全くついて行けず、息を切らしている。それが少なからず彼の自尊心を傷つけていることにメアリーは気づいていた。ここで話しかけたら、さらにクロードが傷つくだろう。もう少しでエランビーに着くというあたりでクロードの歩くスピードがさらに落ちる。寒い中、早く帰りたいメアリーはクロードを置いて先に歩いて行ってしまった。

ぞっとするほど静かで底冷えする夜だった。と、一人になったクロードの首筋に熱い息がかかった。恐怖のあまり振り向けない。言葉も出ない。動くことすらできない。メアリーに助けを求めたいけれど、もうずっと遠くに行ってしまった。いかにせよ、声が出ない。出そうにも喉からは何の音も出てこない。その間にも仲間はどんどん先に行ってしまう。ああ、もうこれで自分は死ぬんだ。日本兵が今まさに自分を殺そうとしているに違いない。空手チョップかはたまた鉈か・・。どちらにせよ緊張のあまり下着を濡らしそうになる。

そんなクロードの耳に聞こえて来たのは彼も良く知っているあの、ため息のような優しげないなきだった。首筋に吹きかけられていた熱い息は近所の馬のものだったのだ。

その夜ベッドに横たわりながら、ジョアンが心配のあまりバンジョーに囁く。「バンジョー、食べ物を日本兵のために都合するのは本当に難しいわ。それに、もしこのことが誰かに知られてしまったら、私達はダメな親と言われて子供を取り上げられてしまうかもしれない・・。白人達がいつも難癖つけようとしているのは知っているでしょう」

バンジョーは返事をしなかった。妻の気持ちは十分すぎるほどわかっている。しかし、何か言ってやったところで余計心配させるだけじゃないか。

「パトリック神父はいつでも親切にしてくださるわ。聖ラファエル教会は貧しい者の味方よね。今回も助けてとお願いするしかないわね。誰かのいらなくなった洋服をもらって来て、日本兵のために作り直すわ。いつも子供の服はそうやっているもの」服や食べ物を分けて欲しいと頼むのになりふり構っていられないことは、ジョアンは身に沁みてわかっていた。自分のことは後回しになろうとも、とにかく子供達は無事に育てて行かなければいけない。

バンジョーは黙って妻の体を引き寄せた。冷たい夜の空気の中、妻の体は温かい。バンジョーの長くて筋肉質の腕が彼女のか弱い体を包み込んだ。「そうだね、お前。食べ物がもっとあってお前達を太らせることができたらと思うよ。だけど、何とかしようじゃないか。いつもそうしているじゃないか」バンジョーがジョアンの首筋に鼻をすり寄せた。

ケヴィンじゃなくて、この人と一緒になって良かったわ・・とジョアンは眠りに落ちながらふと思う。

第2章

「今日はグーサ（子供達）を絶対に川のそばに行かせないでくれ」バンジョーはそうジョアンにいうと、震えながらタバコに火を点けて倒れ込むように椅子に座った。日本人がやって来た次の朝だった。食べ物を届ける危険はまだ冒していない。彼は隠れていた場所からいなくなっているのか。

「どうしたっていうの?」ジョアンは夫がこれほど震えているのを見たことがなかった。ジョアンは紅茶を淹れようと、ヤカンを火にかけた。クロードがここ数週間の間、せっせと集めておいてくれたので薪は十分ある。「奴らを見たんだよ」タバコの煙をゆっくりと吸い込み、それから両手で頭を抱えたバンジョーが静かに煙を吐きながらジョアンに言った。何か変わったことはないかと思って、朝早くにバンジョーは一人で川の方に歩いて行ったのだ。誰かが新しい情報を知らせてくれないかと思ってのことだった。しかし、彼が見たのは予期しない死体だったのだ。

「奴らって?」とジョアンが聞く。バンジョーが涙を目に浮かべて答える。「日本兵だよ。首を吊っていたんだ。見てしまったんだよ」バンジョーはまたタバコの煙を吸い込んだ。それだけが今心配のタネを除いてくれる唯一の物であるかのように・・。

「血まみれの兵隊が地面に倒れていたのも見てしまったんだ。自殺したのもいたし、お互い殺しあったのもいたみたいだ」また頭を抱えた。涙が頬を伝って落ちる。想像したことさえない場面を見てしまったのだ。生涯忘れることはできないだろう。ジョアンが後ろから夫を抱きしめた。広い背中、がっしりした首だ。近くに引き寄せると、夫が体を硬くしているのがよくわかる。でも、ジョアンはそれについては何も言わなかった。何を言っても夫が見てしまったものを忘れさせる手助けにはならないし、心の傷を癒してもやれないだろう。それでもジョアンは夫の背中を優しく撫でて、少しでも辛さが和らぐようにと願った。

「キング・ビリーが家にいるように、と言ったのは正しかった。全てちゃんと終わるまで子供達を外に出さないでくれ」バンジョーが懸命に感情を抑えながら、静かに言った。「日本兵はどうしてそんな酷いことを・・？　私にはわからないわ」十字を切り、天に向かって聖母マリアに祈りの言葉をそっと捧げながらジョアンが言った。「俺にだってわからないよ。収容所の暮らしは悪くなかったはずだ。ジムの話によると食事はえらくいいし、運動だってできたし、扱いも良かったたって言うじゃないか」バンジョーが目を閉じてため息をついた。「自殺しなくちゃいけないなんて、意味がわからない」

「悪くない暮らしでも、そこに閉じ込められていたには違いないのよ、バンジョー。そこには本物の人生はないわ。私達には理解できない思いを戦争でしたり、色々なことを見てしまったりしたのでしょう」ちょうど、バンジョーが見てしまって感じたことはジョアンが決して理解できないのと同じように・・。

メアリーが卵を三つ持って部屋に入って来た。「奥さんがくださったのよ。雌鶏が食べきれないほど産むんですって。スミスさんがもう卵は食べ飽きたと言うので、奥さんがくださったの」と言いながらジョアンに卵を手渡した。メアリーはジョン・スミスがいっそ食べるのを一切やめて死んでしまったら良いのにと思っているが、そんなことはおくびにも出さなかった。お祈りの時にそっと思ったりはするのだが。

ジョアンは娘から卵を受け取るとバンジョーの顔を見た。バンジョーはまだ息が詰まったようになっていて、話すことができない。

「これを一つ、彼に分けてあげましょうね」と言いながらジョアンがストーブの上の鍋に卵を入れた。「メアリー、今夜はこれを兵隊さんに持って行って欲しいの。スミスさん達が寝る頃になったらすぐにね。そのタイミングが一番よくわかるのはあなただけだからね」

本人がそう望んだわけでもないが、今やメアリー・ウイリアムズはスミス家に一番近い存在だった。毎日彼らがどんな暮らしをしているか、食べ物の好み、息子のカーマイケルがいつおねしょをしたか、キング・ビリーことジョン・スミスが機嫌が悪い時、スミス夫人の毎月の周期まで、知りたくもないことまで知り尽くしていた。そんな知識が今、メアリーが大人達をそして大人達が日本兵を助けるのに役立つことになったのだ。メアリーは深く頷いた。


六時にはあたりはすでに暗くなっていた。そして今夜の保護区はとても静かだった。どの家族もそれぞれの小屋で、薪ストーブを囲んで暖をとりながら食事をしている時間だ。クロード達若者が線路向こうで獲ってきてくれた兎のシチューを食べている家が多かった。どんなものでもみんなで分け合うのが常だった。子供達は寝る準備をしている。四人が寄り添ってじゃれ合いながら暖かくして一つのベッドに潜り込む。もっと子供の多い家もある。

メアリーはじっとキッチンに座ってタイミングを計っている。もう数時間も待っているような気がする。緊張で気持ちが悪かった。全くの他人に何と話しかけ、どうやって食べ物を渡すか、何千回もシミュレーションしている。一日中、今夜初めて日本兵に会わなくてはいけないことを考え続けてすっかり具合が悪くなってしまっていた。それでもメアリーはどうすれば良いのか手順は完全にわかっていた。

食べ物を届ける。生かし続ける。匿い続ける。しかし、どこかで間違いを犯したらどうしようと思うと緊張して吐き気がする。と同時に大人達から信頼され、この大役を任されたことで、自分の価値を認められたと感じ、高揚もしている。万が一誰かに見つかったらどうしたら良いのか。そうなったら日本兵の存在が家族の、そしてエランビーのみんなに大変な悪影響を及ぼすだろう。メアリーはそんなことの責任を取りたくなかった。

八時をかなり回ったところで、ジョアンが食べ物を用意した。ゆで卵とダンパーブレッドを少し、麻の袋に入れてしっかり包んだ。メアリーが上着の下に隠せるようにとの配慮だ。上着といっても、その下にメアリーが着ている更紗のワンピースと重ねても大して暖かくはない代物だ。

「メアリー、五分で帰ってきてちょうだい。いいわね?」「はい。お母さん」メアリーには母親が心配しているのはわかっていたので言われた通りにしようと思った。「心配させないでちょうだいね。梯子を降りて行って、食べ物を渡したら戻って来る、あなたがするのはそれだけよ。他のことはなしよ」「気をつけろよ」バンジョーが娘を裏のドアまで送りながら言う。「俺はここでタバコを吸って待ってる」

「もし誰かに見つかったらどうしたらいいの?」メアリーがフレッドとマージの住む小屋を見ながら聞いた。「よく周りを見て、もし誰かがいたと思ったらトイレに行きなさい」とバンジョーが答える。トイレも裏庭で、ちょうど防空壕のすぐ近くにあるのだった。「さあ、もう行きなさい」バンジョーがメアリーの背中を軽く叩いて促した。

メアリーは用心深く裏庭を歩き始めた。精一杯怪しまれないように振る舞い、誰かに見られていないかを抜け目なく確かめながら歩を進めた。マージ叔母さんにだけは見つかりたくない。犬に吠えられてもだめだ。人の注意を引いてしまうだろう。どの小屋にもまだ明かりがついていた。外で過ごすには寒い時期なので、ほとんどの人は家の中だ。遠くでクロードが外でタバコを吸っているのがメアリーには見えた。メアリーの鼓動が早くなり、口から心臓が飛び出すのではないかと思うほど、自分でもドキドキしているのがわかる。

犬が吠え始めた。メアリーは立ち止まる。心臓は早鐘を打ち続けている。辺りを見回す。誰もいない。犬が静かになった。

とうとう防空壕に着いた。今度は入口を覆っているトタン板を自分が通れるように動かすのが一苦労だ。やっとできた隙間から滑り込むと今度は静かな闇の中に音が響き渡った。この音では誰かに聞かれただろう、とメアリーは思った。緊張しながら周りを見回した。父親のバンジョーはまだ家の裏側にいる。誰もいないと見てとると、メアリーは隙間から中に入り、トタン板を被せ戻した。それからぐらつく梯子を降り始める。何段あるか一歩一歩数えながら真っ暗な穴の中へと降りて行く。何段あるかわかっていれば、次の時から役に立つだろう。十段降りて、やっと床にたどり着いた。

左側の肩の高さにランタンが下がっていると父親から教わっていたので、手探りでそれを探す。マッチを擦り、ランタンに火を灯す。すると防空壕の端で男がぐったりしているのが見えた。彼は怖がってはいるが、感謝の気持ちがその様子から伝わってくる。メアリーを見る表情は虚ろだ。彼はその目でどんな恐ろしい光景を戦場で見て来たことだろうか。絶望を知っている目だ。しかし、今の彼の状況を助けに来てくれたメアリーを静かに見ていた。

メアリーは彼のことを気の毒に感じた。

彼がゆっくり立ち上がった。弱々しいながらも丁寧な所作でお辞儀をした。メアリーはそういう習慣には慣れていなかったのでびっくりしてしまったが、おずおずと同じようにお辞儀をして返した。メアリーは相手と視線を合わせるのを躊躇していた。父親とスミスさん以外の男性と二人きりになったことがなかったのだ。しかもスミスさんと一緒の時はいつも何となく恐ろしかった。何もかもが初めての経験で、緊張はしている。どことなく心踊る感じもあった。メアリーには知る由もなかったが、宏もまた敵国の女性と同じ場所にいることに戸惑い、緊張しているのであった。故郷から遠く離れ、他に行く当てもない。今更収容所に戻って再び正式に捕虜として暮らす気もなく、ここに辿り着いてしまったのだ。

メアリーは上着の下から包みを取り出し、それを開けて彼に差し出した。「これを」メアリーは相手が英語を理解するとは思ってもいない。「食べてくださいね。卵とダンパーブレッドよ」メアリーは手を口に持って行く仕草で食べ物だということを伝えようとした。でも、すぐにどれほどそれが間の抜けた仕草だったかに気づいた。「サンキュー」と彼が英語で答えた。宏は卵には馴染みがあるが、ダンパーブレッドは初めてだった。どんな食べ物にせよ、空腹感に苛まれていた彼にとってはありがたかった。すぐにでも貪りたかったが、少女がいる間にガツガツ食べるのははばかられた。

今目の前にいる相手の礼儀正しさは、メアリーが色々噂で聞いていた、典型的な日本人の悪評とは全くかけ離れたものだった。いったいどうしてこの人は英語を話せるのかしら、と興味をそそられた。しかし母親から言われていた五分をとうに過ぎていたので「もう行かなくてはいけないわ」と言いながら麻袋を畳んで上着の下に隠した。

ちょっとためらってから「上がってすぐのところにトイレがあるの。バケツの中身を捨てに行ってね」と隅に置いてあるバケツを指した。悪臭がかすかにそこから漂っていた。「十分気をつけて。素早く済ませてね。上に長いこといてはいけないの。父さん達が怒るからね。他の誰もあなたがここにいることは知らないわ。私たちがここで安全にあなたを匿うわ」

彼は頷いた。自分の置かれている立場を即座に理解しようとしていた。しかし宏にはこの状況全てが恥ずかしく、後ろめたく感じられた。「明日また来ますね。体を洗うものと食べ物を持ってくるわ」そう言うとメアリーは灯りを吹き消した。梯子の最後の段を上がる時、日本兵が静かにもう一度「サンキュー」と言う声がメアリーの耳に届いた。

宏は最初の二晩は不安と空腹で眠ることができなかった。防空壕の床は土で湿っていて、寒かった。真っ暗闇で、この先何が起こるのかわからない恐怖もあり、気分が沈んでいた。収容所では少なくとも毎日することは決まっていたし、太陽の光が捕虜達が精神的におかしくなるのをギリギリのところで食い止めていた。しかし、ここではトタン板の穴から漏れてくる明かり以外には何もなく、ただ暗闇があるだけだった。音もない世界に延々といると自然と恐怖と後悔の念に集中して行ってしまうのが危険だった。宏は自分が隠れている穴蔵の外がどうなっていて何が起こっているのか知りたくて仕方なかった。仲間達がどうなったのか、何人が生き延びて、彼のようにどこかに安全に潜伏することができたのだろうか、と。

あのまま収容所にいたらどうだったのだろうと考えずにはいられなかった。宏は長い時間をただ待って考えることで過ごしていた。自分がどこにいて、どうしたら生き延びることができるのか、もし捕まったら一体どうなるのだろうと考えてしまう。ここからもう一度逃げ出したらどうなるのだろう。故郷の家族の元に戻るチャンスなどあるのだろうか。父親が望んだ通りの勇者になれなかった自分に罪悪感を感じていた。本来なら、とっくに自害してしまわなければいけなかったのだろう。しかし、その究極の行動が自分のため、家族のため、そして天皇陛下のためになるとは宏には思えないのだ。

家族にとって不名誉になる行動をしてしまったと思うと宏は後悔してもしきれなかった。母親は自分が死んだものと思って喪に服していることだろう。せめて手紙を書いて自分が生きていること、そしていつか故郷に帰るということを伝えたかった。

願わくば、収容所でしていたように新聞だけでも読むことができたら、と宏は思わずにいられない。収容所では数人が英語力を買われ、Bコンパウンドの他の捕虜達に英字新聞を読んで内容を説明していたものだった。その頃は戦争で何が起きているのかが新聞を通じて把握することができたが、今は戦況がどうなっているのか知る術もなく途方にくれていた。

脱走事件後、同胞はどうなったのか、戦況はどう進んでいるのか、また自分に家族の元に戻るチャンスがあるのか無いのかを知りたくて仕方ない。一番知りたいのは脱走で死者が何人出たのかと同郷の親友、正雄の生死だった。またあの少女が来た時にでも新聞が欲しいと頼んでも良いのだろうか。それとも、既に危険を冒して食べ物と隠れ場所を用意してくれている人たちに頼むにはあまりにも厚かましい願いだろうか。万が一あの少女に何かを聞いたところで、全ての答が返って来るわけでは無いだろう。彼女に来てもらっていること自体が気まずいのに、ましてや何かを聞くのは憚られる。新聞さえあれば色々な疑問の答が手に入るはずだが。

宏は自分がどこにいるのかよく理解していない。匿ってくれているのが誰なのか、どうして食べ物をくれて生かしておいてくれるのか、そもそも彼らはオーストラリア人なのだろうか。収容所の兵隊達はほとんどが白人だった。ここの人達は兵隊には見えない。収容所には褐色の肌をした兵隊が一人いて、さらに色の黒い男がたまに届け物をしに来ていたのは見たことがある。白人以外で宏が見たことがあったのはその二人だけだった。ここに来てから会ったのは脚の悪い男と少女だけで、二人とも肌はとても黒かった。宏はこの素性のわからない人達が自分をなぜ助けてくれているのか、とても不思議だった。

第3章

スミス家で働いている日中、メアリーはずっと地下で隠れている日本兵のことを考えて過ごしていた。宏と同じくらい色々考えていて、すでに彼に聞きたいことでメアリーの頭は一杯だった。ベッドを整えること、床の掃き掃除、洗濯、奥さんの料理の手伝い、子供達、カーマイケルとキャサリンの世話など、スミス家での毎日の雑用は自動的にこなしていた。

子供達は日中学校に行く。聖ラファエル小学校まで片道3マイル（約四・八キロ）の道を一緒に歩くのはメアリーの役目だった。スミスの奥さんはとてもイギリス的な人で、優雅な淑女はそんな距離を歩くものではないとの理由から、送り迎えはメアリーの仕事リストの一番に特記されていた。スミス家で働くのは最悪だろうと言う人も多かったが、学校への行き帰りだけだとはいえ、メアリーは毎日町に自由に行けるというだけでこの仕事が気に入っていた。

たまにイタリア人捕虜が自転車で町を通り過ぎながら、子供や大人達にお菓子を投げてやっているのを見かけることもあった。いくつかもらえた日にはメアリーは妹達に持って帰ったものだった。メアリーの仕事は毎日の学校への子供の送り迎え往復6マイルを含む雑用を週に五日だ。それだけの労働を支えていたのは配給での限りある食事だったので、メアリーはとても痩せていた。しかし健康だった。

スミス夫人はメアリーを気に入っていて、夫には内緒でしばしば残り物の食料を持たせてくれた。キング・ビリーことスミス氏は妻とは正反対の人物で、一家が食事をする時にはテーブルにメアリーが同席することは決して許さず、食事が終わって片付ける時まで台所で座っているようにと厳しく申し付けていた。

メアリーが帰宅する少し前にスミス氏が無線のスイッチを入れ、静かにするようにと伝えた。言われた通りに静かに立ったまま、メアリーは家族と一緒にニュースに耳を傾けた。『ニュー・サウス・ウエールズ州中西部の町、カウラで国際的な事件が起きました。千百四人の日本兵が脱走事件を起こしました。その後逮捕された人数、及び何人が脱走中かはまだわかっていません。死傷者の数も確認中です。近隣の町、パークスとウォガから飛行機が集まって来て空から捜索にあたっている模様です。飛行機は、イギリス製のスピットファイアとオーストラリア製のウィラウエイズで、上空からカウラの捕虜収容所から脱走中の日本兵を探しています』スミスはそれを聞いて、唸り声を上げると「ジャップどもが戦争に勝てるわけがない」とブツブツ呟きながら部屋を出て行った。メアリーはいつものようにスミス家での仕事の後でとても疲れていたので、主人が部屋から出て行ってもあまり気にしなかった。

今夜は特にこの後にあの見知らぬ日本兵のところにまた行かなくては、とずっと考えてアドレナリンが出ている。疲れているものの妙な高揚感があった。

自宅に戻ると、母親が茹でたジャガイモとダンパーブレッドを「隠れ人」のために包んでいるところだった。今回は初めてでないので、何をどうすれば良いのか手順がわかっている。メアリーはどうやったらトタン板の音をあまり立てずにずらすことができるか、梯子は何段あるのか、ランタンはどの辺りに下がっているのかをきちんと把握していた。

防空壕への道をウィリアムズ家の忠犬、KBがそばを歩いてついて来ていた。吠えないでいてね、とメアリーがそっと願う。メアリーが穴蔵に降りて行き、ランタンに灯りをともす間、宏は直立不動の姿勢で乱れがちな息を整えながら静かに待っている。持って来てくれる食料にも感謝していたが、メアリーの来訪が唯一人と会う機会で、それもとてもありがたいと感じていた。メアリーはまだ目を伏せていたが、上着から包みを取り出すのを見計らって彼が自分の名前を伝えた。「ヒロシ」

メアリーは聞いたことのない言葉を耳にして驚きながら顔をあげた。「自分の名前はヒロシといいます」「私の名前はメアリーです」と彼女は答えた。微かに微笑みながらメアリーは宏に包みを渡した。頬が少し上気していたかもしれない。「メアリー・・」彼が繰り返した。どんな意味を持っている名前だろう、と宏は思った。「日本の名前だと真理に近いですね。真実の子という意味です」宏はメアリーの名前にもそういう意味があったら良いなと思った。宏にとってメアリーはそういう存在だった。

「自分は二十五歳です」メアリーは宏の目の周りの皺や、いく筋かランタンの光に光る彼の白髪を見て、もっと老けて見えるな、と思った。痩せているが、筋肉は残っている。何となく感じの良い人だな、何故だかはわからないけれど、とメアリーは感じる。地元のアボリジナルの少年達をさほどよく見たこともないし、ボーイフレンドもいたことがない。しかし、今夜のメアリーは宏の容貌をしっかりと見ていた。

「何歳ですか」宏はメアリーの目を見ないようにしながら尋ねた。「十七歳」それを聞いて宏はメアリーが小柄で痩せているので、もっと若く見えるな、と自分の妹達を思い出した。　メアリーが聞く。「あなたには兄弟はいるのですか」「妹が二人います。あなたと同じくらいの歳だ」そこまで話して宏はふと黙る。メアリーに色々話してはいけないのかもしれない。自分は捕虜なのだ。捕虜の兄がいるということは妹達の縁談に差し支える。仕事場から追い出され、兄を恥と思うかもしれない。そう思うといたたまれなかったが、その感情を赤の他人のメアリーに伝えても仕方ない。

「私には妹が三人、弟が一人いるわ。従兄弟はそれはもう数え切れないくらい沢山いるのよ。そう言ってメアリーは笑ったが、宏にはエランビーでは大家族が当たり前だというのは知る由もない。

「自分は日本人です。大和民族です」と宏が誇らしげに言った。メアリーは日本人という言葉は知っていたが大和、というのは聞いたことのない言葉だったので少し笑った。正しく発音できているかな、と思いながらゆっくり「ヤ、マ、ト」と繰り返した。メアリーの優しげで穏やかな声を聞いて宏の肩の力が抜けた。荒んでいた心が少し癒される気がする。安全で暖かいところにいる気持ちにさせる声だった。しかし、外国人、しかも女性と個人的なことについて話すということは日本男児にとって本来非常におかしなことではないか。戦争は人間を捨て鉢な状況に陥れる。

長いこと、宏は女性の声を聞くことがなかった。近くに寄ることもなければ、話したり、その匂いを嗅いだりすることもなかった。彼の人生から女性という存在は消えていたのだ。宏は突然、自分がどれほど女性との関わりを望み、女性からの癒しを欲しているかに気づいた。カウラに来てからというもの、正雄だけが唯一の親しい人間だった。しかし、正雄はもはやこの世にいないのかもしれない。収容所で何でも話すことのできたのは正雄だけだった。その名の通り、道義的に正しい人物だ。そして正しい行い、つまり自害を遂げるような男だったのだ。「ヤ、マ、トってどういう意味?」「大和は自分の国での主要な民族です。元々日本にいた民族で、他のところから各地に移り住んで来た人たちとは違うのです」宏は誇らしげにそう話した。捕虜として過ごしていることについては恥じているが、大和民族でいることは誇りにしている。

「国内に住んでいる韓国人や台湾人が日本人と言われることもあるけれど、彼らは大和民族ではないのです、メアリー。このカウラの収容所には韓国人もいて、看守たちはその人達のことも日本人だと思っているらしい。見かけが同じようだという人も多く、一つの民族だと思われているようですけどね」「そうなのね」とメアリーは相槌を打ったが、あまりよくは理解できていなかった。ランタンに近づきながら「また明日。食べ物を持って来ますね」と答えた。「ではまた明日」宏もそう返した。

彼女が去ってもいないうちから、明日、メアリーが来てくれる事、食べ物を持って来てくれる事をあと何時間、あと何分、とすでに心待ちにしている。それが宏と外界とをつなぐ全てだった。明日は新聞を頼んでみようかとも思う。しかし、今日のところはこの少女が親切にしてくれることに感謝をするだけだった。


メアリーはスミス家で、大きな楕円のテーブルに広げたカウラ・ガーディアンという新聞を読んでいた。本来ならそのテーブルを磨いているべきなのだが。

『一九四四年八月四日　カウラで捕虜脱走事件』

『土曜の真夜中に大勢の戦争捕虜が収容所から脱走した。現場付近では軍と警察関係者によって入念な捜索が行われた。民間人にも安全を保全すると同時に脱走者の確保への協力を要請する。助けを求めて脱走者が接触してきた場合には、直ちに管轄の軍または警察へ届け出るよう要請するものである』

スミス氏は外出中で、奥さんは頭痛がすると言って休んでいる。奥さんの頭痛はスミスさんのせいだわ、とメアリーはこっそり思う。彼と一緒に暮らしていたら頭痛に悩まされない人はいないもの、と。メアリーはさらに読み進める。首相からの発表があるまではこれ以上の情報について公表してはいけないと検閲当局からの達しがあったそうだ。

『助けを求めて脱走者が接触してきた場合には、直ちに管轄の軍または警察へ届け出るよう要請するものである』

メアリーはこの部分を読みながら、もし宏のことが誰かに知られたらウィリアムズ一家がどれほどの窮状に陥るかとぞっとする。メアリーには何故自分の両親がヒロシを匿うことにしたのか、よくわかっていた。特にガンディブルスという団体には決して宏を差し出したりはしないと。その昔、ガンディブルスが、メアリーの母親の兄弟姉妹を連れ去ったのだ。当時は警察がそのようなことをする権限があるとは誰も思っていなかった。子供を連れ去るのは福祉委員会だけだと考えていたのだ。その日以来、メアリーの母、ジョアンは一人っ子となってしまった。ジョアンは決してガンディブルスのためには何一つしないと決めたのだった。

メアリーはテーブルを磨き、新聞を元あったとおりに直した。両親の元に戻る前に、できるだけ多くの情報をしっかり記憶した。エランビーの人間が新聞を手にすることはほとんどなく、誰かが何とか入手できたらみんなで回し読みをしたものだった。ニュースを目にするのは数日遅れということが普通だった。

覚えた情報を一つ一つ頭の中で確認しながら、メアリーは自分が有能なスパイになったように感じた。日本人が戦争で極悪なことをしていて、ヨーロッパで酷いことをしているドイツと同盟を結んでいるらしいと知ってはいたものの、オーストラリア当局を出し抜いてやりたいと感じている。メアリーは戦争は悲劇だと思っていた。家族、そして国々を引き裂くものだ、と。戦争は無実の人間の心と体に一生癒えないひどい傷を負わせるものなのだ。

メアリーは、戦争の影響で起こる事に良い事は一つも無いと知っていた。しかし、今では戦争のおかげで宏がエランビーに来たことに感謝している気持ちも否めなかった。彼の存在で、自分の平凡な生活にちょっとした彩りがもたらされている。

家に戻る途中で家の前に一人で立っているマージ叔母さんに出くわした。「あら、こんにちは。キング・ビリーは今日はどうしていたかしら?」「そうね、いつも通りだったと思うわ」メアリーは雇い主であるマネージャーのことは話したくなかったし、どうしてマージ叔母さんはお父さんがするみたいにきちんとジョン・スミスと言わないのかしら、と訝った。「一人でこの辺を歩く時は気をつけなくてはダメよ。ねえ、脱走事件のことについては知っているでしょ」「ええ、叔母さん。お父さんから聞いたわ」「そう。ジャップは本当にオーストラリアにとっての脅威だからね」「そうね、叔母さん」メアリーは日本人については話したくなかったし、早く叔母から離れて帰りたかった。「敵の中でも一番危険な連中だからね。でも、私達は徹底的に抵抗してやるけどね」マージが囁く。「叔母さん、私、もう家に帰らなくちゃ」とメアリーは頬にキスをするとマージから離れて行った。

「お母さん、お父さん」家に帰るや否やメアリーが「ニュースがあるのよ」と声をかける。新聞で読んだことを忘れないうちに両親に伝えたい。キッチンのテーブルに三人一緒に座って、メアリーが小声で読んできたことを話した。「軍当局は土曜日の午前二時に脱走事件が起きたと発表したけれど、何人が脱走中かはわかっていないみたいなの」父親の顔を見たが、バンジョーは何も言わない。

ジョアンが宏の食料を包んだ。「今夜持って行ってもらう分はあまりないのよ、メアリー。菜園にはほとんど何もないし、ダンパーブレッドも少しだけ。あとはシドが持ってきてくれた小さなリンゴが一個。これで我慢してもらわないといけないわ」そう言うとジョアンはメアリーに包みを渡した。「フレッドは何も持って来てくれなかったわ。多分マージに怪しまれたくないのでしょうね。これは水の入れ物。蓋はきつく締めてあるわ。あなたが下にいる間に飲んでもらって。入れ物は持って帰ってきてちょうだいね」

「ヒロシが喜ぶわ」何かしら持って行くものがあるということは、また彼に会える、とメアリーは嬉しく思った。両親が驚いた顔で娘を見つめた。その様子でメアリーはまだ両親に彼の名前を知っていることを伝えていなかったことに気づいた。「ヒロシという名前の人なの。英語が話せるのよ」「何だって？本当か？」バンジョーが聞き返した。「俺が彼を見つけて急いでシェルターに連れて行った時は一言だって話さなかったぞ。だから自分の言葉しか話さないもんだとばっかり思ってた。俺も空き地を歩いて行った時はこうして静かに、って示しただけだったんだ」と唇に指を当てる仕草をした。

「どのくらい話せるんだ？」「わからないわ。ただ、自分の名前はヒロシ、そして自分はヤマトだって言っただけですもの。ヤマトっていうのは元々日本にいた人で、私たちみたいな存在じゃないのかしら、多分」そう言いながらメアリーは自分がどれほど彼の言ったこと覚えていて、もっと知りたいとさえ思っていることに気づいて驚いた。

メアリーは色々なことに興味があり、知的好奇心が強い少女だった。スミス家で働くために学校をやめなくてはいけなかったので、沢山のことを学び損ねていた。彼女が世界について知っているのはたまに新聞で拾い読みをすることだけだった。「長い時間防空壕で過ごしてはいけないと言ったはずよ、メアリー。食べ物を届けて、彼が水を飲み終わったらすぐに戻って来なくちゃいけないわ。親切は良いけれどすぐ戻っていらっしゃい」

ジョアンは宏に親切にしてあげたかったが、娘が彼に対して通り一遍の丁寧な対応以上のことをするのは望んでいない。そんな必要はないし、良いことなど起こりはしない。「お友達になれとは言っていないからね」ジョアンは厳しく言い添えた。メアリーは彼の名前を知っただけなのに、母親が過剰反応しているなと感じた。メアリーは良識がある少女だった。カソリック教徒で、聖ラファエル教会で洗礼を受けてもいる。親に言われなくても毎晩の祈りは欠かさない。いかにもカソリック教徒らしいお母さんでさえ、たまにあまりクリスチャンらしくない振る舞いをするものだな、とメアリーは思った。

・

宏のところに行くのは前夜よりもずっと気が楽だった。「ヒロシ」という名前もわかっているし、何よりも彼は英語がわかることも知っている。「ハロー」メアリーはランタンに灯りを入れながら挨拶をした。宏はメアリーが来るのを待っていた。長い、孤独な一日だったけれど、夜にはメアリーが思いやりある親切な表情で食べ物を持って来てくれるとわかっていた。さあ、彼女が来たぞ。

「こんにちは」宏が静かに日本語で言った。「私の国の言葉でハロー、の意味ですよ」彼は自分の胸を叩きながら「コン・ニチ・ハ」とメアリーが聞き取りやすいように音ごとに発音してみせた。「コン・ニチ・ハ」と言いながら新しい挨拶の言葉を習うのは嬉しいな、とメアリーは思った。我ながら覚えが早いなと、思わず微笑んだ。

「ごめんなさいね。今夜はあまり沢山あげられないの、ヒロシ」メアリーは彼の名前の音が気に入っていた。英語の英雄を表す「ヒーロー」に少し似ている。「ダンパーブレッドとリンゴとお水なの」メアリーは包みを差し出し、ポケットから水を出して手渡した。宏は丁寧にお辞儀をして「ごめんなさいなんて言わないでください。ご家族の食料を分けていただいて・・。ご負担をおかけして申し訳ないと思っています。この隠れ場所にも、全てに感謝しています」宏は手で防空壕の中を指し示した。メアリーが行ってしまうまで、食べ物に手をつけるのは待ちたかったが、いかんせん空腹で仕方なかったので、即座に包みを開けた。メアリーの方を見ないようにして座ると、食べ物をほとんど噛まずに丸ごと飲み込んでしまった。あまりに早く食べ物がなくなってしまったので、メアリーはもっと持って来てあげたいと、気の毒に感じた。宏は水も飲み干すと、入れ物をすぐにメアリーに返した。飲んだら返すように、と頼む間もなかった。

「ダンパーブレッドは気に入った?」「あまり慣れた味ではないですね」彼は乾いた食べ物を食べたばかりなので舌をちょっと鳴らした。「少し甘みを感じるかな?」慣れない味をなんと表して良いか、宏にはわからなかった。遠慮しながら「ひとつ聞いても良いですか」と言ってみた。「もちろん」「自分がいるここはどこなんですか?」顔を上げて宏は聞いた。「ここはエランビー地区よ。保護区と呼ぶ人もいるわ。黒人たちが住んでいた特別居留地だった場所なの」

「エランビー・・」「エランビーはザリガニという意味だという人もいるわ。父は水のある穴の意味だって言うの。ロックラン川がすぐ近くだから」「どんな人が住んでいるの?みんな・・その、君みたいな人たちなのかな?」宏は自分の腕の肌をさすって見せる。メアリーが笑った。「そうよ。ここに住んでいるのはみんな黒人よ」宏は頷いた。

突然さらに興味が増した。捕虜収容所の近くに黒人ばかりが集まって暮らしているところがあるなんて。

収容所の看守たちは大抵日本兵を真っ当に扱ってくれたものだった。収容所以外で彼が接したことのある白人はひどい連中ばかりだった。日本人を黄色い連中、と呼んだものだ。自分が黄色いと思ったことはない。宏はオーストラリアには他に何色の人種がいるのだろう、と考えた。「今私達がいる、この土地、それからカウラの町全体、それからあなたのいた収容所のあたりまで、それは全部・・」メアリーはウィラジュリの民族が持つ広大な土地、と言うのにふさわしい言葉を探す。「何百マイルという広い土地は全部アボリジナルの人達の所有する土地なの。ウィラジュリという民族の土地なのよ。あなたがヤマトと呼ばれるのと同じように私達は自分のことをウィラジュリのアボリジナルと呼んでいるわ」彼女は手を胸に置いて宏に聞く。「アボリジナルのことは聞いたことがある？」「そうだね。新聞でアボリジナル、と目にしたことはあるけれど。どういう人なのか、どういう意味なのかはよくわかっていないな」「エランビーはアボリジナルが住んでいる場所なの。三十二エイカーの広さがあるから、略して三十二エイカーズということもあるわ。町からは一マイルのところにあるの。だから多分あなたは四マイルかもっと収容所から走って来たのね」

メアリーは距離のことは確かでなかったし、彼女の言うことを宏が全て理解しているかどうかもわからなかった。でも、アボリジナルとしてエランビーで生活しているのがどういうことか、肌の色の薄い人間に話すチャンスはほとんどなかったので、言わずもがなの細かい話をしている自分を止められなかった。

日本人は白人ではない。目の前の宏は黄色く見えないが、新聞に日本人は黄色いと書いてあるし、町の人たちがいつもそう言っているのだから黄色いのだろうとメアリーは思う。

メアリーも世界中で一体どれだけの種類の色の人間がいるのだろうと、ふと考える。

「私達は、今あなたが隠れている穴蔵のある敷地の小屋に住んでいるの。うちは一六番地だわ。地元のウィラジュリの人たちがほとんどね。この辺りの出身の人たちが多いけれど、トゥミット、ブラングル、グリフィスとかヤス出身の人もいるわ。ここでエランビーのコミュニティの人と結婚することもあるのよ。ケヴィン叔父さんはカウラには美人が多いから人が集まって来ると言うのよ。有名なんですって」

メアリーはそう言って頬を染めた。自分のことを綺麗だと言っているように宏に思って欲しくなかった。

「マネージャーがいるの。ジョン・スミスさんって言う人。私達は彼の言う通りにしなくてはいけないの。ここからどこかに行く時、誰かが訪問して来る時、結婚のこと、何時に家に戻らなくてはいけないか、とか町に行っても良いかとか、全部お伺いを立てないといけないの」決まりごとをメアリーは一気に吐き出した。「だから、ある意味、あなたのいた収容所みたいなものよね。捕まった人の上にボスがいて規則や規定に縛られているのだからね」

「戦争の捕虜収容所みたいに黒人たちはいつも監視され続けているの。収入はほとんどないし、食べ物も少し与えられるだけ。配給っていうのよ」

宏はメアリーもまた収容所に住んでいるということに驚いた。また、こんな少女が見も知らない赤の他人、自分のような日本兵にこれほどのことを話したことにも驚いていた。と同時にここに住む人はよその人間とは違うものなのかな、とも思った。日本人女性だったら見知らぬ人にこれほど話さないし、ましてや相手が男性だったら口も開かないだろう。でも、宏はメアリーの開けっぴろげな態度に感謝していた。自分の悲劇的な立場が少しはましなものに感じられる。

「仕事はしているの?」「スミスさんのところで働いているの。家の掃除をして、奥さんの家事を手伝っているわ。ここの女性は近所で仕事をするのが普通ね。よその家の洗濯とか掃除ね。母は修道会と教会で働いているの。忙しい時には私も手伝うわ。アボリジナルの女性は働き者だと言われているのよ」メアリーは怒ったように言った。宏は何かいけないことを聞いたのかと気になって謝った。「すまなかったね」

「もう行かなくては」メアリーが突然思い出したように言う。「多分母が怒っているわ。ここに長くいてはいけないの」

宏が頷き、それから遠慮がちに頼んでみる。「もしできたら新聞を持って来てもらえないだろうか。読みたいんだ戦況について知りたいとは言わない。暗闇の中で読めるかどうかもわからないけれど、とりあえず頼んでみよう。「新聞があれば時間が潰せるしね」これは嘘ではない。メアリーには新聞を入手できるかどうかはわからない。約束はできないけれど「やってみる」と返事をしておく。

足早に小屋に戻る途中ですでにメアリーは新聞を宏のために手に入れる方法を考えついていた。一日の仕事が終わったらスミス夫人に自分の読み方の練習のために新聞をもらえないかと聞いてみようと。全てが嘘ではない。彼に渡す前に必ず自分でも読むのだから。読めば読むほど自分の勉強にもなるではないか。

宏は一人になってもう一度カウラの黒人たちのことを考えた。大学にまで行って、どうして何も聞いたことがなかったのだろう。いや、しかしそもそもオーストラリアのことについても何も学んだことがなかったのだ。メアリーとの会話から日本のアイヌ民族のことに思いが及んだ。アイヌ民族は日本とロシアの先住民族だ。日本ではアイヌ民族のことはほとんど誰も口にしない。宏は収容所にいる間にもっとちゃんと新聞を読んでおけば良かったと後悔する。自国でのアイヌ民族の歴史的な立場や伝統とオーストラリアの人たちの問題との両方について戸惑っていた。

『一九四四年八月十一日　また騙された！　組織的な市場調査は期待できない国民投票の提案』

オーストラリアで行われる予定の国民投票について、メアリーが新聞に書いてあることを両親に読んでいた。生産性に関する市場調査が問題となっている。メアリーは宏に新聞を持って行ってあげることにしている。でもそのことについては両親には何も言わないつもりだ。言ったところで母親が認めないだろうとわかっている。

スミス夫人に伝えたのと同じく、嘘はついていない。ただ単に何も言わないだけだ。メアリーは敬虔なカソリック教徒である自分の言い分を正当化している。然るべき理由があってつかなくてはいけないちょっとした嘘は、カソリックのとるべき行動に沿ったものだと。宏に食べ物を届けるのも同じ理由からだ。宏に本も届けてあげたかった。でも、メアリーには本を手にいれる手立てがない。ブリスベン通りに図書館施設があるのは知っているが、本を借りるにはお金が必要なのだ。

「投票だと！　もし俺に投票権がありさえしたら、この忌々しい政権に反対して俺たちが権利を持てるようにするのに！」

メアリーも母親も何も返事をしない。二人とも現実的に黒人たちが投票に参加できるようになったり、他の権利を持ったりできるように政権を変えることなど、自分達にはできないことは痛いほど知っている。何を言ってもバンジョーの慰めにはならないこともわかっている。ここはただ単にバンジョーが自分の感情と折り合い、気持ちを鎮めるまで好きなように言わせておくしかないのだ。

メアリーが防空壕に向かう。今夜はリンゴが一つと水の入った入れ物しか持っていない。すでに食べ物の調達が難しくなって来ていた。まだ宏を匿い始めてからほんの数日しか経っていないというのに。家族の人数分の配給しかないのだ。いつもより足早に歩く彼女のエプロンには新聞が挟んである。それが落ちたりしないことを願いながら急いだ。今日は濡らした布も持って来ている。これで宏が体を拭くことができる。

夜のうちに霜が降りるだろう。薄い毛布で、火もなく寒い毎晩を過ごす宏のことをメアリーは思いやった。メアリーは自分が彼の生活をもっと快適にしてあげられることは何かないのだろうか、と考え始めた。まず最初は着るものの調達だ。

いつも通りに宏が待っていた。メアリーが想像し、期待していたよりも堅苦しい感じだ。宏が真面目そのものに直立不動の姿勢で立っているからだ。

「えっと・・。今日はリンゴとお水しかないの」ポケットからリンゴを出し、水と一緒に手渡しながらメアリーが言う。宏はそれをありがたく押し頂き、ほんの束の間、日中のこと、そしてこの奇妙な立場、なぜ自分がここにいるかということを忘れていた。人から親切にされることのありがたさに圧倒される思いだった。

宏はこの一時間というもの、トタン板が動かされる音がしないかとじっと待っていた。メアリーが降りて来る合図なのだ。その音がしたら立ち上がってメアリーを迎えるのだ。メアリーの訪れを心待ちにしながらも、宏は日本男子だったら誰もが感じる違和感を感じずにはいられなかった。しかし、戦時下で切羽詰まった状況では普段の常識も振る舞いも変化するものだ。

「これも持って来たのよ」と新聞を上着の下から引っ張り出した。体を拭くように、と濡らして来た布が下に落ちてしまった。

宏の目が輝いた。今の彼にとって新聞は金の塊にも匹敵する。新聞を読むことで自由への切符が手に入り、気分だけは故郷に飛ぶことができる気がする。「サンキュー」それから彼の母国語でもう一度「アリガトウ。日本語でサンキューという意味です」

宏は夢中で新聞を読み始めた。飢えと渇きすら瞬間忘れてしまい、メアリーに促されてやっと水に手を出した。宏は、メアリーが今までに見たことがないほどの勢いでガブガブと一気に水を飲み干した。水の入った入れ物をメアリーに返すと、二人はそこで突っ立っていた。彼はもう話をしたいとも思わず、ただただ新聞が読みたかったのだ。「もう行かなくちゃ」とメアリーがランタンを消そうとした。「お願いだ」「新聞が読めるように灯りをつけておいてもらえないだろうか」宏が懇願した。

ランタンが消えたら真っ暗になってしまうのはメアリーも知っている。心が揺れる。燃料のケロシンがいつもより早く無くなってしまったら困ることを宏にどうしたらわかってもらえるだろう。

まあ、いいか。せっかく新聞を渡しておきながら、真っ暗闇に置き去りにするわけには行かない。それはキリスト教徒のすることではないわね、と彼女は自分に言い訳をする。

「わかったわ。また明日ね！」とメアリーが言う。「また明日！」「アリガトウ」と宏が言い添える。

帰り道、メアリーは頭の中でその言葉を繰り返しながら歩いた。「アリガトウ、アリガトウ・・」

次の夜、メアリーが食べ物の包みを宏に渡すと、中にはリンゴとオレンジが入っていた。宏は新聞と食べ物を大喜びで受け取った。

「日本のどこの出身なの?」とメアリーが聞いた。宏は自分の出身地など気にする人がいるのか、と驚くと同時に故郷を恋しく感じた。

「自分の故郷は四国です。四つの国、と言う意味の所なんだ」メアリーは日本もオーストラリアのように土地が分かれているのかな、と思った。ウィラジュリの種族の土地、もっと南のヨルタヨルタの土地、というように。メアリーは宏を困らせたくなかったので、何も聞かずに宏が話すままを聞くことにした。

「愛媛、香川、徳島と自分の出身の高知県があるんだよ」と宏は誇りを持った様子で説明する。「四国そのものは日本で四番目に大きな島なんだよ。収容所の仲間もかなりの数が同じところの出身なんだ。みんなニューギニア戦線に行った」

メアリーは宏の故郷がどんなところが想像しようとして聞いた。「ここと同じような所かしら?」

「ここがどんな所か、自分にはわからないんだよ、メアリー」宏はメアリーを困惑させたくなかったけれど、何とかして説得力のある真実をきちんと伝えたいと思っている。

脱走した夜は真っ暗闇だった。ここで小屋の下に隠れているところを見つかってからは、隠れ家に急いで連れて来られた事もあって、周りを見ている余裕は全くなかった。

「もし、自分の故郷がどんな様子か話したら、どこかここに似ているところがあるかどうか、君が教えてくれるかな」

「そうね」メアリーが俄然張り切った。

「故郷にはね、とても高い山があって、急な坂があるんだ。平坦な土地ではないから、あまり広く農業ができるわけではない。でも、米や野菜、果物も育てているよ」

「ここにも農園があるわ。山はほとんどないわね。そうね。ヤギのビリーの丘、というのがあるくらいかしら」ちょっと馬鹿げたことを言ってしまったな、と思いながらメアリーが慌ただしく付け加える。メアリーはどこにも行ったことがなかったので、ヤギのビリーの丘以外に山みたいなものは見たことがないのだから仕方がない。「戦争が終わったらこの辺りの土地をあなたも見ることができるわね。母はここは神の土地だって言うのよ」と言いながらメアリーは母親が娘の帰りを今か今かとジリジリ待っているのを思い出した。

「ごめんなさい、ヒロシ。私、本当にもう行かなくちゃいけないの。またお話しましょう」とメアリーが言うと、宏は丁寧に頷いた。内心では今夜もまた会話を短く打ち切らなくてはいけないのが残念だった。

メアリーは家に戻りながら、早く明日になれば良いのに、と願っていた。明日になって、スミス家で地図を見たいのだ。宏の故郷はどれくらい遠いのか、日本で四番目に大きい島はどんな形をしているのか、オーストラリアよりも大きい島なのか、早く知りたかった。

ニューギニアがどこだかも知りたい。メアリーは今まで自分が他の国のことに興味を持ったことがなかったと気づいた。エランビーに住んで毎日スミス家で働いているだけ。今までどれほどのことを知らずに過ごして来たのだろう。

しかし今やメアリーは新しい知識を得たいと言う強い欲求に目覚めている。それは全て宏のお陰なのだった。

第4章

バンジョーは地元の農家のために納屋を作り直す仕事などで大工としての生計を立てている。今回はかなりの規模の仕事で、他にアボリジナルの男が二人、そして地元の白人も何人か一緒に仕事をしていた。アボリジナルの男たちは熟練した技があったので、選ばれてその仕事に就いていた。

一緒に仕事をしていれば、妻たちへの不満をこぼし合ったり、町で起きていることや、フットボールが一番うまいのは誰かなどとよく話したりするものだ。今バンジョーにとって一番重要なのは脱走事件についてみんなが知っている話を聞き出すことだった。新聞にはいまだに何も発表されておらず、噂だけが飛び交っていた。他の誰もがそうだったように、バンジョーもまたいつまで戦争が続くのか全くわからなかったので、どんな情報も役に立つのだ。

男達が手慣れた様子で木を切る仕事をしていた。木屑の匂いがして来た頃、ビルという地元の白人が話し始めたので、バンジョーは耳をそばだてた。「まだ例のジャップ達を全員捕まえたわけじゃないらしいな」ビルが続ける。「俺が留守の間は、うちのやつは家に閉じ込めてあるよ。ショットガンの準備も万端さ」

「うちもだよ」もう一人の白人が応える。「脱走の時は俺達の味方を何人かひどい方法で殺したっていうじゃないか。その挙句、俺達の町に逃げ込んだらしいしな。見かけたら即座に射殺してやる」

バンジョーは思わず言いそうになるのを抑える。「あんた達、白人の町じゃない。俺達の町なんだ」と言いたい。でも不用意にみんなの関心を引くのは良くない。ここは黙っているに限る。

「俺達白人はあいつら黄色いのよりもずっと利口だからな」ファット・ボブーがタバコに火を点ける。「こんなことが起こるって気づいていたと思うな」「どうしてだ?」バンジョーが「俺達白人」という部分を無視して聞いてみる。

「なんでったって、もうニュージーランドで起きたことだからさ。フェザーストーンてとこだよ。平和にやっていたのに、ジャップの野郎どもが働くのは嫌だって言い出したのか、もう言うことは聞かない、って言い出したとかで看守が威嚇するんで発砲したところ、奴らが気狂いみたいになって暴れ出したんだと。看守に石を投げつけて、そこからもう大騒ぎさ。黄色いヤツらを四十人殺してやっとの事で騒ぎが治ったそうだよ。看守が一人死んだのは気の毒だったな。流れ弾に当たったらしい」

「かなりひどい騒ぎだったのかい?」バンジョーは木にやすりをかけながらさりげなく聞いてみる。「そりゃそうだよ!今俺達がここにいる間にも同盟国の仲間が向こうの収容所でやられてるんだ。捕虜になった俺達の仲間を標的として戦う練習をしているそうだよ。的だとさ。他にどんなことが起こっている事やら!これを不愉快に思わないって言ったら、お前はもうジャップの味方だってことさ。お前はジャップの味方なのか、バンジョー?」

ファット・ボブーがあげつらうようにバンジョーに迫る。「ジャップはドイツ人達よりもひどいのさ。結託していやがる」他の男達がファット・ボブーに同意して頷いている。バンジョーは耳にしたことを信じられない。それでも、余計なことを言ってヘタに疑われるのはまっぴらだから何も言わずに静かにしていた。

ジョノーと呼ばれている白人が「脱走事件が起きるまでは収容所のことなんて考えたこともなかったよ」と言った。「だってさ、考えるほどのものでもないだろ。こっちに逃げて来るなんて思ってもいなかったことだし、イタ公は元々問題ない。知り合いの家で庭仕事をしているし、どこかで面倒を起こしたって話はないしな」

ファット・ボブーも続ける。「そうだな。イタ公は問題ないさ。最前線にいるよりもここにいた方がましだって奴らが思っているのはみんなが知っていることさ。秘密でも何でもない。気楽なもんだな。グラッパとかいう彼らの酒を作っているって。女達に歌を歌ったりして気を引いているけど、まあオーストラリア人には勝てっこないさ」

ボブーはシャツのボタンの間からのぞいている白い腹を掻きながら話し続ける。自分のことをカウラ一番の伊達男だとでも思っているかのようだ。「イタ公のことは構わないさ。果物や野菜を育てているし、缶詰工場で働いているけど、戦争が終わったらさっさといなくなるだろう。せいぜいここで役に立ってくれたらいいんだよ」とここで彼は座る。「ところがだな、ジャップの奴らはちょいと違うな。獣だな。種族そのものがとんでもないと来ている」

他の男達が頷いて同意を示した。例え違う意見があったとしても、誰もそんなことをファット・ボブーにわざわざ言いやしない。健康体ではないけれど、ボブーはその気になったら一発で相手を倒すパンチ力を持っている。それは誰もが知っていることだった。

「ダーウィンで爆撃があったそうだな。タイービルマ間のチャンギっていう線路でも。それからシドニー湾には潜水艦が来たそうだ」「文字通り、俺達の軒先まで来ていやがるのさ」ビルが言い添えた。「ちゃんと気に留めて対処するべきだな」

「真珠湾のことも考えてみろよ」ファット・ボブーがバンジョーに視線を向けて来る。

「お前も知っているだろう?」ファット・ボブーは黒人たちは頭が弱くて使い物にならないと思っているので、バンジョーが返事をしないとため息をついた。「ジャップの連中、一九四一年に真珠湾を攻撃したんだよ。二千五百人ものヤンキー達を殺したんだ。史上最悪の攻撃だったたんだ」

ジョノーが「どこでそういう細かい情報を仕入れるんだ?」とボブーに聞く。「自分とこの無線ラジオで聞くのさ。ストロンバーグ・カールソンの真空管ラジオさ。最高級のものだね。多分カウラで一番の無線ラジオだよ。日本のプロパガンダも聞けるさ。東京ローズってやつもね。反米の放送だよ。そうだよ。俺は敵の放送も聞いているのさ。敵の奴らの一歩先を行かないといけないからな」

誰も何も言わないでいると、ファット・ボブーがさらに自信満々で説教するかのように喋り続けた。「嫌だろうと何だろうと、これは知っておかなくちゃいけないことなんだよ、お前たち。世の中で何が起きているかは押さえておかないとな。いわゆる黄色い災から自分たちを守るためには他に方法はないのさ。先んじておくに限るのさ」

「日本人は世界で一番嫌われている民族さ。今俺たちはそいつらと戦わなくちゃいけないんだ。ここまで侵略して来るかもしれないんだぞ。飛行機で直に船に突撃して来るような奴らだ。カミカゼ攻撃っていうらしい」手真似で、飛行機が頭から船に突っ込んでいく振りをして、それから水音、激しい爆音を口真似して見せる。「アメリカの船にしたのと同じように俺達の船にも突っ込んで来るに違いない。最初に危ないのはダーウィンだな」ファット・ボブーは口角に泡を飛ばしながら夢中になって早口で話し続ける。ただただ見ているほかない他の男達にとってはちょっと怖い感じがするほどだ。

「ここに黄色い災はいらないさ。オーストラリアは白なんだ」ファット・ボブーが言い放つ。「でも、俺達は白くないぞ」とバンジョーが口を挟んだ。ボブーは自分の言ったことを訂正するわけでもなく、肩をすくめただけだった。「奴らが逃げられないように電気の通った囲いを作ったらいいんだよ。逃げようとしたら感電しちまえばいいんだ」ボブーは太ったお腹を揺すりながら、感電死が何か素晴らしいことでもあるかのように大笑いをした。

バンジョーは段々と怒りがこみ上げてくるのを一生懸命抑えようとしていた。白人の連中と議論になるのは避けたかったし、かと言って黒人と愚痴を言い合うのも嫌だった。

しかし今日は結果はどうであろうとひとこと言ってみようかと思う。彼の脳裏には脱走事件の翌朝目にした、悲しく壮絶な日本兵の遺体の様子が浮かんだ。彼の人間性が黙っていられなくさせた。バンジョーは誰かを憎むということを知らずに育った。また、憎しみを感じるような環境にいるものごめんだった。一体どんなことがあって、人間の心や気持ちがボブーのように極端にひどく病んでしまうのだろう。

「戦争はゾッとするものだよ。でも、敵の兵隊達だって人間だってことを忘れてはいけないだろう。俺やあんたらと同じように国の為に尽くしているのは同じだ。ここで柵に囲まれたところに閉じ込められているのは日本人だけじゃあない。エランビーだって同じことだ」バンジョーがそう言うと、白人達が、おやおや、やっていられないと言った様子のジェスチャーを目でして見せた。目玉をぐるっと上に回す、あの仕草だ。

ファット・ボブーはここに来て初めて黙って金槌で釘を打ち始めた。

バンジョーが続ける。「俺が言いたいのは、知っている限りカウラには二箇所の収容所があるってことだ。奴らも俺達も誰かの支配下で暮らさなくちゃいけないのはまっぴらなんだ」

もう一人のアボリジナルの大工、ジョージも言い添える。「ジャップにはきちんとした食事が与えられるけれどな」「頭数でのギリギリの配給制ではないんだろ？　砂糖、紅茶、小麦粉の他にももっともらっているって言うじゃないか。俺はあっちの収容所の方がいいな」男達が黙って聞いている。金槌をふた振りしただけで疲れてしまったファット・ボブーも耳を傾けていた。

「何でそんなこと知っているんだ?」とバンジョーが聞いた。「ジムが言ってたんだよ。ジャップは戦地からあそこに来ると太るんだと。ほとんど毎食米も食べて、ニュージーランドから持ってくる魚も食べているんだとさ。ロックラン川で捕れる魚じゃご不満らしい」

「それじゃあ、扱いが良すぎるじゃないか!あいつらも頭数の配給でいいじゃないか」とファット・ボブーが言った。「頭数の配給なんてものは誰にとっても全く足りないものなんだ」バンジョーは怒りのあまり拳を握りしめている。できるものなら一発ボブーの頭にお見舞いしたい。「戦争捕虜だって、俺達だって、誰もがみんな人間らしく扱われるべきなんだ」「だけど、あいつらがオーストラリア人をどう扱っているか考えてみろよ!」とボブーが怒鳴った。

「あんたが俺達の仲間のことを言っているのはわかってるさ。だけど、問題はそこじゃないんだよ、ボブー!俺が言いたいのはエランビーで俺達が囚人みたいな扱いを受けているってことなんだ。配給制がいけないんだ。同じ仕事をしたら同じだけ金を払ってもらって、その金で家族の為に何か買ってやりたいんだよ。配給の砂糖と小麦粉、紅茶、それから何とか自分達で育てているものと、捕まえてくることのできる兎なんかの他にな。全く、公平じゃないんだよ。戦争捕虜は俺達と同じ目にあっているんだ」

「俺が若かった頃にはカウラの周りには沢山野営地があったものさ」とジョージが話し始める。「西カウラのフットボール場もそうだったし、タラガラもそうだった。北カウラにもあったな」ファット・ボブー以外の男たちが黙って頷いた。みんな真実を知って入るけれど、普段口にはしない話題なのだ。「それからエランビーができて、みんなそこに集められたってわけだ」

「いいじゃないか。一緒に集まって暮らすのは悪くないんだろ」とファット・ボブーが口を挟んだ。

本当のところ、確かにバブーの言う通りだった。誰かがエランビーに住んでいたら、他の家族も段々集まって来ることはよくある。

「それがな、ボブー。エランビーは俺たち家族の故郷だったのさ。マネージャーが来る前のことさね。爺さん達はブルングルの生まれで、両親はここだよ。二十年前に特別保護区に変わるまでは普通に暮らしていたんだ。ここが俺にとっても故郷さ。たとえマネージャーに支配されていたとしてもな」

「一体何が言いたいんだよ、バンジョー？お前はたまにわけがわからないことを言い出すよな」とジョノーが遮る。

「この国の政府は俺達なんかよりも捕虜にずっといい扱いをしている、って言いたいのさ。俺達が怒る相手は日本人捕虜じゃなくて、政府なんだよ。日本兵は自分の国の為にするべきことをしているだけで、そこはオーストラリア兵と同じなんだ。戦争っていうのは兵隊達が悪いわけじゃないんだよ」

「俺達は古い厩からほんの少しの配給を受けているだけなんだ」ジョージが付け加える。

「つい何年か前にエランビーに住んでいる人間が二百人を超えて、手狭になった。三十二エイカーの土地だからな」バンジョーはかがんだまま立っていたので痛み始めた腰をさすっている。「カマラーグンガみたいに二百人で二千七百エイカーのところに住んでいるのとは違う暮らしなのさ」

ファット・ボブーはバンジョーの歴史に関する御託やら黒人の不満やらを聞くのにすっかり嫌気がさしてしまい、話題を変えて来た。「ローズデールの農場に住んでるウォルター・ウィアーの女房の話を聞いたか？」

「いや。それがどうしたって？」ジョノーはバンジョーのエランビーの歴史だか何だかの話にも、ボブーの話のどちらにも大して興味がない様子でとりあえず返事をする。

「どうやらウィアーの女房が、逃げ出して来た捕虜達にスコーンを焼いて紅茶を入れて出してやったらしいんだよ。その間に娘のマーガレットが警察を呼びに行ったんだとさ」ファット・ボブーはいかにも苦々しげに話す。

バンジョーはただ聞いていた。自分の妻も同じように親切にしてやるだろう、と思いながら。実際彼女は自分の娘に食べ物を持って行かせて、脱走兵の面倒を見ている。それも、当局に突き出したりせずに。

ジョノーが割って入る。「そんなのはくだらないな。アルフ・ボウクは倅と一緒にクレアモントの近くに兎狩りに行ってる時に六人のジャップに出くわして、二人撃ち殺したらしいぜ。正当防衛だったってさ」

ファット・ボブーが銃を打つ真似をした。「さだめし日本人の奴らが憎くて撃ち殺したんだろ」

そこに現場責任者が仕事の進み具合を監視しにやって来た。男達はさっと話をやめた。ジョノーは口笛を吹き始めた。ボブーが「ちょっと便所に行ってくる。タバコ休憩はそろそろかな?」と言うと「俺がいいと言ったらな」と責任者がにべもなく答えた。遠くからボブー達の様子をずっと見ていたのだ。

第5章

一九四四年八月二一日

スミス家から新聞をもらって家に帰って来た時にはメアリーはこのことは両親には内緒にしておこうと決めていた。二体一で提案されていた国民投票についての変更案は否決されていた。

投票結果については両親は気にしないだろうけれど、それがきっかけでアボリジナルの人たちに投票権がないことについての不満をぶちまけるだけの会話が始まるのはわかりきったことだった。

居留地の敷地内を家に向かって歩いていると子供達が集まって何かを囲んで騒いでいるところに出くわした。足早に近づいてみる。妹のジェシーが吐いている。メアリーは走り寄って行った。

「どうしたの?」かがんで、妹の髪を後ろにまとめてやる。吐いたものの匂いが鼻につき、それからジェシーの服全体が汚れているのが見て取れた。ジェシーの顔は涙でぐしゃぐしゃで、メアリーが涙を拭いてやるとひどく熱があるのがわかった。そばにいるドティとベティに「一体何を食べていたの!?」ときつく聞いた。ドティが「知らないよ」と肩をすくめた。ベティが言いつける。「松の実を食べ過ぎたのよ」「独り占めしたから具合悪くなったんでしょ」さらにベティが屈んで妹の耳にささやきかけた。「お母さんがいつもみんなと分けましょう、って言っているでしょ。欲張りするからこんなことになるのよ」「やめなさい、ベティ。さあ、連れて帰ろう」とメアリーがジェシーを抱え上げた。自分でも知らなかったほどの力が出た。

「お母さーん。ジェシーが吐いてるう!」ベティがジョアンに大声で叫ぶ。ジョアンは朝いっぱいかかった教会の掃除の仕事から戻って来たところだ。ジョアンはパトリック神父から子供達に、ともらったお下がりの服ともう着ないという古いパンツを落とさないようにしながら走って来る。そのパンツは宏のために穴を繕ってあげようと思っているのだ。宏はもうすでに二週間も同じ洋服を着たきりだ。

既に子供達が集まっていて、吐く真似をしては大笑いをしている。十代の男の子たちも数人ジョアンの小屋にやって来た。

クロード・ウィリアムズにジョアンが言いつける。「バンジョー伯父さんを探して来て。ジェシーを病院に連れて行くから、って言ってちょうだい」クロードは仲間と一緒に一目散に走ってバンジョーを探しに飛び出して行った。

ジェシーを連れて病院に着くと「ここで待っていて」と背の低い、太った看護師が不機嫌そうにジョアンに言い捨てた。

ジョアンが周りを見回す。通されたのはリネン庫だ。カウラ病院では黒人は別の場所に連れていかれるとは知っていたが、リネン庫は初めてだった。カウラの品評会でメアリーが具合悪くなった時には病院の裏側にある部屋に隔離されただけだった。しかし、今回の人種差別はまた新しいものだ。ジョアンは、バンジョーが到着してこの有様を見たらどんな反応をするだろう、と心配になった。

やっと医師が部屋に診察をしに来た時には、ジェシーは母親の腕の中で眠っていた。黒人の診察は一番後回しにされるらしい。医師はジェシーの脈を取り、何やら少し隣の看護婦に呟いた。ジョアンは全く存在を無視されたように感じながらも聞いてみる。「よくなりますでしょうか？」「熱は下がったな。もう二時間の間吐いていないようだな。最悪の時は過ぎたと考えて良いだろう」と途中で経過表を見ながら医師が答えた。医師は看護婦に向き直って指示を与えて「この子に必要な物を看護婦が持ってくる。朝まで付き添っていても構わないぞ。万が一のことがあるかもしれないからな」

万が一のことって？とジョアンは不安に思ったが、何も聞かなかった。最悪の状況を脱したということさえわかれば、それで良かった。

メアリーがその晩訪問して来なかったので、宏はパニックを起こし始めていた。これでもうおしまいなのか？守ってくれるつもりだったのが、気が変わってしまったのか？　ここから逃げ出すべきなのだろうか。もしそうするとしても、一体どこへ行けば良いのだろう。そもそも戦争捕虜収容所から逃げて来た時から、あまり暮らし向きが改善されたことはない。

堪え難い飢餓感に常に苛まれ、狭い場所を行ったり来たり動きながら何時間も過ごしているのだ。動かなくては、と続けている腹筋運動の数も満足に数えていられない。腕立て伏せも試みるが、蛋白質は卵だけという状況では栄養が足りず、腕が萎えてしまいできないのだ。ここに走って逃げて来た夜からというもの、満足な運動をしていないので全身のストレッチをしても身体中が痛い。

鉄の覆いが動かされる音を聞いた時、宏が感じたのは安堵と恐怖の混ざった気持ちだった。しかし、梯子を降りて来るメアリーの足が見えて、宏は彼女が戻って来てくれたことを喜んだ。

「ごめんなさいね。ジェシーがとても具合が悪くて病院にいるので、私がグーサの面倒を見なくてはいけなかったの」とダンパーブレッドと水の入れ物を手渡しながらメアリーが謝った。宏が怪訝な顔をした。「ああ、妹達なの。グーサって小さい子供のことなのよ。一緒にいなくてはいけなくて、昨日は来ることができなかったの。お腹が空いていているでしょう」

宏はダンパーブレッドの包みを開けてさっと食べてしまった。水も瞬時に無くなった。「ジェシーが病気で気の毒だね。どうしたの?」

「食中毒だったの。本当は食べてはいけない松の木の実を食べたのね。病院に入院しなくてはいけなかったの。アボリジナルの人間にとっては経験したくないことだわね。お母さんがジェシーはリネンが入っている棚の中で待たされたって言っていたわ。シーツや毛布が入ったままの棚にね」「それは酷すぎる」「さらに酷いことにね、カウラ病院ではアボリジナルの妊婦さんはお産の時に病院の裏側にある共同病室に入れられるの。私の叔母さんはシーツやタオルに『アボ』って大文字で書いてあったって言うわ。間違って白人が後で使うことがないように、ってね」

「まさか!」宏は信じられずに叫んだ。「オーストラリア人っていうのは他のオーストラリア人をそんな風に扱うのかい?」

メアリーがウエストに挟んでいた新聞を取り出した。「忘れるところだったわ。はい、新聞よ」

宏は目をしっかりと見開いて、いつものようにありがたく新聞を押し頂いた。メアリーがいるところで何ページが新聞をめくりながら見て行ったが、ふとその手が止まった。「これは何のことだろう」宏が見出しを指差しながらメアリーに聞いた。

『カウラ　対　キャナンドラ』「ああ、それはフットボールの話なのよ。お父さんの従兄弟のダグ・ウィリアムズの記事が載っているわ」宏が読み始めた。『彼は相手の選手を追いかけて最後にはフライングタックルで倒した』それはね、ダグがボールを持って走っている人を後ろから追いかけて行って捕まえて、地面に押し倒した、っていうことなの。それをタックル、っていうのよ」メアリーは透明人間がそこにいるかのようにして、タックルがどういうものかを宏に説明した。

宏はメアリーの芝居がかった様子を見て思わず笑ってしまった。

「フットボールのチーム、『ブラック・ダイヤモンズ』の選手達は、ここエランビーの出身なのよ。この地域一帯の伝説だわ。ディッキー・マクギネスもヴィーニー・ムーライ、アーチー・バンブレット、ハロルド・カーベリー、そしてダグ・ウイリアムズも。知らない人はいないほどの有名人よ。みんな私達の地元のヒーローだわ。血のつながりがあるか、親戚筋かね。この土地でのつながりがある人たちばかりなのよ」とメアリーが誇らしげに語る。

宏は何も言わずにただ頷いた。どうやったら全員が親戚になるのか、理解しようとしながら。メアリーは大家族なのだな、とも思った。

「ここカウラではね、フットボール、フッティとも言うけどーはとっても人気なの」

メアリーもエランビーの他の人達同様フットボールは大好きだ。地域の人、みんなが楽しむことができるもので、男達はプレイを楽しみ、時に女性達も競争心を逸らせる。たまに殴り合いに発展することもあるが、そんな時はバンジョーが決まって「俺達には金はあまりないけど、ボールが一つありさえすれば何時間だって楽しめるのさ」と言ったものだ。

「フットボール・・」宏はその単語を初めて発音してみる。「フッティ・・。フッティ。フットボールって何だかいい響きだね」そう言ってから宏はまた「フッティ」と言ってみた。

二人はお互いを見てにっこり笑った。

メアリーはエランビーのオールブラックスについてもっと話をしたかった。オールブラックスは一九四〇年に試合をしたのが最後で、今の選手たちはブラック・ダイヤモンズとして知られているのだ。もっと話したい。しかしメアリーにはフットボールの歴史について話している時間はなかったので、ただ単に「また明日会いましょうね」とだけ言った。

宏は「アシタ、マタ」と最初は日本語で、それからもう一度、英語で同じように挨拶をした。

・

二日経った。「ほら、鐘が鳴った」「さあ、学校が始まるわ」とジョアンが子供達に声をかけた。

子供達は学校に行かなくてはいけないと文句を言いながらよろよろと寝室から出て来た。保護区の反対側まで、ウイリアムズ家の子達は毎回足を引きずるようにして嫌々行くのだ。キッチンは暖かくて、良い匂いがする。子供達は学校に行くよりもキッチンにいたい。

「はい、大麦のポリッジよ。さっさと食べて出かけなさい」ジョアンが急がせる。

メアリーは母親が大麦からコクゾウムシをちゃんと取り除いてくれたかなと考える。大抵のことは一生懸命してくれるが、グーサをみんな起こすのに手間取ることもあるのだ。今朝は特に誰もがとにかく学校に行かなくては、ということに気を取られていた。

「スミスさんが学校のことで忙しすぎるくらいの日が好きだな」とドッティが言った。「本当にそうよね。学校のベルが鳴らないのが一番だけどね」そう言い添えるジェシーはすでに退院して、完全に回復している。「早く食べて行きなさいよ」と言うジョアンの足元にはジェームスがまとわりついている。そのままにしながらも他の子達にちゃんと言わなくては。「それから、ちゃんとお行儀良くするのよ！」

ジョアンは保護区の学校のことはあまり信頼していない。良い場合もあれば良くない場合もある。ジョアンが思うには、二流の学校だ。一日の終わりに子供達が帰って来ると「どうせ政府は黒人の子供にはこの程度でいいと思ってるのよ」と言うのが彼女の常で、それは誰もが知っていることだった。

「時間の無駄だわ。習うことなんて何もないもの。スミスさんや奥さんよりもメアリーの方がずっと先生としては上だわ」とベティが妹達をドアから出て行かせながら愚痴る。ベティはあまり学校が好きでない。昼食のために家に帰って、そのまま掃除の手伝いをするからと母親に言って学校に戻らないこともあるほどだ。

メアリーは保護区を横切ってスミス家に着いた。空が真っ青に晴れた日だった。でも、冷たい風が顔に突き刺さるようだ。ポリッジを少し食べたけれど、体が温まるには足りない量だった。カササギが一羽いるのを見かけて、メアリーが足を止めた。ケヴィン叔父さんが子供達みんなに教えてくれた言い伝え思い出した。一羽見かけたら悲しみがやってくる。二羽は喜び、三羽は女の子、四羽は男の子、五羽は銀、六羽は金、七羽いたら誰も口にしたことのない物語がやって来るという言い伝えだ。

メアリーは急いでもう一羽のカササギを探さないといけないと思った。そうでないと喜びでなくて悲しみがやって来てしまう。

一日中、もう一羽のカササギが見つからないかと、暇さえあれば窓から外を見ていた。宏が見つかってしまったり、自分の知っている誰かが病気になったり、最悪死んでしまったりしないように、と。

その夜、メアリーが皿洗いを終えようとしていると、スミス家のドアをノックする音がした。ムーライ家の若い男の子だった。ベティと同い年のまた従兄弟だ。普段はとても物静かな子だ。スミスがドアを開けると、その子は息を切らして、泣いていた。

「一体どうしたんだ」スミスは子供が悲しんでいる様子を気にする事もなく冷たく聞いた。「母さんが赤ちゃんを産んだんだけど、死んじゃったんだ」と泣きながら言うと慰めてもらおうとマネージャーのお腹に抱きついて来た。

メアリーは拭いていた金属のボウルを落としてしまった。そして「一羽見かけたら悲しみ」と叫んだ。家に戻ったらこの悲しいニュースを両親に伝えなくてはいけない。スミスは片手を一瞬ムーライ家の子供の肩に置いたが、すぐに体を引いた。

次の日、近所のみんなが喪に服していた。死産は誰にとっても予測するのが難しい事だが、エランビーの女性達にとってまともな医療ケアというのは望むべくもない。多くの妊婦は病院には行かずに小屋で出産するのだ。保護区内のバプティストの教会で葬儀が営まれた。誰もが重苦しい表情をして、いつもは陽気で騒がしい子供達でさえ行儀よくしている。ジョアンはメアリーから死産のことを聞いてから泣き止むことがなかった。

メアリーは宏のところに行くとその日のことを話した。「今日はお葬式だったの。赤ちゃんは女の子で、死産だったの。息をすることなく亡くなったのよ」

「病院で？病院でちゃんとした処置をしてくれなかったから亡くなったの？」と宏が聞いた。「違うわ。緊急の時にしか私達は病院に行かないの。この間ジェシーが食中毒を起こした時みたいにね」メアリーが静かに話す。「とても悲しいことなのだけど、私には何か悲しいことが起きるってわかっていたの。私達だけの方法でね、何が起きるかわかるのよ。動物が伝えてくれるの。背中が黒くて、お腹が白いセキレイという鳥がいるの。いつも尾を振っているわ。眉毛は白くて、小さな白いひげもあるの。例えば、柳葉色のセキレイがフェンスのところまで来たりしたら、それは悪いニュースの知らせなの」「それで君はその鳥を見たの？」

「いいえ、違う鳥だったの。カササギよ。マグパイって呼ばれてる。色々なことを伝える鳥なの。こんな言い伝えがあるわ。一羽のカササギを見たら悲しみ、二羽は喜び、三羽は女の子、四羽は男の子、五羽は銀、六羽は金、七羽いたら誰も口にしたことのない物語がやって来る、っていうの」メアリーはそこまで言うと泣き崩れた。

宏はどうして良いものかと途方にくれた。女性が泣くのを見るのはとても久しぶりだった。紅花に別れを告げた時以来だろう。その時とは全く事情が違う。宏は紅花の体に腕を回して慰めてやることができたが、それをメアリーにすることはできない。

宏はなす術もなくただ突っ立ったまま、メアリーが泣き止むのを待った。

それから宏は故郷のカササギの話を始めた。「自分の故郷でもカササギの話があるよ。星のお祭、七夕に関係あるんだ。二つの星が会うことをお祝いするお祭なんだよ。牛飼いと機織り娘の話だ。機織りが得意な姫がいてね、名前は織姫というんだ。父親は空そのものだった。一生懸命にとても綺麗な布を織る姫で、父親はいつも彼女の仕事を気に入っていた。彼女はいつも機織で忙しくて、誰とも出会う事がなかったのでそれを悲しく思っていた。父親が不憫に思って彦星という名前の牛飼いと会わせることにした。彦星は天の川の向こう岸に住んでいてね、二人は出会うと同時に恋に落ちて、すぐに結婚した。織姫は機織りをしなくなり、彦星は牛の面倒をみなくなってしまって、それに腹を立てた父親は二人を天の川のこちらと向こうに引き離してしまったんだ。織姫はひどく嘆いた。そうしたら父親が一生懸命機織りをしたら七月の七日には会えるようにしてやろう、と言ったんだ。でも、天の川には橋がなかった。

ここでカササギの登場だ。カササギの群れは織姫が泣いているのを見ていたんだね。自分たちの羽を広げて織姫が天の川を渡って彦星に会いに行けるようにしてやったんだ。伝説によると、天気が良くなくて大雨が降ると、カササギ達は飛んで来ることができないので、愛し合う二人はまた一年待たなくてはいけないそうだ」

メアリーは話の結末を聞くとまた泣き始めた。「素敵な話ね」

戦争を経験し、カウラの戦争捕虜収容所生活を経て暗闇に潜んで暮らす宏が、こんなに美しい物語を話すことができるということにメアリーは感激していた。メアリーは宏のカササギの話がとても気に入った。自分と宏が、世界と希望とを結びつける二羽のカササギになったような気持ちがした。ここに座って、一晩中でも彼の物語を聞いていられる。メアリーには宏が悲惨な経験をくぐり抜けて来ただろうとわかっていた。それでも彼が彼女を慰めるためにどんな話をしたら良いのか思いやってくれたということも。

メアリーは小屋に歩いて戻る間に、宏と会って物語を聞いた興奮が表情に残っていないようにと気を落ち着けた。近所の女達が集まってトランプをしていた。悲しみと向き合うために集まって紅茶を飲み、トランプを一緒にするのも彼女達にとっての一つの方法だった。

クーン・キャンというゲームをすることが多かった。マージは押しが強いことで知られているし、アイヴィーは用心深い。ジョアンは揉めそうになった時の仲裁役だ。大概、六人でテーブルを囲む。そんな時には男達は遠慮して外に出ていて、女達だけの時間を作ってやったものだった。

保護区の子供達は親戚のおばさん達が集まるのが好きだった。誰が誰とキスをしたとかそんな他愛のないゴシップを大きな声でしては大笑いをするからだ。マージ叔母さんの笑い声が一番大きかった。ケヴィンによるとそれはマージの太鼓腹が誰よりも大きいからだそうで、子供達もそれには全く同意見だった。

「さてと、私は好き好んで噂を広めるような人間じゃないわよね。バンジョーのことは自分の本当の弟のように思っているのもみんな知っているわよね」マージがいかにも猫をかぶった無垢な感じを装って話し始めた。

「でも、誰かが誰かに話した、っていうのをライアンの店のロージーから私が今朝聞いた話なんだけど。バンジョーが仕事場で白人に向かって日本人を擁護するようなことを言ったそうじゃないの」

「そんなわけないじゃない」とジョアンがメアリーをちらりと見て軽い感じで言う。「バンジョーには知り合いの日本人なんていやしないし、擁護するような理由だってないわよ」ジョアンは自分のトランプに目を落としたが、メアリーには母親の気が気でないのがよくわかる。

「お湯を沸かしましょうか?マージ叔母さん」とメアリーが言ってみる。「そうね。そうしてちょうだい」と言いながらもマージはまだジョアンを見据えている。

「あのね、それが本当かどうかとか、正しいとか間違っているとか言っているんじゃないのよ、ジョアン。そうじゃないの。私は黒人だろうが、白人だろうが、混ざっていようが、日本人みたいに黄色かろうが、誰かを評価したりするような人間ではないもの。だけどね、バンジョーとあなたの仲のいい隣人、友人として、私はこれは伝えなくちゃいけないと思ったのよ。お互いに隠し事はなしでしょ、ね? だから、あなたの旦那の話をしていた人がいるわよ、ってことは言わなくちゃって思ったのよ。親戚だし、友達だし、こういうことは私達みんなに関係してくることだからね。人が何を言ってるとか、噂しているとかが気になるとかそういうのじゃなくてね。あんたもわかってるでしょ、ほらゴシップ好きな連中っていうのは他にすることがなくてどんどん話を大きくしたり・・」

メアリーはマージ叔母さんがつらつらと話しているのを見て、呆れた、というように目玉をぐるりと回した。誰もそんなメアリーのことは見ていない。マージ叔母さんたら、言いたいことがあるならさっさと言えばいいのに、と思う。

「ルミー」とアイヴィーが上がりの言葉を言って、カードをテーブルに置いた。勝ちだ。賭けていた小銭をテーブルの真ん中から自分の方に集め、ジョアンとメアリーをマージのくだらない長話から救った。

マージは負けたのでムッとしながら立ち上がった。「私のお茶は？」とやかんを小突き回しながら外を見やった。

「あれは誰？」

メアリーがパニックした。叔母さんが宏を見つけたのだ。メアリーが外を見ると、宏が靴を脱いでぶらついている。裸足で地面の感触を楽しんでいるかのように微笑んでいるではないか。

「フレッド！フレッド！」マージが金切り声を挙げる。「フレッド！早くこっちに来て！」メアリーがやかんを床に落とした。マージの気をそらすにはそれしか思いつかない。「熱い！」熱湯はかかってはいないが、かかったことにしてメアリーが叫ぶ。

「何やってんのよ、メアリー。ちょっとフレッド！」マージが叫ぶ。

アイヴィーとジョアン、マージがメアリーのそばにやっと来てくれて、お湯を拭いて片付けようとしているとフレッドが部屋に入って来た。「おいおい、どうしたっていうんだ。仲間と静かに一服しようにも、お前がここいら一帯に響くような声で叫んでちゃゆっくりできたもんじゃないよ。みんなに聞こえただろうさ」

「外を見て！」と裏口をマージが指した。「外を見てよ！」フレッドが裏口から外を見た時には宏はもう既にいなかった。

「私達、あなたを見たのよ」心配している調子とちょっと怒った様子を混ぜてメアリーが宏に言った。「外を歩いているのを見かけたわ」と上を指差した。

「そんなことをしちゃダメなのよ、ヒロシ。危険すぎるわ」メアリーはマージがフレッドを呼んだ時のことを思い出して、必死に言う。

宏は叱られている子供のように頭を垂れた。「ごめんなさい」そっと謝る。「悪かった」メアリーはどうして良いのかわからない。手を伸ばして彼の腕を触って、言いすぎたわね、と謝りたい。それはしてはいけないことだ。

でも、メアリーは宏の行動があまりにも無謀だったということは理解して欲しかった。「ヒロシ、誰もがあなたがここにいることを知っているわけではないのよ。他の誰かがあなたを見かけたら警察を呼んでしまうの。どうしてあんなところにいたの?」

宏は黙ってため息をついた。「新鮮な空気だよ、メアリー。太陽と青い空、芝生の柔らかさ」彼は暗い、ジメジメした自分の周りを見回す。「気がおかしくなりそうなんだ。ここでは自分と泥の匂いしかしないんだ。外に出ずにはいられなかったんだよ。すまなかったね」と彼はまた頭を垂れた。

「私達で何か方法を考えるわ。約束する」メアリーは片手を宏の肩に置いた。腕や手といった素肌に触れるよりも生々しくなく、兄弟間のちょっとした触れ合いのようだと良いのだけど、と思いながら。

第6章

九月一日、メアリーはカウラの新聞『ガーディアン』に出ている戦争債券の広告を両親に向かって読んでいる。『日本人はもうおしまいだ』

メアリーが読み上げると、日本の飛行機が海に突っ込んでいる写真をみんなが覗き込む。メアリーが続きを読むのを両手で紅茶のマグを包むように持って真剣に聞いている。

『我々が東京に向かって侵攻を進めるのにあたって、取るに足らない日本軍の抵抗。魚雷を積んだままの飛行機が海に突っ込んだ。我が軍に必要なものを債券によって整えて送っているので、こういった抵抗行動が海上で、陸上で、そして空中で起きても十分に対処することができるのだ』

『同じような飛行機をさらに何千も落とさないとならない。ジャップの戦艦を沈め、隠れているニップ達を穴から引きずり出さなくては勝利には辿り着かないのだ。我らが兵士はそれを成し遂げなければならない。我々がなすべきことは、彼らにそれを可能ならしめる装備を送り届けることなのだ』『我々の金もまた戦っているのだ。勝利を手にするためには戦い続けなくてはならない。第二次勝利公債への先行申し込みを』

メアリーが読むのをやめた。三人とも新聞に使用されている『ジャップ』『ニップ』などの言葉に違和感を感じていた。しかし、どのように自分達の意見を表して良いのかはわからない。バンジョーは仕事で『黒い私生児』と呼ばれたことがあるし、ジョアンも『身持ちが悪い女』と何度か呼ばれたことがある。

町では普通に使われている言葉だろうが、褒められるようなことではない。嫌な思いをする人だっているのだ。

とにかく誰かをこき下ろすような呼び方は許されるべきでない。

「お金があったとしたって、戦争債券になんかびた一文出さないわ」ジョアンがもう一口紅茶を飲んだ。バンジョーは鼻から煙を出し、「ファット・ボブーがこの間『黄色い災』について話してたんだ。どうやらアジアの群衆が束になって押し寄せて来る可能性については心配しなくちゃならないらしいな」

「心配している人たちもいるわね。真珠湾の攻撃を見逃すわけにはいかないし、マラヤで起きたことも無視できない」と言うとジョアンがそこでちょっと戸惑う。「恐ろしいことだわ。もうビビーがニュートン家に帰って来ることは絶対ない、って家族が受け入れることはできないでしょうからね」ジョアンはそこまで言うと頭を降り、その先はもう言わず泣き始めた。

「誰もが怒ってる。誰もがね。日本人を恐れるのは当たり前のことだわ。私達、一体何をしているのかしら？もしかしたらケヴィンが正しかったのかもしれないわ」

バンジョーは不自由な脚ながらさっと立ち上がると妻の体にがっしりとした腕を回した。メアリーは両親が大抵のことで意見が一致するのを知っている。しかし、もし母親が違う考えを持つようになったら父親はそれに賛成して宏を当局に差し出すだろう。メアリーは何も言わない。

「なあ、お前、確かにヒロシは日本兵かもしれん。だが、彼が俺達に何をしたって言うんだ?俺達は正しいことをしているんだよ」

メアリーがその夜降りて行くと、宏は心待ちにしている様子だった。不快な言葉で綴られた死を思わせる記事のことを忘れ、メアリーはホッとした。メアリーは自分が食べ物を持ってくる天使であるかのように感じていた。スミス家の庭からジャスミンをこっそり取って来ていた。宏が最近新鮮な空気と外の明かりを求めて抜け出したことを考えて、この狭い空間が少しでも良い香りで満たされるようにとの心遣いだった。

一ヶ月の間にお互いが黙っていてもさほど気まずくない程度の間柄になっていた。そもそも二人が黙っていることはあまりなかったが。食べ物と新聞の受け渡しはすでに二人の時間のおまけみたいなもので、大切なのは温かな眼差しと微笑みを交わすことだった。宏の声は平和とはとても言えない状況の中でさえ、静かで心休まるものだった。

メアリーは新聞を静かに手渡した。平和的な記事しか書いていなくて、歩いて来る途中で思い出し気分が悪くなった、戦争債券の広告など載っていなかったかのような穏やかさだ。彼女は飛行機が海に突っ込んで行く様子を思い浮かべ、宏が太平洋で起きていることから遠く離れていることに安堵した。まだ温かい兎のシチューの入れ物を注意深く宏に渡す。

「若い子達が兎を捕まえたの。兎狩りで鍛えたせいでフットボールが上手いんじゃないか、って地元では噂だわ。棒を持って兎を追いかける時の足さばきはなかなかのものだって。母さんの作るシチューはこの辺りでは一番よ」

メアリーは自分と同じくらい宏がシチューを気に入ってくれると信じて自慢げに言う。

「兎・・」

宏は兎を食べたことがなかった。でも、何だろうが構わない。空腹で仕方なかった。収容所で食べていた量に比べたらここでの食事ははるかに少ないのだ。

宏は入れ物を開けて、一口頬張ってみる。ゆっくり味を確かめるように食べる。肉をじっくり噛んでみて最後に言うには「う〜ん。こういうのは食べたことがないな。そうだね、メアリー、何というか、変わってる」「あら」喜んでもらえないようなのでメアリーはがっかりする。「変わっている、って言うのは間違いだな。慣れていない、かな。自分の知っている味とは違う。慣れていない味だ。でも、とても美味しいよ」「普段はどんな物を食べているの?」宏がさらにもう一切れの肉を口に持っていったその時にメアリーが聞いて来た。宏は早くメアリーに返事がしたくて、急いで肉を飲み込む。

「故郷では米と野菜と魚を食べるよ」

メアリーのお腹が鳴る。彼女も米と魚を食べてみたい。それからジャガイモの他の野菜ももっと食べたい。できることならいっぺんに全部食べてみたい。最後にお腹いっぱいに何かを食べたのがいつだったのか、思い出せないのだ。

「自分の住んでいる四万十川には海老が沢山いてね、美味しい魚も一杯獲れるんだ」「ここみたいに、川魚が獲れるの?」

「そうだよ。海の魚も獲れる。手を加えないで食べることもあるんだ」「生で、ってこと?」メアリーは顔をしかめて聞き返す。

そうだよ。生だ。生魚を食べるんだよ。父は香川県の出身でね、醤油でうどんを食べる習慣があるんだ。だから母はしょっちゅううどんを作る」

宏は長いことちゃんとした食事をしたことがないかのように食べ物の話を続ける。メアリーは自分がちゃんとした食事をしたことが今まで一度でもあったのだろうか、と考えてしまう。

二人ともお腹がぐうぐう鳴り始めた。メアリーは食べたことさえ無い海老とうどんを想像してよだれが口に満ちて来てしまった。

「兎は食べるの？他のお肉は？」とメアリーが聞いた。「肉はあまり食べないんだよ、メアリー。特に兎はね。日本には兎の物語があるんだ」

何世紀も世代を超えて言い伝えられて来た、子供の頃に聞いた物語を宏は思い出していた。「物語って好きだわ」

「月が大きく見える時にね、見てごらん」と言いながら宏が両手で円を描いた。

「満月ね」とメアリーも円を描いて見せる。「満月の時には兎が餅つきをしている影が見えるんだよ」宏はもちもちした餅の食感を思い出してキュッと空腹を感じた。子供の頃、特に正月に楽しんだあの餅を思い出したのだ。母親が餅をこしらえて、正月用に特別に形を整えるのを見るのが好きだった。いつも兎の形だった。父親が見ていい時には、猫や星の形の餅も作ってくれたものだった。

「月見をするには秋が一番良くてね、兎が良く見えるんだよ」「そうなの？次の満月の時によく見てみるわ。兎が見えるかしら」

二人は少しの間、お互いをじっと見つめ合った。すぐに親しすぎる感覚を覚えて気まずくなって目を逸らした。

「もう行かなくちゃ」メアリーは毎回来る度に宏と一緒の時間があっと言う間に過ぎてしまうように感じて、そのことを残念に思いながら言った。梯子を上がって行く。

小屋に戻る途中、兎が餅つきをしているのが見えないかな、と空を見上げてみた。でも、雲が出ていて、暗い夜で何も見えなかった。

明日もメアリーは空を見上げるだろう。そして明後日も。宏が見ていたものを見ることができるまで、メアリーは毎晩空を見上げることだろう。二つの星も探さなくては。彼女は宏が見たことのある同じ空を見てみたかった。

そして、近いうちに一緒に空を見上げる日が来ることをそっと願った。

ジャスミンの香りがいつまでも残り、宏を安らかに眠りへと誘った。しかし、暴力的な悪夢ですぐに目覚めてしまった。汗をびっしょりかいていた。

ジョアンが泣いてしまった戦争債券の広告を読んだことで、宏は自分が果たさなければいけなかった戦争での役割を思い出してしまったのだ。そして、二十代から四十代の徴兵可能な男たちと一緒に受けた軍事訓練の熾烈さ、堪え難さ。

宏は学位を取り終えるまで徴兵検査が猶予されていたことをありがたく思っていた。しかし、何歳であろうと、いつまで猶予が与えられていようと、軍事訓練の厳しさには変わりがなかった。全ての兵隊が等しく精神的、肉体的に傷めつけられ、そのせいで訓練中に命を落とした者もいたのだ。敵ではなく味方のせいで味わった苦痛だったので、前線で経験するよりも心の後遺症は悲惨なものだ。

宏が徴兵検査で得た格付けは甲乙丙の乙、つまり並みだった。そして入隊するように指示された。

十五歳で志願兵となった正雄と違い、宏はまだ学業を楽しんでいたし、戦争には意味がないと信じていたから兵隊になりたくもなかった。陸軍で活躍することなど考えたこともなく、芸術家になろうと思っていた。作家になりたかったのだ。宏は詩が好きで、読んだり、朗読したりしたものだった。収容所では詩を書いたりもしていた。

暗闇の中、平穏に心を保ちたくて宏は気に入っている詩の数行を思い出そうとしたものだ。恋人の紅花と一緒に図書館で読んだ俳句も思い出した。日本で一番有名な句人、芭蕉の俳句を声に出して詠んでみる。

玉祭り今日も焼場の煙哉

俳句の言葉が燃え盛る収容所の棟を思い出させた。宏は薪を収容所の下に投げ込むのを手伝わなかったけれど、誰もが焼き払うことを知っていた。あの夜、何人の仲間が死んだのだろう、と考えた。一体何人が逃げ果せたのだろうか。正雄が生きていることを信じようとする。だが、何の確信もなければ、知る術もない。

何年も何ヶ月も、もしかしたら今までの人生ずっと、堪えていた涙が溢れて来た。トタンの覆いでは遮ることのできない外からの冷気が隠れ場所を埋め尽くしている。宏の汗で濡れた服を通して冷気が突き刺さる。

両親に手紙を書くことさえできたら気が休まることはわかっている。名誉の戦死を遂げることなく、おめおめと生きながらえている気持ちを吐露することができたら、手紙で抱え続けている恥の意識を吐き出してしまうことができたら少しは気が休まる。息子が死んだと信じて悲しみ続ける母親の心痛を和らげてやりたい。

宏は横になり、眠気が訪れるのを待った。どんな手段で故郷に戻るのかと考えてみる。戦争が終わるまで待たなくてはならないのか。それともメアリーに舟の手配を頼んだら良いのか。いつになったら顔に思い切り日差しを浴びることができるのだろう。混乱してしまった思考をどうにか止めたかった。戦争や死を考えるのを何とかしてやめたい。絶望に浸るのをやめたい。

メアリーが食べ物を渡してくれるところを想像してみた。慰めてくれるところを。すると体も心も少し楽になった。宏は自分がメアリーといる時は全く違う人間になっていると感じる。もう一度ジャスミンの香りを吸い込む。首のあたりの緊張が抜ける。メアリーを思いながら芭蕉の俳句を暗誦してみる。芭蕉の俳句の世界に住んでいたら良いのにと思いながら。

あやめ草足に結ん草鞋の緒

翌日、メアリーは宏の表情を見るや否や胸が締め付けられる思いを感じた。宏がほとんど寝ていないのは明らかで、疲れた顔、血走った目、そして微笑みもぎこちない。メアリーを迎えようと立ち上がる時によろけてしまう。

「大丈夫なの?」もちろんこんな状況で大丈夫なわけが無いのは百も承知だが、メアリーが聞いた。メアリーは宏を優しく抱きしめてあげたいと思った。涙がもう少しでこぼれそうになる。

「紙を少しもらえないだろうか?母に手紙を書きたいんだ」と宏がそっと頼んだ。「わかったわ。明日、持って来るわね」メアリーは宏の心中を思って胸が痛くなる思いだ。どんなにか家族が恋しいだろう。紙、ランタンの燃料のケロシン、マッチを持って来てあげようと決心するけれど、どれも盗まないことには手に入らない。

しかし、彼女を思いとどまらせるほどのことでは無い。この状況での盗みはメアリーにとっては正しいことなのだ。今夜は長居しない。隠れ家の空気は重くて悲しいものだった。メアリーは若いながらも、たとえ孤独で寂しい人でも、そっと一人にしておいて欲しい時があるのだと知っている。

この先しばらく食べ続けることになりそうよ、と母親が言って作った兎のシュチューをメアリーは宏に手渡すとすぐに飛び退くように下がった。

宏はありがたくそれを受け取った。メアリーはそれ以上何も言わずに出て行く。

一九四四年九月三日だった。メアリーは新聞を宏に渡す前に、自分の興味のあるところをさっと眺めている。ダンス、劇場、集まり、舞踏会そしてつまらない噂についての記事はいくつもあったけれど、肝心なカウラその地で命を落とした人たちの話は全く出ていなかった。

しかし、逃亡中の兵士についての記事がないということは、それが問題になっていないという意味だ。メアリーにとっては毎日それを確認するだけでも意味がある。軍は宏がまだ見つかっていないことに気づいていないかのようだった。生死に関わらず。メアリーは宏の逃亡が問題になっていなければそれだけで良いと思っている。全体の中で埋れた存在でいる方が未来への希望へと繋がるというものだ。

『ガーディアン』での一番の話題はと言えばカウラが近隣の町、オレンジにフットボールで勝っていることだった。ムーライ、バンブレット、マクギネスの名前が新聞で取り上げられているのをメアリーが宏に見せる。宏も彼女と同じように彼らの活躍を喜んでくれる。宏は個人的には誰とも会ったことがないが、それでもメアリーを通じて彼らが地域のほとんどの人たちにとって特別な存在であるということがわかるし、大きな意味でのメアリーの親族なのだと理解していた。

宏はメアリーの従兄弟やまた従兄弟などが一体何人いるのかもうわからなくなっている。自分の家族のことを遠く思い出すのは悲しかったが、それでもメアリーの大家族が親しくしているのを聞くのは喜ばしいことだった。

メアリーが勇気を出して大胆にも宏に聞いてみた。「収容所では暇な時間にどんなことをしていたの？運動はしていたのかしら」馬鹿馬鹿しい質問に聞こえるかもしれないけれど、メアリーは捕虜達が外にいる時間があったことは知っていたし、どんな生活をしていたのかを知りたかった。看守の中でただ一人のアボリジナルの男、ジムに会う機会はほとんどなかったので、他の誰にも聞くことができない。

「野球をよくしていたよ」「野球？聞いたことはあるけれどルールは知らないわ」「アメリカのスポーツでね、バットとボールを使って、ダイヤモンドを走って回るんだ。彼は空中に指でひし形を描いて見せる。

メアリーはすでに自分が知っていることと似ているので、思わず嬉しくなってしまう。「私達にも似たゲームがあるのよ。ラウンダーズっていうの。あなたの言う野球にちょっと似ているかもしれないわ」木のバットでボールを打つの。お父さんが作ってくれたクリケットのバットを使うこともあるわ。それも無ければ男の子は箒の柄を使うわね。ボールを打ったら、次の塁に向かって走るの。ボールをその塁に投げられてしまう前にね。野球と一緒かしら?」「そうだね。とっても似てるね。ラウンダーズっていうのかい」「そうよ」

メアリーにはどうして日本人がアメリカのスポーツをするのかが理解できない。

「どうしてアメリカのスポーツをするの?今戦争をしている相手でしょう?」

「大学の時にやっていたんだよ。日本では野球はもう長いことみんなやってきたんだ。とても人気があるんだよ。一八八〇年代にはもう野球チームがあったし、自分の生まれた一九一九年には日本で初めて二つのプロのチームができたんだ。そうだね。今となっては変なことだな。日本とアメリカは戦争をしていて、お互い憎み合ってる。もし自分が帰国しても野球ができるかどうかはわからないな」

メアリーはそれを聞いて不意を打たれたように感じる。宏が日本に帰ってしまうと考えると気が気でなかった。彼にここからいなくなって欲しくない。しかし、宏はそんなメアリーの変化には気付かず話し続ける。

「地元では自分は読売ジャイアンツのファンでね。東京ジャイアンツ、って呼んでいるんだ」宏は数ヶ月ぶりに声を出して笑った。頭を振りながら言う。「東京ジャイアンツ。とってもアメリカ的な名前じゃないか。戦争相手にすごく似ているってことだね」

「あなたも収容所で野球をしていたのね?」「そうだよ。古くなったブーツの革からグローブやキャッチャーのマスクを作ったりしたものさ。剣道の面から格子を取り外してキャッチャーのマスクに使ったんだよ。武道の道具を使ってね」と宏は顔に手を当てて見せる。

メアリーは剣道についてはあえて聞かない。戻る時間が気になっていたし、他の兵隊達と一緒にアメリカのスポーツである野球をしていた話の方が聞きたかった。「イタリアの人とは一緒にスポーツをしていたの?」メアリーは、最初にカウラに来たのはイタリア人捕虜だったと知っていて聞いてみた。「とても面白い人達だ、ってみんなが言ってるわ」「違う!」宏はメアリーが聞いたことのないほどのきつい口調で激しく答えた。

メアリーの反応に気づいた宏はすぐに優しく言い直した。「いや。悪かったね。一緒にスポーツはしないんだよ」数秒間の沈黙があり、それから宏が言い添えた。「我々はイタリア人とは一緒に過ごさなかった。自分達だけの場所に住んでいたんだ」

「そうなのね。でも、イタリア人は日本人の野球の相手をしてくれたのではないかしら?」「何の関わりももっていなかったよ」宏は、アメリカを憎むのと同様に自分がイタリアを憎んでいるとメアリーが思ってしまうのではないかと心配になっている。

宏はメアリーが誰かを憎んでいる、と話すのを聞いたことがない。宏が思うに、メアリーは隔離された場所で育っているし、何より若くてとても良い少女だから、収容所の状況などは理解したくてもできないだろう。

「イタリア人は我々とは随分違うんだよ。彼らは歌を歌ったり、楽器を弾いたりしているんだ」「何の楽器?どんな歌なのかしら?」

宏は積極的に答える気にはなれなかった。以前も今も彼らに興味はない。ほとんどの日本兵と同じく、宏も口には出さないレベルではイタリア人を蔑んでいるのだ。彼らはオーストラリア人の社会に入ることを許され、自分達は許されない。

おそらく、イタリア人は戦争が終わるのを待ち望み、罪の意識など全くないまま、オーストラリアから帰国するのを楽しみにしているのではないだろうか。イタリア人には天皇陛下はいないし、何世紀もの間大事にされている名誉の死という概念もないだろうと宏は理解している。

イタリアは同盟国相手に既に休戦条約を締結していると聞いた。それもまた忌々しい。宏に言わせれば彼らには恥の概念がない。宏や、他の日本兵達が自分達の方がイタリア人よりも優っているのだと思う根拠はそこにあった。

イタリア人達は収容所ではAブロックとCブロックに入れられていた。強硬派のファシスト達はDブロックだった。

毎月イタリア兵がBブロックに来て上演していたオペラやドラマチックな舞台を日本兵も楽しんだものだったが、メアリーにはそれは話したくない。イタリア人はオペラの楽団も、劇団も組織していて、更に上達を志しているという話だった。

サッカー場も自分達で作って、楽しんでいることも宏をうんざりさせている理由の一つだ。看守が「イタリア人は明るい連中だ。どうして日本人も彼らみたいに振る舞わないんだ」と言ってくるのにも辟易していた。宏は見たことはなかったが、彼らの建物を作る技術もかなりのものらしく、本国ではアーティストだった者も多いらしい。日本人と違って、イタリア人達は収容所生活を母国での生活のように変えていた。

食堂棟の側には花壇がしつらえてあったし、古タイヤをサンダルに作り変えて売ったりもしていた。いかにせよ、目の前で大きく目を見開いて、暖かい笑みを浮かべたメアリーに、収容所生活の実態を説明するのは容易ではない。

宏はただただ、彼女の笑顔を見ていたいだけだった。

「楽器はサクソフォーンっていうんだと思うよ」と言うと筒状の楽器にキーボタンが付いているかのような身振りをして吹く真似をして見せた。

メアリーは父親が弾くバンジョーとマディ叔父さんの弾くアコーディオンが素晴らしいと思っていた。それに加えてウィリアムズ一家の男の子達がギターを引いたら、もう気分はパーティだった。でも、何か新しい物、それも外国の物はとても特別なことに感じられ、メアリーは目を輝かせた。

「看守が言うにはね、小さいギターみたいな楽器、そうだね、マンドリンというのかな。イタリア人はマンドリンも弾いているらしいよ」と言って宏が今度はマンドリンの大きさを手で示して見せた。

「叔父さんたちもマンドリンを弾くのよ。ああ、でもイタリア人が弾くのも素敵でしょうね。きっと全く違う歌を歌うのでしょうね」とメアリーが弾んだ声で応える。イタリア人に素敵なところなんてひとつもないということはメアリーには到底わからないのだろうな、と宏は思った。

今までに無い長い沈黙だった。それぞれが別々にイタリア人捕虜のことを考えて想いにふけっていた。

「もう行く時間だわ」メアリーが急に思い立ったように言った。「でもその前にサプライズがあるのよ」メアリーが宏の反応を見ながら紙と鉛筆を差し出した。メアリーがスミス夫人に書方の練習をしたいと熱心に話した結果、ノートを一冊と鉛筆を二本もらって来ていたのだ。

宏が両手で静かにそれを受け取る。喜びと感謝の気持ちで一杯だ。しかし、同時に故郷の両親に自分がどのような状態でいるのかを書いて知らせるのが怖いと思う。手紙が無事に届くことなど無いだろうとはわかっているが。

メアリーは柔らかな霧の中を歩いて帰りながら、宏のために自分がしたささやかな慈善行為に満足していた。ノートと鉛筆が、彼が一人きりで過ごさなくてはいけない隠れ家での長い長い時間を少しでも快適に感じられる手助けとなるようにと願っている。

スミス夫人がこの先ノートを見せて、と言わないことも切に願う。もしそうなったらまたひとつ嘘を重ねないといけなくなってしまう。ここ一ヶ月でどれほどの嘘をついて来たか、もう自分でもわからない。

洗礼は受けているけれど、聖ラファエル教会で懺悔をしなくても良い自分の立場がありがたい。もし懺悔をするとしたら長いものになるだろう。母親は教会に行きたがるが、エーランビーのアボリジナルの人たちは結婚式と葬式くらいしか教会に行く習慣がないのが、今のメアリーにとっては都合が良い。

柔らかな霧は、その夜激しい雨となった。

ケロシンランプの薄暗い明かりの中で宏は手紙を書き始める。思ったよりもずっと難しい。両親に伝えなくてはいけないことを思うだけで胸が痛い。最初の挨拶の言葉を書いてから一時間もかかって本文をやっと書き始める。一度書き始めたら、言葉が溢れ出て来た。そして、涙も同じように溢れ出て来た。

親愛なる父上殿、母上殿

この手紙が届いてさぞかし驚かれることでしょう。私が戦死したと聞いていらっしゃることと思います。これを読むことで戦争で息子を亡くすことよりももっと辛い思いをなさるかもしれません。しかしながら、私は今ここで手紙をお二人に向け書いております。つまり、生きているということなのです。現在、カウラというオーストラリアの町にいます。戦争が終わってもう一度お目にかかるまでは、ここでとある家族と一緒に住んでいることとなるでしょう。

どうぞお許し下さい。戦争捕虜となったのです。息子が勇敢な戦士となることなく捕虜となってしまったことをどうぞお許し下さい。ご期待に添えず申し訳なく存じます。私は家族に、愛する父上、母上に、祖国に恥という形でご迷惑をおかけしたくありません。お二人に忠誠を誓っております。しかしながら私は死するよりも生きている方がお役に立てると思います。母上殿、喪に服すために髪をお切りなさいますまいな。私は生きております。

他に誰がこのオーストラリアの捕虜収容所にいるかは申せません。彼らがそれぞれの家族に話すかどうかは彼らが決めることだと思います。自分達は皆、捕虜になってしまったことで祖国の家族にご迷惑をおかけすることを理解しております。しかしながら、どのような状況であろうと、多くの人が息子が生きているという事実を喜んでくださることと自分達は願っているのです。

自分の任務を全うし、敵を倒すことを誓った身です。しかし、自分は敵国人と知り合いになったのです。オーストラリア人です。自国の政府が戦地に我々を送った時よりも遥かに良い食事を与えてくれています。オーストラリアの看守からは親切にしてもらい、私は彼らを尊敬するまでになりました。そして今、自分はオーストラリア人の家庭に世話になっています。もし自分に息子ができたなら、この親切なご家族に会うためにカウラに来させるでしょう。自分のように、良き兵士になれと教練中に殴られることもなく、ここで夢に見た生活を送ることができるでしょう。詩人になりたければなれるだろうし、自由に暮らせるはずです。

私はすぐにまたお二人にお会いしたいと思っています。その時こそ、ご両親様に恥じない息子でありたいと願ってやみません。

お二人の息子　宏より

第7章

ジョアンがなんとかして教会からもらって来た汚れた毛布の上に、宏とメアリーは隣同士で座っている。宏がエランビーに辿り着いてから六週間が経っていた。毎晩の決まったメアリーの訪問の他、新聞の存在、短時間のトイレへの往復、たまにさっと眺め遣る月明かり、その際に吸い込む新鮮な空気、そして神道の信心が宏を支えている全てだった。その支えがあるからこそ、いつかまた家族と会えると強く信じることができた。しかし、その神道の信心こそが嘆きの原因ともなっている。

宏の信心は自らの戦死を崇める文化と伝統に乗っ取ったものであるからだった。この思想の実践はすなわち生き延びた自分の在り方の否定となる。悲しみこそはすれ、宏の父親は天皇陛下の御名の下名誉の戦死を遂げたらその息子を自慢に思うだろう。一方で母親は気落ちし、一人息子の死に取り乱すことだろう。

宏がいきなり立ち上がってメアリーを驚かせた。宏は自分の胸に手を当てた。「日本人は死者の魂が永遠に地上に残って、子孫を守ると信じているんだ。家族は自分が死んで家族の守り神になったと思うだろう。自分が戦争で死ぬまで精一杯戦ったら、それが家族と自分自身の名誉になってそのために戦死した自分を拝んでくれるんだ」宏が頭を横に振る。

おめおめと生きながらえてしまった今、そういった尊敬の念は自分には値しない。しかしもうどうすることもできない。

両親に宛てた手紙はすでに書き終えて、彼が眠る場所の近くに置いてあった。メアリーにはまだ投函を頼んでいなかった。封筒の宛名に日本の住所が書いてあったら誰かに見つかって怪しく思われるだろう。もし彼女が手紙を落としでもしたら、最悪それを持っているところを誰かに見つかったりしたら一体どんなことになってしまうだろうか。メアリーにとっても宏にとってもあまりにも危険すぎる。

手紙を書くことで随分と気持ちが救われた。しかし既に書いてしまった言葉をもう自分から遠ざけたい気持ちもある。

「メアリー、アボリジナルの人たちの宗教は何?」神道を信仰しているのは自分たちの軍の仲間以外にはいないだろうなと思いながら宏は聞いてみる。

「私はカトリックよ。家族もそうなの。町にはカトリックとプロテスタントしかいないわ。神様を信じている人はいないけれどね。ケヴィン叔父さんはそういう人たちを無神論者って呼んでる。お母さんは異教徒って言うけどね。ヒロシ、あなたには神様はいるの?」

「自分たちの神様は一人じゃないんだよ。沢山の神様が存在していると考えるんだ。カミ、って呼ぶんだよ。神聖な存在で、木とか川、山や雨に宿っているんだよ」宏は目の前の若い女性にこの話が伝わるのだろうかと思いながらふと話すのをやめた。

「神道と言ってね、神々の道という意味なんだ。神に祈りを捧げて健康や家族のこと、子供達のことや安全を祈願するんだよ。自然をとても大事にしている。土地や農作物などもね。色々な儀式もあって、教会ではなくて神社に行くんだよ」

「神道の信仰は私たちのアボリジナルの精神世界に似ているのね。土地と母なる地球とのつながりを大切にしているのよ。生きているもの全てに敬意を払うの。私のトーテム、崇拝しているのは大トカゲなの。あなたにもしものことがあったらご家族はどこにお祈りに行くのかしら」メアリーは「死んだら」という言葉を言えなかった。

「家族は地元のお寺に行くだろうね。でも、東京に特別な神社があるんだ。そこにも行くだろう。靖国神社という所なんだよ」宏が亡くなったと信じ悲嘆にくれている両親と妹のことを思うと、宏は自分の頬に涙が伝い落ちるのを感じた。彼らの悲しみを思うのは宏には堪え難い苦痛だ。宏は頭を横に降り、更に続けた。「魂を拝みに行くんだ。荼毘にふそうにも遺体が無いから魂をね。靖国神社には遺体は安置されていないんだよ。そこは戦没者のためだけの場所なんだ。戦争で亡くなったか、国を守るために亡くなった人達だけが祀られる。そういう人たちの魂がそこに眠っていると考えているんだ。自分の家族も、魂がそこに既にいると思っていることだろう」

宏は深く息を吸うとメアリーが少しは自分の言ったことを理解して、多少なりともそれが彼女の慰めになったのかなと思ってみる。でも、この純真な、宏の住んでいる世界のことを全く知らない若い女の子に一体何ができようか。自分が死んでいると思われているということについて話したのは感情的すぎたかもしれない。でも宏はメアリーに話したかった。何が母国で起きているのかを話す必要があったのだ。メアリーとのこの友情は戦時下だろうが日本でのことであろうが、日本男児にとって当たり前の経験ではないのだ。

「家族はみんな自分がお国の為に死んだと思っている。死ななければいけなかったんだ」そのことをとうとう口に出し、彼は自責の念でほとんど窒息しそうになった。

「いいえ。死んだりしてはいけなかったのよ」メアリーが宏に一歩近づいた。

今まで、二人こんなに近づいたことはなかった。まるで磁石で引き寄せあっているかのようだ。いけないことだとわかっていても、その思いは否定できないものだ。宏はメアリーの腕の中に飛び込み、赤子のように泣いてしまいたい。メアリーは宏を抱きしめて、彼が死んでしまったほうが良かったなど誰一人として思っていないとわからせてあげたい。

「国を守るのはとても大切なことなんだ、メアリー。国の為に死ぬ覚悟はしておかなければいけないんだ。そして自分はそうやって死ぬことを求められているんだよ」

宏は平和主義者だと自分のことを思っているし、それをメアリーに伝えようとしていた。

メアリーが応える。「オーストラリアは色々な国でできているの。どの種族もそれぞれの土地を持っているのよ。一つ一つが国ということなの。オーストラリアはヨーロッパの地図みたいなもの。ヨーロッパの地図は知っているかしら?」

メアリーはスミス氏の机の上にある地球儀を見たのでヨーロッパ、アジアとアメリカを知っている。世界地図もあったので宏の国を探したけれど、難しくて見つからなかった。「スミス氏は世界に通じた人だと自分のことを思いたいのよね」と一度奥さんが言っていたっけ。

「知っているよ。大学に行って図書館で英語以外にも沢山のことを学んだよ。地理にはいつも興味があったもの」

宏はメアリーに話を続けるよう促した。宏はメアリーが彼女にとって大事な話をする時に表情が輝くのを見るのも、彼女の声を聞くのも好きなのだ。

「オーストラリアには沢山の種類のアボリジナルの種族がいるのよ。食生活も、言葉も、精神的な信心も違うの。だから一つの国に沢山の国があるということなのよ」メアリーは宏にとってこの話が筋の通ったものだと思って欲しい。彼女には他にどう説明して良いかわからないのだ。でも、彼はちゃんと頷いてくれたのでわかってくれたようだ。

「ヨーロッパみたいにイタリア、ドイツ、スペインとか他の全く違う文化や人がガヤガヤいる、ってオーストラリアはそんな感じかしら。そこにイギリスから白人が旅行者として沢山やってきて、騒がしくしていて、いつも機嫌が悪くて、そしていつまでも居座っているってね」メアリーはそう言ってクスクス笑った。実はこの話は、メアリーのお気に入りのケヴィン叔父さんが何度も言っていたことの受け売りなのだ。

「だからね、ここの土地は私たちの種族の物なの。政府と白人が彼らの物だという風に振舞っているけれど、そうではないの」メアリーは、今度は父親がいつも口にしていることを繰り返していた。

「それじゃあ、アボリジナルの人がそう主張して戦ったら白人が所有することはできないだろうに。メアリー、彼らは戦わないのかい？」「お父さんはこの土地の所有については何度も戦いがあったって言っているわ。でもいつも負けるんですって」「どうして？」

メアリーはとある夜更けに煙が立ち込める台所でテーブルに両親と座っていた時に父親が話したウィラジュリの土地での虐殺について思い出した。

「白人はここに着くなりアボリジナルの人達を銃殺したの。だからとても多くのウィラジュリ族がいなくなったわ。ここから六十五マイルくらい先のバーサストの町周辺では十箇所以上の虐殺の現場があるわ。それからマッジーっていう町では白人が銃を持って徒党を組んで、それこそ何人の人が撃ち殺されたかわからないくらいという事件があったの」父親はその話をした時何人亡くなったかわからなかったし、誰もそんなことは気にもしていなかったのさ、と言っていたが、メアリーはそのことについては宏に話さない。

「百年くらい前のことだと思うわ。その頃にはいつも起きていたことらしいの。チェンバレンとかいう人は二十人くらいのウィラジュリの人を殺したらしいわ。チェンバレンの牛を盗んだ、ってね。自分たちはウィラジュリの土地を盗んだくせにね。全くもって酷い虐殺だわ」

「メアリー、君の種族は土地のために戦ったのかい?」「飛行機や爆弾を使ってはいないけれど、もちろん戦ったわ。戦うには色々な方法がある、ってお父さんは言ってる。今では白人の方が多いし、素手と槍では銃には太刀打ちできないのよ」

メアリーは長い間父親から聞いて来たことを繰り返しているだけだが、何年もの間にそれが彼女自身の考えに、言葉に、信念になっている。「そして今では私たちは道徳の戦いの最中なの。政府は私達を人間だと考えていないのよ。政府が私達を守らないのなら、どうして私たちが国を守らなくてはいけないって言うの?」メアリーは宏に口を挟む余裕を与えず続ける。

「ヒロシ、私達には市民権が無いのよ。投票権もなければ、海外に行くこともできないの。オーストラリアの為に戦うにはオーストラリア人でなければいけないのよ」「じゃあ、君達の仲間は戦争に行かないのかい。ニューギニアとかヨーロッパとかに?」「仲間のうちで兵隊として登録した人はいるわよ。でも自分の出身については嘘をついて行ってる。アボリジナルの人は戦争には行けないの。私達にはよくわからない仕組みね。ここの人でジム・ムーライって言う人は第一次世界大戦に行ったのよ。戦争に行った人といえばここではジムよ。彼は収容所の看守をしているわ。でもあまりここでは会えないわ。あなたは彼を見かけたことがあるのではないかしら?」

「一人、君達みたいな肌の人を見かけたことがあるよ。それが君が話しているジムだったんだね」

「旅行がしたかったから、カウラから出たかったから、っていう理由で兵役に登録した人もいるわ。例え政府に土地が自分達の物だと認められなくても、それでも国を守りたいという人もいるの。でも、アボリジナルだということだけで拒否されたのよ。でも、ジムが言うには、政府は兵隊の数を増やしたかったけれど徴兵するわけにはいかなかったので、半分のカーストの人たちだけをオーストラリア帝国軍に参加することを許したのだそうよ」

「半分のカースト?」宏が頭を降りながら困惑した表情でメアリーに聞いた。

「親の一人が白人でもう一人がアボリジナル、ってことよ。どちらか一方の親だけでも白人だったら、軍医が軍に参加させてくれるということだったらしいわ」

メアリーはジムと話す機会が今までもっとにあったら良かったのに、と思った。そうしたら収容所のこと、戦争について、宏が経験して来たこと、そしてアボリジナルの男達が何を経験して来たかをさらに理解できただろうに。宏と話していると自分がとても博識であるかのように感じる時もあるし、また何も知らないのだわ、と思ってしまう時もある。

「じゃあ、白人でなければオーストラリアの為に戦えない、ということなんだね?」「そのようね」「でも、どうして求められてもいないのにアボリジナルの人は国のために戦おうとするんだい?そこが良く分からないよ」「ヒロシ、まずね、ここは私達の国なのよ。私達の土地なの。意味があろうがなかろうが、私達は自分達の土地のために戦い続けているの」

実は熱弁を奮うメアリー本人でも意味が理解できない戦いなのだ。ウィラジュリ族は国内外で自分達の土地のことで戦っている。

「アボリジナルの人はよその土地に目移りしたりしないわ。ここが故郷なの。ヨーロッパから渡って来てここに住み着いた人と同じくらい、自分達だってしっかり戦えることを証明したがっていると思うわ。アボリジナルの男性はよその人と同じくらい強くて勇敢で勇ましいわ。彼らは勇者なのよ」

メアリーは話し続けるうちに誇らしい気持ちに昂ぶってきた。

「もしアボリジナルの男性が戦ってその優秀さを証明できたら、戦争が終わってから政府がもっと私達みんなをきちんと扱うようになるだろう、って言っている人もいるのよ」

メアリーは何人のアボリジナルの人が第一次世界大戦に行ったのかは知らない。ただ年寄り達が、戦争経験者が帰還した後でさえ住宅や職業のことで差別を受けているという話をしているのを家で聞いたことがあるだけだ。

「ジムでさえも、戦争に行っている間に差別がますますひどくなったと言っていた。「お父さんが言ってたわ。黒人がこの戦争に参加できたただ一つの理由は、軍が兵隊の頭数が欲しかったからだ、って。増員が必要だったから雇い入れたということなんだって。入った方は入った方で、ここで配給を受けるよりももっと食料事情がいいだろう、って思ったからじゃないか、ってね」

二人ともメアリーの言ったことについて黙って考えている。とうとうメアリーが口を開く。「ヒロシ」メアリーの口調があまりに重いので、宏は彼女を微笑ませるために何か言わなくては、と思ってしまうほどだ。「どうして脱走して来たのか私は知りたいわ。ここに一人でいるよりも、あそこでみんなと一緒にいてお日様の下で野球をして三食をちゃんと食べていた方が良かったでしょうに」

それはもっともな質問だ。でも、宏はどこから説明を始めて良いやら途方にくれる。宏は少し考えてから、天皇陛下の為に死ぬことが名誉だということから話すべきだと思う。

「君にわかってもらうのはとても難しいと思う。日本人と君達オーストラリアの人、兵士とは随分違うからね。日本人と日本の軍人がこうするべきだと信じていることは君達の考えとは全く違うんだよ。「それでも理解したいわ。どうしてあなたが脱走して、なぜ何人もが自殺しなくてはいけなかったのか、それを私は知りたいの」とメアリーが静かに言う。彼女にはどんな理由があって自殺をしなくてはいけないのか想像もつかない。

宏は大きく息を吸い込むとゆっくりと話し始めた。「帝国軍には決まりがあるんだ。それは法律なんだ」日本人でないメアリーにとって、この込み入った難しいことを分かりやすく説明するにはどう言ったら良いのか、宏は注意深く言葉を選ぶ。「日本人には従わなければいけない道徳上の決まりがあるんだ。戦陣訓と呼ばれている」

「セン・ジン・クン」メアリーがゆっくりと発音してみる。

「戦陣訓は簡単に言えば、生きて、戦って、死になさい、って言う教えなんだよ。敵に捕まることはとても不名誉なことなんだ。自分にとってカウラにいることは不名誉なことなんだ。収容所だろうが、ここだろうが。言っていることがわかるかい?」彼は頭を横に振る。

「ここで君と一緒にいるべきじゃないんだ。こんな風に隠れているのは恥知らずな行為なんだよ」

宏は自分の目に涙が溢れてくるのを感じた。メアリーの目にも涙が浮かんでいる。宏はメアリーを困惑させたくないけれど、これは二人にとってとても重要な話なので、しておかなくてはいけない。

「自分にとって戦争捕虜になったのはとても不名誉なことなんだ。ここの物全てが自分の家族にとって恥でしかないんだよ」と彼は手で周りにある物、薄汚い古い枕と毛布、部屋の隅に置かれたトイレの替わりのバケツを指して言う。宏はメアリーに一歩近づいた。

「本当なんだ。生かしてもらって、守ってもらっていることにはとても感謝しているよ。でも、戦陣訓というのは自分が日本人として天皇陛下の為に忠誠を誓って行動しなくてはいけない指針なんだよ」

メアリーは天皇陛下というのはオーストラリアを動かしている首相のようなものかなと想像する。

「陛下に忠義を示して、国を愛しているということを表現するには、捕まって恥を感じながら生きるよりも名誉の死を遂げなくてはいけないんだ。今の自分は恥を抱えて生きている」頭をがっくりと落として宏が繰り返す。「恥をね」

「恥を抱えてなんかいないわ。あなたは捕まってなんかいないのよ。生きて、家族ともう一度会う日に備えているだけよ」

メアリーはそう言いながら怒りを感じる。宏の言うことは、理解しようにも何も腑に落ちるものはない。メアリーも宏に近づいた。でも、触れるほどではない。少し口調を和らげてメアリーが続ける。

「捕虜になりたくなかった気持ちはわかるわ。でも日に三度の食事、仲間、野球、それはここでの暗闇の毎日と孤独よりは良いでしょう？　無実の人を戦争で殺したりすることよりは良いでしょう？　もちろん死ぬことよりも」メアリーは宏の目を覗き込み、そこに答があるかどうかを探している。

宏は何も言わない。彼にはメアリーが自分の話を理解できないということがわかったし、これ以上言っても何にもならないということも感じている。決まりは決まりなのだ。日本人が生まれ育つ間に心身に叩き込まれ、そして文字通りそれに従って死んで行くものなのだ。

「私はあなたが逃げ出して来てくれて良かったと思ってる。ここに来てくれて、安全でいてくれて良かったと思ってる」そう言うメアリーの声は震えていた。

宏はメアリーの声を聞き、本能的に目の前のメアリーを抱きしめたいと強く思うが、自分を押しとどめた。彼女と最初に宏をここに連れて来てくれた人に敬意を払わなくてはいけない。今、自分の命があるのは彼らのお陰なのだ。

「行かなくてはいけないわ」長居をしている彼女に両親がひどく怒っていることだろう。

宏は言いたいことがある。喉に何か詰まっている感じで、鼓動が早い。脱走の夜のように。メアリーに理解して欲しいと思う気持ちで胸が張り裂けそうだが、説明ができない。メアリーと過ごす毎日のこの短い時間でどれほど彼が慰められ幸せを感じるかは、安全で快適な生活、三度の食事や友人との時間、野球などには比べることもできないほどのものだと、メアリーにわかって欲しい。

宏はメアリーには到底わかってもらえないだろうと思う。自分でさえ消化し切れていない気持ちなのだ。こんなことが自分に起こるとは夢にも見たことがなかった。日本的な筋書きではあり得ないことなのだ。

梯子に向かうメアリーに向かって宏はただこう言うだけだった。

「アリガトウ。アシタ、マタ」

第8章

『一九四四年九月八日　百九十五人の日本人が死亡　オーストラリア人看守　無残に殺される』

『キャンベラ　金曜日　去る八月五日未明に起きた、戦争捕虜収容所での反乱についての正式な報告書が連邦政府から発表された。それによると八百人以上の日本人捕虜たちが宿舎に火を放ち、看守たちに襲いかかったとのことである。多くがフェンスをよじ登り脱走した。百九十五人のジャップが殺され、一〇八人が負傷、三六名が自殺した・・・・・一人のオーストラリア看守が数人の日本人によって無残に殺された』

ウィリアムズ一家と大人たちが知りたいことが記されている、待ちに待った新聞の見出しと記事だった。紅茶のマグを手に、ウィリアムズ家の台所のテーブルに集まったみんなにメアリーが新聞の記事を読み終わったところだ。メアリーは最近ではその役目を楽しむようになっていた。もっとしょっちゅうしても良いと思うくらいだ。

「ジャップ達はマシンガンの弾をものともせずに弾丸の雨の中負傷し、死んで行った。二十棟あった宿泊棟のうちの一八棟、それから二棟の管理棟が完全に焼け落ちて灰になった。焼け死んだジャップの遺体がそこから見つかっている」

全員が静かに聞いている中、メアリーは息継ぎをして読み続ける。「死亡した日本兵の多くは仲間の手によって殺害されていた。ジャップの士官の犠牲者は二名だけだった」

メアリーの目に涙が溢れ、母親がそっと後ろに立って彼女の肩に手を置いてやる。そして「メアリー、もう読まなくてもいいのよ」とそっと言う。

メアリーは頭を振ると、母親の両手から身を引いて袖で鼻を拭き、もう一つ長い息を吸い込むと読み続けた。

『二十人のジャップが首を吊った。自ら、または仲間の手によって首吊りが実行された。九人が刃物で自害し、二人が電車に飛び込んで轢死している』メアリーは自分が声に出して読んだ記事の内容がショックで思わず口を手で覆った。

「神様」ジョアンが胸に手を当てて声に出す。「どうしてそんな事を?」

バンジョーが立ち上がって、妻の肩に手を回す。みんなが自分達の町で起きた忌まわしい事件のことを聞いて動揺していた。暴力、自らを傷つける行為、そして仲間の命を奪うなんて彼らが経験したこともないことだ。自分の国での戦争の話ならまだわかる。しかし、首吊り、自傷、電車に飛び込んだという事はメアリーには決して理解できないことだった。

メアリーは早口で読み上げ続ける。もしかしたら宏に関係したことが何か書いてあるのではないか、まだ捜索が続けられているのか、そしてどの程度の危険が彼に降りかかってくる可能性があるのかを知りたくてたまらない。新聞が書き連ねている恐ろしい暴力的な場面をなるべく想像しないようにして読み続ける。必要では無さそうなところは自分の判断で飛ばしている。テーブルを囲んでいる六人に関係していそうなことだけを読んで聞かせる。

「オーストラリア人の被害は比較的軽かった。また、怪我をしていた十六人のジャップが自殺しようとしていたが、それは当局によって阻止された。一部を除いた全ての脱走兵が当日中に捕えられた。ジャップ達からは取り扱いに関する苦情はあげられていない。収容所の運営は国際会議で決められた条文通りに遂行されている」

ケヴィンがテーブルを拳で叩いて叫ぶ。いつものことだ。「苦情がないだと。そんなバカなもんあるわけないだろう！」「ケヴィン！」ジョアンが嗜める。「ごめんよ」とケヴィンがジョアンとメアリーにだけ謝る。男達には謝らない。

ケヴィンはまだ怒り狂っている。言葉には気をつけているものの彼が日本人をどう思っているかについては遠慮なく吐き出す。

「収容所の環境はここよりもずっとマシだ。もし俺達がここの小屋を焼き払って白人を撃ち殺したりしてみろ。どんなことが起きるか想像してみろよ」そう言うとケヴィンは一人一人の顔を順番に睨んだ。「誰だってどんなこと起きるかよくわかっているだろ。この黄色い奴らは本当に信じられないほど酷い」

ジョアンが回り込んで愛情を込めてケヴィンの肩に両手を置いた。

「続けられるかしら？」とジョアンは娘に聞いた。メアリーはまだ見るからに動揺していて、目には涙が光り、頬は紅潮したままだった。

メアリーが頷いて読み続けた．『暴動の報告書が整えられ、日本政府に送られた。その後、残りの逃亡者は既に全員収容されている』そこで一度止まり、もう一度繰り返す。『残りの逃亡者は既に全員収容されている』メアリーはわっと泣き出した。宏は安全なのだ。

「彼がいないということはバレていないな。俺達、とうとうやったな」とバンジョーが胸をなでおろした。

「ということは、まだ他にも逃げている奴がいるかもしれない、ってことだな。白人の馬鹿どもは数も満足に数えられないんだな」ケヴィンが頭を振る。

「もし新聞に一人逃げているけどそいつは見つからない、って出たらその時初めて兄貴の言う通り、やったな、ってことだろ」

バンジョーは返事をしない。ケヴィンが兄をじっと見つめて気まずい思いをさせようとする。

「とうとうやった、って一体何を成し遂げたって言うんだ、バンジョー。ジョン・スミスに楯突いて日本人を守ってやって。そのことでここにいる俺達みんなを危険に晒しているだけだろう」

「俺達は奴らを出し抜いたんだよ、ケヴ。あの兵隊を守ってやったってことだけじゃないんだ。白い連中、政府、俺達を見下してる奴らに一矢を報いたってことなんだよ。ヒロシをうまく匿っているってことは奴らの上を俺達が行っているってことなんだ。それが俺には嬉しいことなんだ。実際に使える力は持っていないけれど、ある意味で、あの兵隊を匿っているっていうのは俺達に力があることの証明になるんだよ」

ジョアンは黙ってしまった娘の前に紅茶を一杯置いてやる。

メアリーの中では安堵、喜び、そして希望といった感情がわーっと渦のように混ざっていて、すぐにでも宏に伝えに行きたくて仕方がない。彼にもう追っ手は来ない、安全なのだと知って欲しい。帰国へ一歩近づいたと知らせてあげたい。でも、次に何が起きて、どうしたら帰国へ歩を進められるのかはメアリーには見当もつかない。計画を立て、お金をかけなくては遠い遠い日本へは帰り着けないだろう。そして、実はメアリーは彼に去って行って欲しくないというのが本心なのだ。ずっと彼にいて欲しい。

「この新聞をライアンの店に持って行って、みんなにも何が起きているか知らせてやろうじゃないか」とケヴィンが新聞を手にしてパラパラとめくり始めた。メアリーがダメと言う間もなかった。「これはあんた達の大事なお客さんにとっていいニュースなんだろ」ケヴィンはそこにいる他の男達を見回し、それからジョアン、そしてメアリーに視線を移した。彼女がいたたまれなくなって目をそらす迄ケヴィンは執拗に見続けた。

「ケヴィン、これについては同意したじゃないか。俺達は一枚岩でいなくちゃいけないんだ。まだ誰にも言うなよ。安全とは限らないぞ」とバンジョーが弟を諫めた。

メアリーの上気した頬を涙が伝い、母親がそっと慰める。「今夜は私が食べ物を持って行くわ」ジョアンはこのいたいけな娘にこんなに重い責任を負わせてしまった事を後悔しながら、メアリーの苦悶を思いやる。「いえ。それは私の仕事だわ。一旦引き受けたことは最後までする」とメアリーが叫んだ。

もはや、宏に食べ物の包みを持って行くことは彼女の仕事ではなくて、彼女にとってやらなくてはならないことになっている。いや、むしろしたくてやっていることだ。彼を生かし続けるために。彼が正気を失わないように会話をするために。そして会いたいという自分の感情をなだめるために。

「私はヒロシのことに責任があるの」錫のマグから紅茶を一口飲んで、メアリーが言い放った。戦争そのものはたくさんの人の命を奪ったが、彼女が過ごす宏との時間は誰にも奪わせない。

メアリーが顔を上げると、母親が訝しげに娘を見ていた。

ケヴィンが新聞を端から見てから他の見出しを読み上げ始めていて、他の男達の関心はそちらに向けられているのがありがたかった。母親が気づいたかもしれないことは他の男達はわかっていないだろう。

『農場の戦争捕虜　より一層の警備強化を』ケヴィンがまず見出しを読み上げ、それから記事をざっと簡単に説明する。「オーストラリア人が解雇されて、その後釜でイタリア人捕虜が低い賃金で働かされてる、ってことだな。退役軍人会の年寄りがイタリア人をさっさと送り返したい、って話だ」と吐き捨てるように言うと新聞を叩きつけた。

「俺もそいつに賛成だな。イタリア、日本、韓国、その他どこから来た野郎でもそれぞれ送り返しちまえばいいんだ」

「誰だってみんな自分の国に帰りたいに決まってるじゃないか。自分だってそうだろ?」とシドが言う。「そうだろうな」何にせよ、自分の考えに味方する人間がいたのでケヴィンがやや穏やかになって、急に話題を変える。「第一次世界大戦で息子を亡くしたヴィクトリア州のウイリアム・クーパーとか言う奴が言うには、アボリジナルが犠牲になったのは全く無駄だってことだと」ケヴィンが頭を横に振る。「俺達の仲間は所詮白いオーストラリアのために戦っているんで、オーストラリアの平等のために戦っているんじゃないのさ」

・

マージの家に女性達がみんな集まっていた。トランプの夜だった。マージの家ではラジオをたまに聴いたりできるし、テーブルもヤカンも一番良い物を持っているのだ。マージはご機嫌だ。誰も認めようとはしないが、彼女の流す噂を聞くのはみんなが好きだった。今夜もそろそろ始まる頃だ。

「収容所の隣の実験農場のこと、知ってるかしら」みんなが頷く。メアリーは話題が何だかよくわからないが、とりあえず聞いている。

「いわゆるちょうどお年頃の女の子達がね・・、ほら」マージがウインクして見せる。「イタリア人兵士たちと何かしているらしいのよ」「イタリア人は遊び人だからね」アイビーが少女のようにケラケラと笑う。メアリーには言葉の意味がわからない。でも多分女の人とのことじゃないかと想像する。スミス家に行ったら辞書で調べてみようかと思うけれど、どう調べて良いかわからない。

「私はゴシップ好きじゃないから名前は言わないけど、誰かさんが誰かさんから又聞きしたらしい話によるとね、イタリア人っていうのは手先が器用で靴の修理なんかがとっても上手なんですって。地元の靴職人が嘆いているらしいわ」マージは片方の眉をあげて、それが本当に靴の話だかどうだかね、という意味を匂わせる。

「そうなの?」ジョアンは靴職人に払うお金がなくてほころびるがままにしている自分の家の靴やブーツのことを考える。「何がどう違うっていうのかしら?」タダで直してくれないものかとジョアンが聞いてみる。

マージは自分の手元のトランプに目を落としたまま意味深な表情で答える。「聞いたところによるとね、軍の靴職人は靴底を接着剤で貼り合わせるだけなんだけど、イタリア人のすることは手が混んでいて、さらに糸で縫いつけるらしいわよ」

ジョアンが我が意を得たりと声をあげる。「それなら靴が長持ちするわね!」

「そういうことでしょうね。だから同じ仕事をしても彼らの方が上、ってことよ。靴だけの話じゃなくてね」マージはまだ手元から目をあげないで言う。「他のことでも色々上手らしいのよね」

アイビーがクスクス笑って他の女性達にウインクした。みんな一斉に大笑いだ。

「あなたって人は・・!」とジョアンが呆れる。マージが続けて言う。「だからね、交換条件、ってことらしいのよ、アイビー」「まあ、噂によるとね、水道管とか壁塗り、大工仕事なんかも得意で、さらに木工もできるんですって」

「スミスさんの家にイタリア人が作った写真立てがあるわ。それからチェスのセットもあるけど、スミスさんは、みんなおバカさんだからチェスなんて誰もできないって言うの。だから飾ってあるだけ」とメアリーが口を挟んだ。

「チェスセットと来たもんだわ。お宅のバンジョーも気をつけていないと仕事を横取りされちゃうわよ」とマージが茶化す。

ジョアンがムッとしてはっきりと口に出す。「うちの人はそんなのとは比較になるようなレベルじゃないわ」誰にだって、もちろんイタリア人になんかには決して引けを取らないきちんとした大工だと夫のことを誇りに思っている。

「彼以上の人はいないわよ。マージ、あなたの家は誰が建てたの。きちんと思い出して欲しいものだわ」そう言うともうどうでも良い、といった素ぶりで手持ちのカードをテーブルに投げ出した。

ジョアンにはもうすでに明日マージがこの話に尾ひれをつけて面白おかしく話すだろうと言うことがわかっている。でも、ジョアンはそんなことは気にしない。マージの知っていることなど取るに足らない。

「うちの人たちは先代からきちんと大工仕事をしているわ。バンジョーの父さんは木を切っていたものだわ。保護局から釘や屋根の材料は支給されていたけど、自分たちの家を建てる技術は自分達の手で努力して得た確かなものだった」

アイビーが助っ人に出る。「そうね。私もよくシドに言うんだけど、ここにバンジョーがいてくれてどれほどありがたいか、って」

「あれは誰っ?」マージが急に立ち上がって話題を変える。「また誰かあそこに来てる。ねえちょっと、フレッド！フレッド！ああ、もう大事な時にどこにいるのよ」

ジョアンとメアリーはマージと一緒に窓際に立っている。宏でないと良いのだけど・・。「またいつものあれね。マージはいつも何だかんだ聞いたり見たりしているのよね」ジョアンがマージを窓から引き離そうと試みる。メアリーが「あれはクロードだわ！」と叫ぶ。「タバコを吸っているのよ。毎晩吸っているのよ。前にも見かけたけど、言いつけたくなかったから言わなかったけど」

「そうね。まあ、そろそろ吸っても良い年なんじゃないの。他の男達もみんな吸うもの」とアイビー。

マージが席に戻ってトランプを手にとる。「クロードの親はまだ認めないでしょうね。このことはすぐに母親の耳に入るわね」

ジョアンとメアリーは顔を見合わせた。胸がドキドキしていた。

第9章

東南アジア制覇を目指して日本軍が北京入りした一九三七年、宏はまだ大学生だった。父親は日本が世界のリーダーとなるべきだと熱弁を奮ったものだった。小さな島国だけれど強大な力を持っているのだからとよく言っていた。父親は日本の他国への進出に賛成していて、自分の一人息子が戦争に行かなくてはいけないという現実には目もくれなかった。宏はそのことがとても悲しかった。

日本がイタリア、ドイツとの三ヶ国条約を締結した時には、宏は大学の友人と何故そんなことを祖国がしたのかと理由を話し合ったが、とうとうそれは理解できないままで、答は得られなかった。

陸軍大臣であった東条英機が総理大臣に就任した時も父親はそれを支持したが、それに反して宏は緊張感を高めて行った。真珠湾攻撃が勃発した際、父親は自国軍が何隻もの敵艦を沈めたことに喜びを隠さなかった。母親は一人息子が戦争に行かなくてはいけなくなると知って泣いたものだった。

父親は息子が戦争で死ぬであろうことは誇りとして捉えていて、そういう幾千もの犠牲を乗り越えてこそに日本が世界のリーダーとなると思っていた。真珠湾攻撃によって日本が世界に向けて力があることを見せつけたというニュースを見て高笑いをするような人物なのだ。

メアリーの家の裏にある隠れ家で、宏は次から次へと走馬灯のように経験して来たことを思い出している。父親の誇り高き様子。それから同郷である四国から一緒だった男達。船でニューギニアに送られたこと。食べ物を得ようと必死に戦ったこと。日本からきちんと送られてくるべき食料が届かないから、兵隊はろくな戦いができない。

仲間達がどんどん血まみれで死んで行く様子。銃撃で崩れ落ちる者。塹壕から這い出したり這い戻ったりする体の痛み。負傷した仲間を引きずる体力はおろか、自分の体を移動させる力ももう残っていない。同盟国が攻撃して来た時にはもう動けなかった。

あたりを見回すと同じように傷つき、弱り果てて動けなくなっている兵隊ばかりだった。捕まらないように逃げることも敵と戦うことももはや不可能だった。

殺せと懇願している者、舌を噛み切って自害しようとする者。呻きと痛みに耐えかねてあげる叫び、怒りの雄叫び、恥と恐怖で泣く声が頭の中で聞こえ続ける。

ハッと目を覚まし、宏は吐いてしまう。寝汗をびっしょりかいている。悪夢に惑わされている状態から覚めようとする。何度も何度も見て悩まされている悪夢だ。

暗闇で座ると彼は子供のように泣いた。戦争の恐怖、そして多くの仲間が悲惨に死んで行く様子を見過ぎてしまった重圧が重く彼にのしかかっている。どうにか息はしているものの、もう自分の体から生気というものが流れ出て行ってしまっているように感じる。メアリーのもたらしてくれる慰めを思い出すこともできず、今、初めて、自分もニューギニアで死んでしまえば良かったのにと思う。そうでなかったら時計を巻き戻して戦争が始まる前に、日本が参戦する前に戻れたら良いのにと切に願う。あの頃には知りもしなかったおぞましいものが、彼の感覚と正気を蝕んでしまうよりもっと以前に戻れたら、と。

宏がメアリーと一緒に座っている。ほとんど足が触れ合いそうな近さだ。

「自分の息子は戦争に行かないで済むと良いと思うよ」彼は前日にメアリーが持って来てくれた服に着替えている。新しいパンツと綺麗なシャツだ。

ジョアンが訪問者のために、とパトリック神父からもらって来た物だ。ジョアンはあながち嘘でもないわ、と自分に言い聞かせていた。だって、実際宏は訪問者で、本当に洋服を必要としているのだもの。その夜、ジョアンは懺悔をして、祈った。聖母マリアの祈りを十回唱え、我らが父よ、父に栄光あれとしばし祈ったのだ。

「恥よりも先に名誉あれと習ったんだ。いつもそれを口に出して言うように、とね」宏は軽い調子でそれが友達への挨拶であるかのようにさりげなく言った。悲しくも、感傷的でもなく、ただ単にいつか自分が息子を持ったとしたらその子の将来がどうなるだろうと想像しているだけだ。

メアリーは以前にも宏が恥と名誉について話すのを聞いたことがあったが、今日もきちんと耳を傾けている。宏がこうと思ったらきっとそれをやり遂げる人間なのだとメアリーは信じていて、必ず宏の息子は父親を喜ばせるような英雄になるだろうと思っている。メアリーは目の前にいる宏に畏敬の念を抱いているのだ。メアリーにとって宏は父親や叔父たち、知識を与えてくれ、歴史を教えてくれた尊敬する長老たちのようだと思い、また自分の母親のように賢くて優しいと思っている。

「自分の国ではみんなと違う考えを持つことはとても難しいんだよ」宏はメアリーに向かって話しているが、その実長いこと胸に抱えていたものの口に出したことのなかった考えを初めて声に出している。彼にとって非常に個人的な考えなので、自分がここまで心を開いていることに驚くくらいだ。外国人でしかも若い女性に対してこんなに素直に話をしていることも驚きだ。

「日本人にとって他の人と同じ、ということがとても大事なんだよ」宏は日本語でまず「和をもって尊しとなす」と言うと、それを英語で言い直した。「同調して過ごすことが大事だ、という意味だ。特に公の場では何かについて違う意見を持つことは好ましくなくて、同じ意見でまとまることが良いことだとされているんだ。若い人、例えば男が夢を持っていたとしてもそれを諦めるように仕向けられる」

宏は自分のことを話している。詩人になりたかった自分、学位を創造的な方面で生かしたかった、でもそれは国民的な道徳意識及び世間が当たり前とすることとは相反しているのはわかっていた。

メアリーは宏を見つめる。彼女は恋に落ちてしまったのだ。

どうしてこの世はこんなに苦痛に満ちているのだろうと考える。戦争に真の意味での勝者などいやしないのに、どの国もなぜ無実の人を戦場に送って戦わせるのだろう。相手の国の捕虜をカウラのような収容所に閉じ込めるなんてどうしてそんなことができるのか。ケヴィン叔父さんが言っていたようにオーストラリアの看守に対して日本兵はそれほど酷いことをしてしまったのか。宏はこんなに穏やかなのに、他の日本人はなぜ・・。メアリーはそのことを信じたくなかった。ケヴィン叔父さんが言っていたことはともかく、誰かが誰かよりも優れているなんていうことは無いのに。でもそんなことは年上の人には言えはしない。

メアリーはナチがユダヤ人に何をしたのか知っていたが、あまりそのことを深く考えないようにしている。とても恐ろしいことだとの理解はある。マネージャーの家でしばしば耳にした会話から、ヨーロッパでの戦争の悲惨な様子を知っているのだ。戦争が人々の生活を引き裂いて、沢山の国の人たちが宏と同じような思いをして悲しみを背負い、トラウマを抱えている。戦争でたった一つだけ良かったことがあったとしたら、それは彼女の元に宏が来てくれたことだけだと感謝している。

宏がメアリーを見る。メアリーは何か憂鬱で無い、明るいことを言いたいと考えて目を逸らす。

「メアリー、ここでも同じことなのかい？ここで夢を持つことはできるの？　他の人と違うことをしてもいいのかい？」宏はせめて自国以外の場所では人々が自由に夢を描くことができて自立して生きていくことができると良いのにと願う。

「それは大きな問題だわ、ヒロシ。もちろんオーストラリアでも夢を描くことはできる。戦争のための訓練に行かなくてもいいかもしれないわ。それでも、アボリジナルでいる限りは夢を実現させるのはとても難しいと思う」

「君のはどんな夢なの？」宏はほんの少しの間でも自分の境遇を忘れて、誰か他の人の夢の世界に入ってみたい。

「私はスミスさんにあれこれ言われないで好きなところで好きに暮らしたいの。それから学校に戻って卒業したいわ」

メアリーはずっと思っていたことを素直に口にできることが嬉しかった。両親はできる限りのことをして彼女を幸せに育ててくれていた。彼らに話す場合のように気を遣って、こうだったら良かったのに、と沈んだ様子で言わなくても良いのが嬉しい。両親には家族が一緒に過ごせるようにと努力をしてくれたことに、メアリーが感謝していないと思って欲しく無い。それでも彼女は彼女なりの将来を夢見ていて、もしかしたら大人になる頃にはそれが実現できるかもしれない。

「私はマネージャーや政府に反対されることなく、自分が恋した人と結婚したいの」彼女はそう言って頬を染めた。まだ自分は若いということもわかっているし、誰も彼女が日本兵に心を寄せていることは理解してくれないだろうから。彼が愛してくれるかもわからない。でも、今この時、メアリーには、自分がこの先これほどの思いで誰かを恋い焦がれることができるとは想像もできない。ふと、両親が出会った時もこんな風に思ったのかしら、と思いを馳せる。

メアリーが結婚について発した言葉を聞いて、宏が目を輝かせた。宏がちらっとメアリーの体に目をやったので、メアリーがまた赤くなる。彼女が気を取り直し、自分を落ち着かせ、宏が自分の変化に気づかなかったら良いのだけど、と思う。

「私は白人と同じ権利を持って、人生の全てを味わってみたいという夢を持っているわ」

宏はこの、今一番親しい関係にある女性の夢が全て叶うように、と祈った。毎日暗闇の中にいた彼の生活に光をもたらしてくれた人だ。彼に正気を保たせてくれ、魂を救い、そして何よりも大切な命を救ってくれた人だ。ただその笑顔だけでキラリとした喜びの瞬間を届けてくれた。メアリーの生活に何とかして彼が幸せをもたらすことができたら良いのに。でも、彼女と家族が暮らしている今の状況下、そして自分が逃亡中の兵士であるというこの状態で、何ができるというのか。

「その夢が叶う可能性はあるの？メアリー」「ケヴィン叔父さんが言うには白人と同じように好きなところに行ける自由を得て、好きなことをして結婚して好きなところに住んで、少しだけでも彼らみたいに物を所有したりしたかったら、私達は白人に同化しなくてはいけないのよ。政府の方針で私達を白人のようにしようとする政策があるの」

宏は困惑する。

「つまりね、白人のように振る舞わなくてはいけないということなの。私達がこんな風な外見でもね」メアリーは両手で自分の褐色の頬を撫でて見せる。「でもね、例え白人のように振る舞ったところでいつも黒人の扱いしかされなかった」

宏が顔をしかめた。

「白人みたいになりたいわけでは無いの。自分のままでいたい。でも、白人と同じように扱って欲しいのよ。だけど、同じ生活を手に入れるには、アボリジナルであることを捨てなくてはいけないの。それがどういう意味かはよくわからないのだけど」

「でも、よく理解できないよ」宏はまだメアリーの言っていることが飲み込めない。どんなことが起きているのか、自分が隠れている地下の隠れ家の上で人々がどのように暮らしているのかはわからない。最初に逃亡して来た時にほんの少し垣間見ただけだし、毎晩トイレにバケツを空にしに行くほんの少しの間しか上には行かない。

「二十年前にね、マネージャーが『アクト』に従ってエーランビーから何人かのアボリジナルの人を追い出したの。アボリジナルにしては白すぎる、って。肌が白すぎるからあまり酷い扱いはできないから、って」

「『アクト』って何?」宏の達者な英語でもメアリーの複雑な言い方は完璧にはわからない。メアリーにとってもまた『アクト』の保護条例下で生きるということがどういうことなのかを説明するのが難しい。

しかしながらメアリーは両親を含むエーランビーのほとんどの人が内に秘めているのと同じ、怒りの炎を彼女なりに灯し続けて話そうとする。

「私たちが今いるカウラという町はニュー・サウス・ウエールズ州にあるの。ここではアボリジナルの人にだけ適用される政府の政策があってね、それがアボリジナル保護法と呼ばれているのよ。それが『アクト』よ。もしその保護下から逃れて白人と同じように暮らしたかったら、非アボリジナルであるという申し出をして、除外証明書をもらうの」とメアリーは書類のように四角を手で示して見せる。宏が頷いて「それでどうなるの」と聞く。

「もし証明書を手に入れることができたら、ほとんどのアボリジナルの人が従わなくてはいけないルールからも『アクト』からも逃れることができるわ」メアリーは自分が話していることを本当に理解しているのかわからないし、どうしてそんなものが存在するのかもよくわからない。

父親や、ケヴィン叔父さん、他の叔父さんたちがミーティングをしている時や台所のテーブルを囲んでお茶を飲んで話している時に聞きかじったことをメアリーは全部細かく思い出そうとしている。

「それを持つと何ができるようになるんだい？」「証明書があれば投票もできるし、お酒を飲んでも法律違反にならないわ。それから何処へでも好きな所に行っていいのよ。他の人と話をしたり知り合いになったりしてもいいの」

「今はそれができないの？」宏にはオーストラリアに住んでいながら自分の意思通りに暮らせない人がいることが信じられなかった。

「ダメなのよ。ここで思い通りに暮らしている人なんてほとんどいないわ。自分の家にいながら囚われているようなものだって言うお年寄りもいるわ。ここには沢山の人がいる。私達は強いわ。力を合わせてマネージャーに反抗することだってできる。でもね、一日の終わりに私たちの生活を牛耳っているのは結局マネージャーなの」

「じゃあ、証明書を取ったらいいんじゃないかい」

「それがダメなの。一度証明書を取るともう家族に会ってはいけないの。保護区から出て行かなくてはいけないし、証明書を持っていないアボリジナルの人と交流したら逮捕されるの」

「それは本当のことなの？　法律でそうなっているのかい？」宏が目を見開いて聞いた。

「ここから出て行った女の人がいたの。証明書を取って、シドニーで仕事をしていたのだけどお葬式のために帰って来るのにマネージャーに許可書を書いてもらわなければいけなかったのよ。だけど、おかしい話でしょ、ヒロシ。ここは彼女の故郷なのよ。家族はみんな住んでいるのに、そこに帰って来るのに許可書が必要だなんて。間違ってる。絶対間違ってるわ」メアリーが立ち上がった。出て行ってしまいそうだったので、宏も慌てて立ち上がる。

「紙切れ一枚で自分が誰なのかってことが変わるなんておかしいと思う。どうしてそんなもので人生がそれほど変えられてしまうのかしら」メアリーが早口になる。宏に自分達の生活の実態、彼女の世界を混乱させる人々の存在を訴える。

「もし証明書を取れば年金だってもらえるわ。妊娠したら生活費ももらえるの。でもね、黒人にはそう言う扱いはないのよ。私達だって、町の他の人がみんな当たり前にしてもらっていることをしてもらえるようになるのが当然よね」

宏は聞いたことがにわかには信じられず頭を横に振る。「こんなことはあってはいけないよ。もちろん君の言うことは信じる。でも、実際にあってはいけないことじゃないか」「それが現実なのよ。映画館ではトイレさえ別なのよ」

メアリーは宏に詳しい話をする手前でやめる。排泄物はメインパイプに到達するまでは別々かもしれないけれど、その後は一緒になって処理される。白人は自分のものが黒人のものと混ざるのがそんなに嫌なのだろうか。まあ、そんなことはどうでも良い。宏にわざわざ話すようなことでもない。

「それは本当にどうかしてるよ。その紙切れ一枚で、どう人から扱われるかとかどういう風に振舞うべきかがそんなに変わってしまうの？　だってアボリジナルの人はアボリジナルのままじゃないか。紙切れ一枚でそれは変わらないだろう」

宏は収容所であれほど親切にしてくれた同じ人達が自国のアボリジナルの人にそんなに酷いことをするなんて信じられない。メアリーがため息をつく。「見かけは変わらない。考え方だって変わらないわ。そして、私達がこうなるに至った歴史も今までと同じように理解してる。それが私達がアボリジナルであるっていうことだもの」大きく息を吸った。授業みたいだわ、と思う。とても疲れた。これほど話したところで現実は何も変わらないのだ。ただ、彼女が心を寄せている男性が自分達のことをより良く理解してくれるようになっただけだ。

「証明書のシステムは本当にどうしようもないんだね」「そうなの。でもそれさえ取れれば差別から逃れられるのよ。だから取る人が後を絶たないの。生活が楽になるもの」「君はどうするの？」宏は食べ物を持って来てくれる天使のようなこの少女の生活が、スミスとやらと関わっている今よりも良いものになって欲しいと思う。

「両親は絶対に許してくれないわ。犬の鑑札票みたいなものは着けさせないって」ピシリと彼女が言う。言ってしまってから宏の顔に浮かんだ困惑の表情に気づいて説明し直す。

「あまりいい呼び方じゃないけれど、黒人たちはみんな証明書のことを犬の鑑札票っていうのよ。飼い犬登録、っていう人もいるわ。実際に犬を飼うのには登録しなくてはいけないのよ。お父さん達は私達の身分は何をもらっても差し出してはいけないと言ってる。証明書を取るということは家族との縁を切って、自分が誰であるかを忘れることだって。だからお父さんは絶対に証明書は取らないって言ってるわ。仕事に就くためにアボリジナルでなくなる選択をしなくてはいけないのなら、ただ単に働かないということを選ぶわ。私は学校に戻ってもっと色々習いたいの。それから仕事をするの。でもね、そうする為に証明書を取らなくてはいけないとしたら、私はもうアボリジナルではなくなってしまうのよ。

バンジョーは仕事場にいる。早朝のことでファット・ボブーと二人だけだ。バンジョーは汗を流しながら金槌を振るっている。ファット・ボブーは二日酔いで、また道具に触ってもいない。それでも御託を並べ始めた。

「ジャップの連中は気狂いだ。手当たり次第だってな。敵は殺す、仲間は殺す、挙句に自分まで殺しちまう」

バンジョーはつい顔を上げて反応してしまう。「だからどうだって言うんだ?」バンジョーは今日は仕事をするだけしたら金を受け取って、さっさとこのだらしない男と別れて家に帰りたい。

「サイパンに連合軍が侵攻したらジャップ共が何千人も崖から身投げしたっていうじゃないか。集団自決だとさ。正気じゃないよ。みんな気狂いだ。そんな黄色い災なんてこの町にいて欲しくないね」

バンジョーはこの話題はいい加減にしてほしいと思う。くだらない話で集中力がかけてしまう。今日は夕方までに納屋を作り終わらなかったら給金がもらえないのだ。でも、木材を置こうとしたらファット・ボブーがまた始めた。

「知ってるか？奴らは俺達の兵隊を喰ったらしいぞ」「バカを言うもんじゃないよ」バンジョーは宏を見つけた日にケヴィンが言っていたことを思い出しながらファット・ボブーに返した。

ファット・ボブーは譲らない。「本当のことさ。ココダって言うところでジャップが死んだオーストラリア兵を喰った話はみんな知ってるさ。それから仲間のことも喰い始めたってな」バンジョーは頭を振る。「そんなことは信じらんないよ。新聞でも見ていないぞ。どこで聞いたんだ、その話？」

「だからな、奴らの政府は兵隊のために食料を送っていないんだと。だから奴らは食べ物のために戦っていて、腹が減って仕方ないから俺達の兵隊を殺してから喰ったんだよ。そんな人喰い人種を俺達の国に置いておくわけにはいかないだろ。俺達は人喰いなんかしないんだから」ボブーは真っ赤な顔をして汗を滴らしている。「いいか。ジャップも、中国の野郎ども、韓国の野郎ども、みんな同じなんだよ。アジアだかなんだか知らないけどあいつらはみんな危険で俺達にとって脅威なんだ。戦わなくちゃいけないんだよ。本当に黄色いのは災なんだ」「俺は仕事をしなくちゃだ。あんたがしなくても良くてもな」バンジョーが話を終わらせた。でも、心に引っかかるものが残った。ケヴィンの発言と、どうやってみんなで彼をなだめたかを思い出した。

「ジョアン、あなた、聞いた？」ジョアンが床を擦って掃除しているとマージが入り口のところにやって来た。

「聞いた、って何を？」立ち上がって、痛む腰に手をやりながらジョアンが聞き返す。「ジューンが洗濯物を干していた時にね、彼女の一番ちっちゃい子が泣いて泣いて仕方なかったんだって。シーツなんかをさっさと干したかったんで急いでいたらしいのよ。そうしたら急にチビが泣き止んだんで様子を見に行ったら、まあ驚いたの何の、って。誓って言うけど嘘じゃないのよ。何とジャップが乳母車を揺らしていたんですって」

ジョアンはそれが自分達が面倒を見ている彼だったのかどうか、考えを巡らせる。違うかも。さあ、ちゃんと考えて！

あまり派手に反応しないように注意しながら気持ちを押し殺してさりげなく聞き返した。「それで何が起きたの?」「ジューンが叫んだのを聞かなかった? それでみんなが気づいたのよ」マージが目を細めてジョアンを咎める。「私は働いていたもの。それで?」「あちこちからみんなが走って集まったわ。キング・ビリーももちろんやって来た。それでおしまい。ジャップを地面に押し倒して、収容所に連れ戻したのよ」

ジョアンの心臓は早鐘を打っていた。宏に違いない。他の日本兵などここら辺にはいやしない。喉元に何かが込み上げて来た。「囚人服だったのかしら?」と聞いてみる。ジョアンが最後に宏のために出してやった洋服は、色がくすんでしまった白いシャツと茶色のパンツだった。兵隊の格好はしていなかったはずだ。

「知らないわよ。どうして?」訝しげにマージが聞き返す。「うん。何となくね」「ジョアン・ウイリアムズ、あなた何だかとても変よ。あなたのことをよく知らない人だったら、何か怪しいことをしてると思っちゃうわ」

「メアリー!」ドアから入って来た愛娘にジョアンが声をかける。メアリーの腰に手を回しながらジョアンがマージに「バカなこと言わないでよ」と返事をする。そしてメアリーには「いつも何か面白い新しい話がないか、って思っているのよね、あなたは」と少し注意を喚起しておく。「メアリー、エランビーで日本兵が見つかった事件、知ってる?」「知らないわ、叔母さん」そう言って母親を見上げるメアリーの目には心配の色が宿っている。「でも多分フレッド叔父さんだったら何か知っているんじゃないかしら?」と言うと彼女はフレッドの小屋に向かって歩いて行った。「そうね。もし知らなかったら私が話してやらなくちゃ」と言いながらマージが早足でさっさと出て行った。

「本当に心配したのよ。みんなが話していた兵隊ってあなたのことに違いない、って思っちゃったの。他にも脱走中の人がいたのね。収容所に連れ戻されたそうよ」メアリーは安堵のあまり、宏の苛立ちに気づかない。宏は自分の仲間がまだ収容所にいること、もしかしたら脱走中の友達もいるかもしれないと考えて辛くなっていた。捕まった兵隊はもしかしたら正雄だったのかもしれない。宏はそこに突っ立ったまま動かない。目はメアリーを見ているかのようだが、その実あの夜の脱走の時を思い出して、心はここにいない。

一体誰だったのだろう。誰にせよ、こんなに長く逃げていられて良かった、と一瞬ホッとしている。

第10章

一九四四年九月二九日

桜花の笑み
恋しい紅花・・・

宏が詩を詠もうとしている。俳句の調子で五、七、五、と韻を踏みたい。紅花が心にいて、そして彼の唇から紅花への思いが溢れ出す、と頭では考えていたのだが。

待て。紅花は今自分の心の中にいるのか？　メアリーはどうなんだ、と自問する。メアリー、自分の食べ物の天使。ああ、会話がしたい。静寂ではなく音に触れたい。

母よ、どうぞ許してほしい
一兵の切なる望郷の思い

宏の思いは千々に乱れているが、全てが故郷に結びつく。彼は地面に崩れ落ちた。帰りたいよう。帰りたいよう。

腐りかかった梁が屋根と土の壁とを支えている。息を吸えば、カビ臭い。毎晩捨ててはいるが、トイレとして使っているバケツの匂いが堪え難い。燃料のケロシンを節約するためにランタンを消すと、自分が立てる音と自分の匂いに集中する他何もないのだ。脇の下を嗅いでみる。その匂いも堪え難い。今思えば収容所では清潔でいたものだ。服はネズミのように汚くて埃っぽい。靴の底はぐずぐずになっている。せめて爪を噛んで短くしておこうとするが、爪の先一本一本から土埃の味がする。唾を吐き出すが、舌には土埃の味が残ってしまう。

「紅花。どこにいるんだ？　もう一度、愛してくれるのかい？　こんな自分をまだ愛してくれるのか」両手の間に頭を落とし、宏がすすり泣く。

愛情。父親が自分を戦場に送り出した時に愛情なんてあったのか。あんなに冷たい人を母はどうして愛せるのか。もう一度宏は立ち上がる。調子を取りながら片脚ずつ伸ばして固まった筋肉を伸ばそうとする。気持ちが抑えきれず、いっそ自由を求めて梯子を上って行ってしまおうかとも思う。でも、自由の身ではない。まだ囚われの身なのだ。自分でいつ命を絶つか決めたら、その時が自由を感じ、恥の責め苦から楽になる時なのだ。でも、そんな決心に意味を見いだすことができない。

「メアリー！メアリー」子供の声がする。外で誰かがメアリーを呼んでいるのだ。宏も「メアリー！」と声に出して呼びたい。一緒にいて欲しい。友情が欲しい。会話がしたい。自分よりもずっと若い少女に徐々に惹かれて来ている自分の気持ちをいけないものだと宏は思っている。地下に閉じ込められている状況ではあるけれど、自分を助けて敬意を払い、尊厳を持って接してくれている、家族と少女。

ただ単に毎日食べ物を持って来てくれるだけではなくて、彼女がそばにいてくれるそのこと、そして人道的な振る舞いは彼をどれほど慰めてくれたことか。エランビーの人には二人しか会ったことがないが、とても恩に着ている。他の仲間に嘘をついてまで自分を匿い守ってくれたことにとても感謝していた。

悲惨な死と悲劇をくぐり抜け、ここに最初にたどり着いたことを思い出した。今自分が感じているメアリーに対する好意を後ろめたく思うが、彼女は親切だし、好意も感じる。それらが混ざり合って頭の中が混沌としている中、次に仲間のことに気持ちが移った。

共に戦い、共に捕虜となった多くの仲間がもうこの世にいないと改めて思うと大きな悲しみに圧倒されてしまう。

「『ジャングル・ブック』がカウラで上映されているわ」とスミス夫人がメアリーに話しかける。スミスの子供達が夫人とメアリーに纏わりついているところだ。「子供達は何度もこのお話を読んだのよ。作者のラドヤード・キプリングは素晴らしい詩人でもあるわ。私、大好き。詩人の中の詩人ね。この映画、子供達にぜひ観せたいわ」と夫人が一冊メアリーに手渡して言った。

「『ゆかいな牧場』のアニメが観たいよ」とカーミカエルがぐずる。メアリーはアニメも映画も観たくない。劇場に行くのが嫌なのだ。子供達は好きな所に座れるけれど、彼女は黒人なので一番前の画面が見にくいところに座らなくてはいけないのだ。

映画館で、いつものようにできるだけ中央の席に座る。子供達は特に気にもしていない。ドナルドダックのアニメが最初で、次が映画だ。ジャングルで動物を友達に成長して行く男の子の話だ。メアリーは主人公のモーグリを演じるインド人の俳優をとてもハンサムだな、と思って観ている。

でも、映画に集中するのはとても難しい。宏のことが頭から離れない。何かに取り憑かれたようだ。これが恋なのかしら？と思う。もしそうなら、何て素敵な気持ちかしら。メアリーは恋には相手を心配する気持ちにちょっと恐怖みたいなものも含まれるのが普通なのかしら、と考える。落ち着かない気持ちはいつか収まるものなのかしら。

メアリーは気もそぞろで、映画のスクリーンを見ているのかどうか自分でもわかっていなかった。子供同士で何かあったようで、隣に座っていたキャサリンがメアリーの脇を突いた。「静かにして。何なの？これが観たかったんじゃないの？」「カーマイケルがね、アボ（アボリジナルの人）はジャングルにいた方がいい、って言ったの」とキャサリンが小さな声でメアリーに言う。

メアリーは気分を害して呆れたが、彼女にできることは特にないのだ。今までだって、スミス家の子供たちを可愛いと思ったことはなかった。ウィリアムズ家の子供に比べると、甘やかされて、必要以上の物を持っているくせにちっともありがたいと思っていない。自分の白人としての特権だって当たり前だと思っているようだ。

更に、子供は親の言っていることをそのまま繰り返しているだけだということも、メアリーにはわかっている。スミス氏が話すままを鵜呑みにしているのだろう。おそらく地元の黒人について軽蔑したような物言いを一度ならずしているに違いない。だからメアリーは反応しないのだ。何もできやしないのだから。

しかし、家への帰り道、メアリーはカーマイケルが手をつなぎたがったのに応じてやらなかった。それがメアリーのせめてもの差別に対する抵抗だった。

宏のいる穴蔵はひどい臭いが充満している。宏自身はそれに慣れてしまっているが、メアリーはその臭いを無視しようと努めるほかない。今日は新聞とゆで卵、ダンパーブレッドを手渡した。宏はすぐに食べ始めた。蛋白質である卵はありがたい。でも、栄養が足りていないので筋肉が衰えて来ている。筋肉を保つために腕立て伏せなどの運動をするよう心がけてはいるが、腕の筋肉はほとんど落ちてしまった。今ではダンパーブレッドの味にも慣れて、美味しく感じるようになった。しかしいかんせん量が足りず、満腹感を感じることはない。

「今日はすぐ行かなくちゃいけないの。スミスさん達が町の会合に行かなくては行けなくて、私は子供達の面倒を見ることになっているのよ」とメアリーが残念そうに言う。宏は顔を上げなかった。感謝はしている。でもこんなにすぐにメアリーに行かれてしまうとは思っていなかった。新聞も読みたい。何か脱走に関しての新しい情報は無いものか。いつ頃家に帰ることができるのかについて何かしらの情報は無いものか。

「後でもう一度来られるかやってみる」「アリガトウ」新聞の一ページ目に目を通しながら宏が言った。いつもするように、宏はさっと全部のページをめくって戦争についての見出しがないか探してからじっくりと一行ずつ目を通す。

とある写真が目に留まった。記事は無く、写真だけだ。見出しには『米国海軍 日本軍を吹き飛ばす』とある。日本の飛行機が撃墜されている写真だ。説明書きには『米国海軍の榴弾砲が太平洋上の要地、グアム島で砲弾を炸裂させる。グアム島、再び米軍支配下に』

写真の伝える様子は酷いものだった。一体何人の人間が命を落としたのだろう。幾千の家族が引き裂かれたのだろう。天皇陛下の為に死んで名誉だと、心から思った日本人は何人いたことか。

宏は自分のお腹を抑えた。頑丈な大きな軍靴で思い切り蹴られたような痛みが走る。土の壁によろけてぶつかるとそのまま地面に崩れ落ちた。戦争はまだ続いているのだ。自分は前線で戦うこともせず、仲間と収容所で堪える訳でも無く、臆病者よろしくここで隠れているだけなのだ。それを恥と感じ、また家族に迷惑をかけていると感じ、宏は激しく苦しんだ。

数時間後に覆いが外される音を聞いて、宏はパニックを起こした。メアリーは今日は既に一度来ているではないか。また来たのはどうしてなのか。

「メアリー、何をしに来たんだい？　大丈夫なのかい」「あなたがどうしているかみに来ただけよ。さっき様子がいつもと違ったから」少し戸惑いながらメアリーが答えた。

「大丈夫だよ。ありがとう」少女がそれほど心配してくれるのはありがたかったが、今夜は何も話したくない。不確かな状況での精神的苦痛に苛まれ続けてもう気持ちに余裕がなかった。「ありがとう。でも君に迷惑がかかるといけないと思う」「行かなくちゃ。何でもなくて良かったわ」それだけ言うと、メアリーは来た時と同じくらい急いで出て行った。

メアリーが急いで家に戻ると両親が揃って台所に立っていた。「一体どういうつもりなの？一晩に二度もあそこに行くなんて愚かなことよ。責任感はないの？あなたが見つかったら困るでしょう。何を考えているの」と両手を腰に当ててジョアンが低い声で叱責する。

「具合が良くないのよ」「具合が良くないって? どう悪いんだ?」とバンジョーが慌てて聞く。「もし病気だとしたらあそこで看病なんてできないぞ」「そういう具合の悪さじゃないのよ、お父さん。悲しくて具合が悪いの。とても落ち込んだ顔で目が死んでいるわ・・・。わかるかしら? 彼は悲しみでとても具合が悪いの」メアリーは両親を見つめながらそう話した。

「そうなのね、でも、それは誰かが何とかしてあげられることではないのよ。家族から引き離されて、戦争に行かされて、そして一人で閉じ込められたから起きたことでね」とジョアンは娘を抱き寄せる。「今、私達がしてあげられることは、彼に何か食べさせて安全を確保することだけなのよ。あまり彼と親しくなってはいけないわ」

メアリーは返事をしない。

「私の言ったこと、わかったわね」ジョアンは声を荒げないように自制しながらはっきりと言う。メアリーが頷いた。

一九四四年十月十三日

『あなたがたの応援さえあれば敵の船を沈めて見せます』

メアリーは戦債の広告の見出しを両親とシド叔父さん、フレッド叔父さんに向かって読み上げる。ケヴィン叔父さんも牛追いから戻って来ている。ケヴィンの誕生日だからどこか女性がいるところに行って踊ったりすることになるだろう。「また誰かを泣かせることになるな」とバンジョーが皮肉を込めて少し前に言っていた。

『ジャップの戦艦が東京への道に立ちはだかっている。でも、我らの仲間が出撃して、太平洋とインド洋に浮かぶ全てのジャップの戦艦を沈めて来ます。スペインの無敵艦隊を破ったドレイクの一千倍の強い心を持って船を進めます。しかしながら更に多くの戦艦が必要なのです。一隻残らずジャップの戦艦を魚雷で攻撃する為に。一発の魚雷を発射するのに　三千二百三十ポンドが必要なのです。だからこそ、一刻も早い勝利の為に、あなたの手元にあるポンドをどうぞ投資してください。第二次世界大戦戦債に投資してください』

ジョアンが嘆く。「本当にこう言う戦債の広告は嫌いだわ。カウラで誰か実際に投資している人、知ってる?」「ファット・ボブー!」バンジョー、シド、フレッドが同時に答えて大笑いした。

戦争の話になってから唯一の笑いに包まれた瞬間だった。戦争は笑い事では無いのは誰もが知っているが、この時だけは違った。

メアリーは新聞を宏に持って行かなかった。この手の記事を読むと彼の悲しみが深くなってしまうのを心配してのことだ。宏は既に精神的に不安定だ。メアリーには宏が罪の意識を感じ、後悔し、今では前線に出るか家族の元に帰るかどちらかしか望んでいないのがわかっているのだ。

メアリーは彼の悲しみを取り除いてあげたい。悲惨なことから気を逸らしてあげたい。ほんの少しの間だけでも。

メアリーはスミス家の本棚のところでパラパラと本を見ているところをスミス夫人に見つかった。

「何をしているの？」本棚の本の埃を払っているべき時に本を見ていたのを見られた。メアリーは急いで言い訳を考えなくてはいけない。問題を起こしてマネージャーから呼び出しを食うようなことがあってはいけないのだ。

「詩を読んでみたいのです」気をつけながらメアリーが答える。「学校を辞めてから新聞しか読むものがなくて・・。いつも気が滅入ることしか書いていないので」これはあながち嘘では無い。「奥様が『ジャングル・ブック』を書いた詩人のことを話していらしたのを思い出して・・」

「そうね。これはとても良い全集なのよ」とスミス夫人がメアリーの手に持っていた一冊を取り上げてタイトルに指を滑らせた。

「『雪の降る川の男　その他』A・B・パターソンがとても良い詩を書いているわ。あなたが読むのにいいかもしれない」そう言うと一冊の本をひらひらとメアリーの前で振ってみせた。

メアリーは無断で本を見ていた現場を抑えられたにも関わらず、穏便に許されたことに感謝している。宏と一緒に読んでみたいので、詩についてもっと知りたくなっている。「奥様は何かお好きな詩はありますか」メアリーはつい最近気づいた、自分の咄嗟の嘘とごまかしの上手さに半ば感心しながら夫人に聞いてみる。「そうね。二編ほどとても有名な詩があるのよ」パラパラと本のページをめくってお目当ての詩を探しながらスミス夫人が教えてくれる。

「『雪の降る川の男』がまず第一ね。それからもう一つは『オーバーフローのクランシー』っていうのよ」

メアリーは後で宏にこの本をこっそり渡す前にその二編を何度か読んでおこうと、二編の題を記憶に止めた。「A・

B・は何の略ですか?」「アンドリュー・バートンよ。バンジョーという名前で通っているけれどね」 スミス夫人はあたかも詩人が彼女の知り合いであるかのように話した。

「子供の時のニックネームはパーティだったのだけど、作品が出版されるようになってからは バンジョーという名前を使ったのね。彼のお気に入りの馬の名前がそうだったんですって。メアリー、信じられる? 馬の名前を使っただなんて? そんなバカな話、他に聞いたことないわ。でも彼の詩はとても好きよ」

「うちの父の名前もバンジョーなんです」メアリーが血色ばって言った。「自分でバンジョーを弾けるように練習して、今ではウィラジュリ地区一のバンジョーの弾き手なんです」誇りを持ってそう言ったメアリーの言葉をスミス夫人は全く無視している。あたかも彼女と父親が黒人であるという事実を無視しているかのように手にした本のページをめくり続けている。メアリーは今やちょっと居心地が悪い。でも、驚いたことにスミス夫人がパターソンの本をメアリーに返してくれて、自分はもう一冊違う本を棚から取り出した。

「バンジョー・パターソンもとても良いけれど、ヘンリー・ローソンも読まなくてはいけないわ。オーストラリアで一、二を争う詩人なのよ。オーストラリアに来てから知ったことだけどね、キーツやブレイクみたいな私達イギリス人とは全く違うけれど、この人達も素晴らしいもの」スミス夫人は、お気に入りのイギリス人の詩人の話をしながら目が輝いているかのようだ。メアリーは女主人の知らない一面を見たように思う。「今ではすっかり自分の国と思えるようになった、オーストラリアについてこんなに美しい詩を書ける人がいるとは思えないわ」「お借りしても良いのですか?」メアリーは自分の興奮を抑えながらも、スミス夫人がちゃんと許可して貸してくれるのかどうかを確認しておきたかった。

「いいわよ、メアリー。あなたの勉強にとても役に立つと思うもの。歴史も学ばなくてはいけないわよ。ヘンリー・ローソンのお母さん、ルイーザはオーストラリアでの女性の参政権を勝ち得た人なのよ。婦人参政権論者と呼ぶのよ。彼女の活躍に負うところは大きいわ」メアリーは自分の母親に参政権が無いことは指摘しない。父親にも無いのだ。つまりメアリーはルイーザ・ローソンには何の恩義もないわけだ。

メアリーは余計なことは言わない。今はただ、本を借りたい一心で、そのほかのことはどうでも良い。本を勝手にちょっと「拝借」して行くつもりだったのが、思いがけず貸してもらえたことをありがたく思い、またホッとしていた。

『世界が広い時代に』スミス夫人がタイトルを読んでからその本をメアリーに手渡す。「ローソンはこの近くのグレンフェルで生まれたのよ。覚えておくといいわ、メアリー。彼は正にここの土地からインスピレーションを得ていたかもしれないわね」

メアリーは夫人がどうしてこんなに簡単にカウラに傾倒し、自分の故郷を忘れてしまうことができるのかが不思議でたまらない。メアリーは他の場所が気にいるようなことはなく、カウラだけを愛し続けるだろう、と自分の場合を考える。

心から感謝し、二冊の本を借りて行く。「奥様、どうもありがとうございます。何度も繰り返し読みます」嘘ではない。宏に渡す前に何度も読むことだろう。夫人が何か聞いて来てもちゃんと答えられるように。

ここ数日間、メアリーが宏のところに行くと、彼は決まって沈んでいた。乏しいながらも毎晩メアリーが持って来る食料を食べるものの、彼はほとんど味を感じていない。彼を取り巻く環境そのもののような穴に精神的に落ち込んで行くかのようだ。ある意味、精神的に暗く落ち込んで行っている今の状態で、肉体的にも暗いところに隠れていられることが救いのようにも思える。

一人でいる時にそばにいるものはない。自分の頭の中で考えていることが全てだ。メアリーが来てくれる時だけ、ほんの短時間の笑顔に明るさを見出すものの、あまりの孤独さに正気を保つのはとても難しい。

メアリーが梯子を降りて来た。食べ物としては大きすぎる物を何か服の下に隠しているようだ。これ以上食べることができるだろうか・・と空腹でいるのにいつも吐き気がしている自分の今の状態を考える。食べて、生きている、それに何の意味があるというのだろう。

「ハロー」いつもと同じように立ったまま、小さな声で宏が挨拶をした。肩が落ちている。「コンニチハ!」メアリーが応える。今日のメアリーはとてもエネルギーに満ちて生き生きしている。宏がちょっとたじろいでしまう。こんなに明るい様子のメアリーを見たことがない。

自国の言葉を聞けて宏は少し嬉しい。数週間前に宏が教えた挨拶をメアリーは気軽に言えるまでになっている。メアリーのご機嫌なわけは何だろう、と宏が考える。もしかして、戦争が終わったのだろうか。

「あなたにいい物を持って来たのよ。あっと言うようなものなのよ」兎のシチューと水の入った入れ物を手渡すとちょっと気取った様子でサプライズを取り出そうとしている。

宏は食べ物を受け取ったが、メアリーの言う「いい物」にあまり興味もなく反応しないでいる。戦争が終わったというニュースか、収容所の友達のことかだったら聞きたいと思うが。食べ物をそばに置いてメアリーを迷子の子供のように見上げた。

「詩集を二冊！オーストラリアで一番素晴らしい本なんですって。この近くの出身の人達なのよ。何か読むものがあったらいいかと思って」

宏は一生懸命明るい反応をしようと思うが、メアリーの気分に追いつく程の元気な反応ができない。やっとの事で頷いたけれど、明らかにメアリーががっかりしているのがわかる。宏は本を受け取った。ありがたい。明らかに誰かよその人の物だろうに。どこの誰の物だろう。目の前のこの少女は罪を犯してまでこれを調達するような子なのだろうか。贈り物を持って来るために、厄介なことに巻き込まれる覚悟がある子なのだろうか。宏はもっときちんとありがたい気持ちを表現したかったが、実際のところ詩では自分の現状は解決できないのだ。何一つとして。

気まずい雰囲気だった。メアリーはとてもワクワクして、宏にどれほど喜んでもらえるだろうと期待していた。笑顔を見せて欲しかった。しかし、宏が欲しかったのは日の当たる場所での普通の世界だった。同じ場所にいながら、どちらも違う物を求めている。

「もう行かなくちゃ」出すぎた真似をしたのだろうか。メアリーは、宏から思い通りの反応が得られず心配になる。二人の間に友情らしきものが芽生えたと思っていたのも、自分の思い込みにすぎなかったのではないか。もし、宏が望んでいるのがただ単に外に出て行くことだけだったら、詩集の贈り物なんて馬鹿げている。メアリーの顔に浮かんだ失望の表情を見て、宏が彼女の方に歩み寄った。メアリーは感情を隠すのが下手だ。宏はいたたまれない気持ちになる。

「アリガトウ」と言うことしかできない。彼は彼女の腕に触れようとした。いけない。いけない。不躾なことをしてはいけない。敬意を払わなくてはいけない。宏は心を込めて「サンキュー」ともう一度言って微笑んだ。よかった。彼が喜んでくれた。友情も思い込みではなかった、とメアリーは安堵する。

『カウラが赤い土埃の嵐に襲われる』

新聞の見出しを読まなくても、エランビーの誰もが赤い土埃の嵐のことは身を以てどんなものか知っている。ここ二日というものカウラは赤土の嵐に覆われている。西の平原からの赤茶色の土が星雲のように空から降り注いだのだ。子供達は大喜びで思い切り泥だらけになって遊んでいる。でも、ジョアンにとっては悪夢だ。ベッドのシーツまで色が付いてしまう。

台所で銅の鍋でお湯を沸かし、それを持って外のたらいに注ぐ、その往復をどれだけ繰り返したことだろう。たらいでの洗濯そのものも重労働だ。

誰もがドアと窓をピシリと閉めてできるだけ土埃が入らないようにしていた。気温三十四度にもなって湿度も高い。みんなその気候に苦しんでいる。メアリーと家族は台所に座っているが、壁が薄いので午前中早くから暑くなってしまう。湿度はありがたくないが、土埃の嵐にも関わらず、雨が降って干ばつに終止符が打たれそうだったので、誰もが雨を待っていた。ジョアンもみんながこれほど雨を待ち望んでいるのだから、と余計な仕事が増えたことの文句は言わないようにしていた。

子供も大人でさえもロックラン川で泳ぎたいと思っている。普段は夏に雨が降れば水を湛える川だが、最近では急な大雨で水位が上がることが多い。

水が冷たかろうがぬるかろうが構わない。濡れて気持ちがよければそれで良かった。子供達は暑さをものともせずに川沿いを歩いてブラックベリーを摘んで何時間も過ごした。蛇もまたブラックベリーが好むので、子供達は蛇が出て来ないようにわざと大騒ぎをしていた。ケヴィン叔父さんの話によると蛇は小さい子供達も大好物だという話なので、小さなジェームスはメアリーのそばを離れない。

メアリーは妹と弟がそばにいるのが大好きだ。はちきれそうに大きくて色の濃いブラックベリーが一番美味しいのよ、などと教えてやっている。

土埃の嵐のせいで、メアリーのスミス家での仕事が増えてしまった。家中にうっすらと赤っぽい埃の膜ができたようで、それを払うのが大変だ。本棚の埃を払いながら、次に宏に持って行けそうなものを注意深く物色する。前回の贈り物の時の宏の反応はあまり良くなかったけれど、それでもメアリーは彼の気持ちを何とかして鬱々としたものから逸らしてあげたかった。今、彼女が彼にしてあげられることはほとんど無いのだから。

メアリーはしばらく探した後、夫人が話していたキーツとドレイクの詩集を見つけた。しかし、それは夫人のとっておきの本だろうから、無くなっていたらすぐにわかってしまうだろう。そう思ってメアリーはその本を『借りる』ことを思いとどまった。

サイドボードを掃除していると赤十字のスタンプが押された手紙の束があった。宛先はイタリアだった。メアリーが手紙を手に取って名前を読んでみる。そこにスミス夫人がやって来てメアリーの手から手紙を取り上げた。

「メアリー、ご苦労さま。これはイタリア兵達の手紙なのよ。多分本国の家族とか恋人あてでしょうね」メアリーは理解できず額にしわを寄せた。「私達は手紙の交換プロジェクトをしているのよ。ここの兵隊達が手紙を書いて、私達が投函するの。かなりの確率で返事も来るのよ」

「捕虜全員ですか？」メアリーは興奮を抑えて聞いてみる。「違うわ。イタリア人だけよ。そういえば一人だけ日本人もいたけれど、手紙を書く日本人はほとんどいないわね」

その夜遅く防空壕に着いた時、メアリーは一刻も早く、日本に手紙を送る手立てを見つけたというニュースを宏に伝えたくて仕方がなかった。メアリーがその話を始める前に宏が服の袖でメアリーの右の頬をそっと拭いた。宏らしくない行動だ。初めて二人が触れ合った瞬間だった。メアリーはショックを受けていたがそれを見せまいとしている。でも、全く動けない。

「これ、何だろう」宏は更にメアリーの左の頬も拭き、袖に着いた汚れを見る。自国では考えられないような女性への対応だ。

メアリーは一生懸命土埃の嵐のことを説明しようとする。体が消耗するほどの熱波のこと、スミス家のラジオで聞いたことも。宏は収容所でカウラの暑さは経験していた。トタン板をかいくぐってこの隠れ家にまで土埃は入り込んでいるが、地上では一体どれほどの被害かということは宏には想像もできない。

メアリーには宏が困惑してよく事態を理解していないのがわかる。「日本では赤い土埃の嵐はあるの？」「自分の家は海の近くなんだ。冬は穏やかで短いけれど、夏は暑くて長いんだ。でもこんな土埃は来ないね。夏は雨が沢山降るし、台風も何度も来るよ」「台風って?」「家族の住んでいるところは国内でも有数の台風被害を受ける危険な土地なんだ。海から来る風は激しくて、雨は土砂降りだよ」

「カウラには台風は来ないわ。海から何百マイルも離れているもの」「一年の中頃には雨が降るけど春と冬はほとんど降らないな」

「いつが一番いい季節なの」「秋だろうな」宏が故郷に思いを馳せる。「木の葉っぱが色づくんだ。色とりどりで綺麗だよ。紅葉って言うんだ」「紅葉?ヨーヨーみたいな音ね」「そうだね。秋の紅葉は春の桜と同じくらい素晴らしい。紅葉を眺めに出かけるのは日本では長いこと伝統的な行事なんだよ」「どこに行くの?どこか特別な所があるのかしら」「ああ、メアリー、日本中に特別な所が沢山あるんだよ。黄色、橙色、赤、様々な色に染まる紅葉は各地で見頃が少しずつ違うんだ。広島、福島、長野、東京に京都。山があって、美しい庭があって、みんなで紅葉を見に出かけるんだ」宏がしばし目を閉じる。「大丈夫?」

「景色を思い出すと家が恋しくなる。ここことは全く違うんだよ」と宏は目を閉じたまま返事をする。「秋になるとここでは朝は暗いわ。昼間は涼しくなる。葉っぱの色も変わるけれど、特別にそれを指す言い方はないわね」メアリーがそう話すと宏が目を開けた。メアリーが話を続ける前に宏が話し始める。「自分の好きな季節は春だな。桜が素晴らしいんだ。家の近くに鏡野公園と言うのがあってね、何百本もの桜が植えられているんだ」宏が思い出を味わう。

「春になると毎週末両親がそこに連れて行ってくれたものだよ。桜の木の下でお弁当を広げてピクニックをするんだ。花見、と言う特別なピクニックでね、桜を見るために行くんだよ。自分は花を見るのが大好きな子供だった。

花を見て喜んでいる男の子だなんて、両親は変な子だと思っただろうなあ」

彼の楽しい思い出は悲しみを呼び起こしてしまった。また宏は落ち込んで崩れ落ちた。「家が恋しい。家族が恋しい」両手に顔を埋めた宏にメアリーは何もしてあげられない。宏の隣に数分間座っていたが、帰らなくてはいけない時間になった。小屋に戻らなくては。立ち上がるとメアリーは宏の肩に手を置いてそっと言った。「私達もあなたの家族なのよ」

梯子を登りながらメアリーが思い出して言う。「もう少しで言い忘れるところだったわ。あなたの手紙、安全に出せるのよ。赤十字を通して送られるの」「本当かい?」宏は新たにもしかしたら両親に連絡が取れるかもしれないと思い希望を覚える。「ほら、早く」とメアリーがエプロンからスミス家のサイドボードから『拝借』してきた封筒を取り出した。「宛先、書けるかしら?」

宏は暗闇の中を引っ掻き回して、手紙を書いた時に使った鉛筆を探し出した。封筒に字を書く手が震える。書き終えてから、手紙を滑り込ませ、メアリーに手渡す。「私に任せてね」とメアリーが言って去って行く。

第11章

一九四四年十一月二日

ウイリアムズ家の子供達が息を切らして家に走り込んで来る。怖がっているけれど、同時に興奮してもいる。ジェームスは、メアリーから離れるとまっしぐらに母親のところに飛んで行く。いつものように母親の脚の間に収まるが、ここ数ヶ月で急に背が伸びたので、もうそろそろ収まり切らない。ジョアンは自分の脚の間に絡みついているジェームスのことが邪魔で仕方ないので、体から離そうとする。末っ子で、しかも男の子は一人だけというのはいつまでもこんな風に纏わりつくってことなのかしら、とジョアンは思う。

ジョアンが騒音にうんざりしているメアリーに「何が起きたの?」と聞く。「わからないわ。スミス家の方から帰ってきたら、犬達は自分の尻尾を追いかけてぐるぐる回っているし、グーサは叫びながらあちこち走り回っているしで、何が起きているのかさっぱりわからないの」そういうとこめかみを押さえて「頭痛くなっちゃう」と言い添えた。

ベティが説明し始めた。「こういうことなのよ。ドティとジェシーと私とで小さい子達とハンカチ落としをしてあげていたの」

「僕のところにハンカチが来たの」ジェームスがかけっこで一等賞になったような顔いっぱいの笑顔で割って入った。ジョアンはジェームスの頭を撫でながらベティに向かって頷いて、続けるよう促した。そこにドティが割り込む。

「そしたらね、小さな男の人が来て、一緒にハンカチ落としをし始めたの。感じ良さそうな人だったし、一緒に遊びたかっただけなんでしょうけど・・」ドティが話し終わらないうちに今度はジェシーだ。「ケヴィン叔父さんが話していたお化けのビリックスの話を思い出して怖くなったの」「ほら、夜になると保護区をうろつくビリックスの話を叔父さんがしていたでしょ。暗くなる前に必要な薪とか他の大事な物を家に入れて、用心しなくちゃいけない、って」ジョアンは夜になると得体の知れない存在が辺りをうろつくという話は良く知っていた。「はい。ここまでよ。暗くなったら外で遊んでいてはダメなのよ」

「あーん、お母さんったら」ベティ、ドティ、ジェシーのみんなが口を揃えて訴える。末っ子のジェームスも遅ればせながら「アーン、お母さん」と文句を言いながら飛び跳ねる。「お父さんから言ってもらわなきゃわからない？これからは大きな街灯が点いたら家の中に入るのよ」問答無用。ジョアンは子供に押し切られることはない。エランビーにもどうにか暗闇を照らす灯りがついただけでも良かったな、と嬉しく思う。

ジェシーがまだ言ってくる。「だって、お母さん。私達、暑い時は外でいつも遊ぶじゃない。中だとすることないんだもの」

ジョアンが振り向いてジャガイモを洗おうとしたその時に、バンジョーがケヴィンと一緒に入って来た。「何の騒ぎだ？外からでも聞こえていたぞ。家の中のことが近所に筒抜けなのはいいもんじゃないぞ」汚れた仕事着のままのバンジョーが妻の頬にキスをする。

子供達は母親が父親に何が起こっていたか言わないでくれるといいな、と息をひそめる。父親は簡単に怒るような人ではないが、間違ったことを子供達がするとかなり怖い。ジェシーによると「相当怖い」。「ケヴィン叔父さんから、またお化けのバニップの話をしてもらったらいいわ」ジョアンは義理の弟の耳に入るといいなと思いながら子供達に言う。長いこと、世代を越えて伝えられて来たウィラジュリの民族の知恵が時として子供達を守ることもある。

ケヴィンはスツールを引き寄せて座ると、巻きタバコを一本巻いて話し始めた。

「バニップは半人半獣の化け物なんだぞ」ケヴィンは目を大きく見開いて子供の目を一人一人覗き込む。これをされると、あっという間に子供達はケヴィンの話に引き込まれるのだ。子供達は口をぽかんと開けて、目を見開いている。子供達はケヴィン叔父さんのしてくれる物語が大好きだ。毎回毎回同じ話でも、どんなに怖くても夢中で聞いてしまう。

「バニップが出て来るのは夜だけだ」ケヴィンは腕時計を確かめる、「お、ちょうど今頃だぞ!」女の子達は悲鳴をあげて、ジェームスは母親の胸に飛び込んで来る。ジョアンが微笑む。物語をしてくれてありがたい。「川の近くには行かない方がいいぞ。いけないって知っているだろ。川のそばに行くとバニップが出て来て引きずり込まれて・・・」と言いながらケヴィンが身を屈めると子供達がみんな乗り出して来た。「喰われちまうぞ!」

それを合図に女の子達はきゃあと叫ぶと寝室に駆け込んで行ってしまう。ジェームスは泣き始めた。「ほら、もうおっきいんだから泣くんじゃないよ」とケヴィンがジェームスを抱き上げて女の子達の寝室に向かう。通りすがりに口の動きでジョアンには「赤ん坊だな」と示しながら。女の子達は寝室で抱き合って怯えている。「今度は何なんだ?」とバンジョーがジョアンに聞く。「大丈夫よ」と言ってジョアンがウインクをする。「後で教えてあげるわ」子供達が楽しんでいるのを邪魔したくない。ジョアンも子供の頃に聞いたことのある、ウィラジュリの古くからの物語に出て来るビリックス、バニップ、グーリガーは本物なのだ。否定して怖い目に会うのはまっぴらだ。

「来て」足が床に着くか着かないかのうちにメアリーが宏を誘う。梯子を指して「来て」ともう一度。宏が驚く。

「何をするんだ?」

「空が晴れて、おまけに満月なのよ。兎を見たいの。あなたと一緒に兎を見たいのよ」

メアリーはこれは危険なことだと知っている。両親からしたらとんでもないことだと言うのもわかっている。シド叔父さんとフレッド叔父さんとが話し合ったことにももちろん反している。でも、メアリーはどうしても満月の兎を見たい。「来て」もう一度メアリーが誘う。

宏は言われた通りに梯子を登り、夜の空気の中に出て行く。暑くて乾燥しているけれど、空気は新鮮だ。そして、一面の星空だ。メアリーは静かに宏をトイレの裏側へと導くとそこに二人で座り、空を見上げた。

宏は咳払いをすると詩を暗誦する。

『目の前に広がる陽に照らされた大平原を見る夜になれば、果てしない空を埋め尽くす星々の誉れ』

「『広野のクランシー』の文句ね」メアリーは宏があまりに美しく詩を暗誦するのを見て感心した。「そうだよ。何度も読んだよ。いつもは星を見ることができないので悲しくなるだけだけど」

空に手を突き上げ、満天の星の中に手を滑らせて行くような動きをして見せて、宏はメアリーに言う。「こう言う美しいものに触れることができないところに囚われているのは、とても辛いことなんだよ、メアリー」

少しの間、二人は黙った。

「今日、警報が聞こえて心配になったんだけど、何だったんだろう、メアリー」「十一月十一日だから。休戦記念日なのよ。町では十一時になると戦争で亡くなった人のことを追悼するの」

「今日ね、スミスさんの所であなたの手紙を赤十字のイタリア人の手紙の束に紛れ込ませて来たわ。多分もう日本に向かっているんじゃないかしら」宏は目を瞑って両親が自分の手紙を読んでいるところを想像してみたが、メアリーが話しかけて来たので中断されてしまった。

「兎は見えるかしら?」メアリーは月を見るのが楽しみで仕方がなく、つい笑顔になってしまう。「いるかな?」宏は空を見上げる。メアリーは宏が兎を見つけるのを今か今かと待ち遠しく宏を見つめる。宏が笑顔を見せた。メアリーには彼が兎を見つけたのがわかった。二人はそこに数分間静かに座っていた。静かだ。保護区のどこかで犬が吠えているだけだ。宏は女性が隣にいることを意識している。所詮彼だって普通の人間なのだ。

彼は今この時を楽しんでいた。顔を新鮮な空気が撫でて行く。彼は桜のことを思い出す。淡いピンクの花びらの温かみ。白、淡い黄色。花のことを思うといつも心穏やかになるし、詩を書く手助けにもなる。どこにいても寂しくなったら心を故郷に連れ戻してくれる。

子供の頃に見た桜の花は、今いるこの世界とはあまりにかけ離れているものなので、宏は自分に本当に子供時代があったのだろうかとつい考えてしまう。

人生は桜の花のようだ。自分の人生は短くて、この上なく鮮烈だ。上野公園の桜の下に座って、桜の花びらが頭の上に落ちて来るのを待った学生時代のことを思い出す。花びらが頭に落ちてくるのは幸運の兆しなのだ。学生達の半分くらいはそのことを信じていた。学業がうまく行かなかった時のために運が必要なのだ。

あの頃は紅花がいた。彼女も大学生だった。恋をしていた。

宏はほんの少しの間、メアリーが側にいることを忘れて、紅花の肉体を思い出していた。女性の吐息を自分の体に感じることはこの先またあるのだろうか。また愛の喜びを味わう日がくるのだろうか。子供を持つことは？　いつかその息子を戦場に自分が送り出す日が来るのだろうか？

何度も何度も繰り返し考えて来たことだ。頭が痛くなる。

別れの数時間前に宿を取り、体を重ねた時の紅花の裸体を、柔肌を思う。ニューギニアの残忍な体験の中で宏の心を温め希望を持つことができたのはあの思い出のおかげだ。

メアリーが息を飲んだ気配で宏は我に返る。「見えたわ。見えた！」メアリーの目に涙が浮かんでいる。宏と一緒に空を見たら思いが一つになるのではないかと密かに思っていたメアリー。月の兎を一緒に見たら彼女の思っていた通りにお互い親しく感じるようになると。

彼女は宏をすぐ近くに感じていた。そして彼がメアリーの手にそっと触れる。

「あれは何だろう？」夢見心地のメアリーを宏の言葉が現実に戻す。「ほら、あそこ」と宏が指を差す。誰かがタバコに火を点けているのが遠くに見える。またクロードが隠れて吸っているのかとメアリーが目を凝らす。違う。叔父のケヴィンだ。こちらにやって来る。

「行かなくちゃ」言うが否やメアリーが立ち上がって隠れ場所の入り口へと回り込む。「早く！降りて！また明日ね」とメアリーが急かす。エランビーに来た夜と同じように宏は狐のごとく素早く隠れた。

メアリーが息を整えて小屋に戻った時にちょうどケヴィンもやって来た。「何やってんだい、メアリー」と聞かれた。「別に。うん、その、ちょっとお手洗い」「もう寝たほうがいいぞ」と言いながらケヴィンが地下の隠れ場所の方を見ている。

メアリーが中に入る。叔父さんに見られませんでしたように！叔父さんが下に様子を見に行ったりしませんように！お父さん達に何も言いませんように！

・

一週間ほどして、スミス家の本棚の埃を払っている時に、メアリーは女性作家の詩集を見つけた。どうして奥さんは自分にこれを読ませてくれないのだろう、とメアリーはちょっと思う。詩人の名前はメアリー・ギルモアという。本の題名を読んでみる。『ウィルガスの下で』メアリーはウィルガの木のことだな、と思う。それから大事な贈り物を扱うようにそっとページをめくってみる。これは宏への素敵な贈り物になるだろう・・。

ゆっくりページを繰って、詩の題名を読んで行く。すると『ワラジェリの種族』という題名に行き当たる。メアリーの一族の属する種族の名前にとても良く似た音だ。綴りは違うけれど、良く似ている。

これはアボリジナルの人についての本だわ、とメアリーは思う。この本は私達についての本なんだわ。そして、彼女はその本を下着のベルトに挟む。ちょっと借りるだけ。泥棒じゃないわ、と自分に言い聞かせる。

ドアを誰かがノックしている。メアリーがパニックする。ちょっと出っ張っているけど本はちゃんと隠せている。

ドアを開けると食料品の配達のレイモンドが立っている。彼は「こんにちは、メアリー」と顔中くしゃくしゃにして笑いかけて来た。食料の入った箱を家の中に運び込みながら「大丈夫？顔が赤いよ」と聞いて来る。

「大丈夫。何でもないわ。今日はもう帰るからその前にこれ、開けちゃうわね」と配達の箱を受け取りメアリーがレイモンドを追い出しにかかる。「あなたが来てくれた、ってスミスさんにちゃんと言っておくからね」「スミスさんは焼き菓子を作っていたかな、メアリー？　いつもビスケットをくれるんだよ」とレイモンドは期待を込めて台所を見回す。

「今週は作ってない」とメアリーがぴしりと答える。「そうかあ。僕、あれとっても好きなんだよ、メアリー。あれが楽しみでスミスさんのところに届け物をしているくらいでね」「あなた、もう帰ったほうがいいわよ、レイモンド。他にも配達があるんでしょ」

レイモンドは動こうとしない。「いや、この配達で今日はおしまいなんだよ。もし良かったらちょっとおしゃべりして行けるよ」

「キャサリンとカーマイケルを学校に迎えに行かなくちゃいけないの」と言いながら、メアリーが玄関のドアに向かう。「食料品の配達、どうもありがとうね。また来週ね」「そうか。わかった。また来週会おうね」とレイモンドが帰って行く。

メアリーはレイモンドが変な顔をしたいたなと思うが、隠していた本が落ちて来なかったことに安堵する。

一緒に月を見ながら過ごした時以来、メアリーは夜遅くに宏を連れ出すことに大胆になって来ていた。ケヴィン叔父さんがあの夜に自分達を見かけたかどうかは、まだわからない。夜も昼も隠れ場所で過ごしている宏にほんの少し会いに行くだけではなくて、もっと何か違うことを経験させてあげたい。守ってあげるだけではなくて、メアリーが愛してやまないこの国、この土地のことももっと知って欲しい。「来て」とメアリーがまた言うと、今度は宏も躊躇なく「オッケー」とついてくる。「月?」「違うわ。泳ぎたくない?」「もちろん!」

静かに梯子を登ると屈んだまま川まで走って行った。子供達が毎日使う小道を巧みにメアリーが先導する。ほんの数分で川べりに到着した。

「ここよ」とメアリーが囁く。「ここはロックラン川っていうの」宏は躊躇なくシャツとパンツを脱ぎ捨てる。メアリーは赤くなって地面を見つめている他ない。「水浴は何年振りだろう」

メアリーの耳に水音が聞こえて来たので、恋する相手を見る。

宏が笑っている。「しぃっ。音を立てないで。犬が来ちゃうわ」「おっと」宏が小さい声で返事をする。宏が泳ぎ回って、手で体を洗う間メアリーは周りを見回して誰も見ていないかを確かめる。「入らないの?」「入らない。私がここにいる方が安全よ」

叔父さんにでもばったり出くわしてしまった時には、ずぶ濡れでいない方がまだ言い訳ができるというものだ。メアリーは宏が川の中で生き生きとした気持ちを取り戻しているのを見て嬉しかった。

十分ほどしてからメアリーが宏に声をかける。「もう行く時間よ。私たち、帰らなくちゃ」宏は素早く服を着る。単純だったけれど、危険を伴う水浴びですっかり生命力を取り戻している。「気分はどう?」「生き返った気分だよ。ありがとう!」

スミス夫人はその日、洗濯が終わり次第帰っても良いと言ってくれた。バサーストの町にクリスマスの買い物に行くそうだ。夫人が言うことには、カウラのほぼ倍の大きさのバサーストに住む方が色々することがあるそうだ。なるほど、買い物に関しては明らかにバサーストが上だ。

メアリーもスミス家がバサーストに住んでいたら良いのにと思うけれど、今日は別だ。彼らが午後いないのなら、その時間を宏に会うのに充てられる。もうそうしようと決めている。宏と会う時間は増えていたが、それを両親に言わないでいるのも最近では普通のことになって来ている。親を騙しているとはメアリーは思っていない。むしろ黙っている方が無駄な心配をさせなくて良いというのが彼女の考えだ。

梯子を降り終わると、早い時間にメアリーが来たことに宏が驚いて立ち上がった。両手に一枚の紙を持っている。宏がさも重要書類でもあるかのように厳かにメアリーにそれを差し出した。メアリーはそれを受け取っただけで感激してしまった。そっと声に出して読んでみる。

メアリー天使のメアリー
我が心と魂の糧
生きる希望の源よ

メアリーは詩篇をじっと読んでいるうちに感情の波に押し流されそうになる。目の前の男性に対する温かい気持ちと愛情が溢れてくるのがわかる。メアリーは感激のあまり泣き出してしまう。宏が静かに彼女に近づき、右手を差し出して来た。彼女も片手に詩を持ったままもう片方の手でその手に触れる。これほど親密な触れ合いは初めてだった。見つめ合ったままどちらも動けない。二人にとって新しい、とても力強い感情の行き来を感じる瞬間だ。

メアリーはどうしたら良いのかわからない。男性に対してこんな気持ちになったのも初めてで、どう振る舞ったら良いのか想像もつかない。キスさえしたことがないのだ。

宏はメアリーが清純な女性なのだろうと思う。いかにせよ、彼女は彼にとっての天使だ。未来への希望をもたらしてくれる天使なのだ。沈黙は永遠に続くかと思われた。時が止まっているかのようだったけれど、二人ともどんな言葉を交わしたら良いのかわからない。少しだけ近づく。宏はメアリーよりもほんの少し背が高いだけだ。宏がそっとメアリーの額に優しいキスをする。宏の心臓が太鼓のように鼓動を刻む。戦争の時の鼓動とは違う。

メアリーは花のような香りがする。宏が見たいと恋しく思う花の香り、思い切り吸い込みたいと思う花の香り。宏が腕を彼女の体に回す。こんなに細くて儚いのか・・。毎日この痩せっぽちの体と服の間に宏の食料を隠して来てくれるのか。

メアリーは宏の胸の中に安心して身を預けている。「心配ないわ」と彼の耳にささやきかける。彼女もまたそう感じたい。家族以外の人の体にこれほど近く抱き寄せられていることが心地よい。今まで知っていた人生から全く新しい一面を見せられた気がする。メアリーはちょっと身を引いて彼を見上げた。宏の左目から涙が一粒こぼれ落ちる。

二人の初めてのキスは愛情、思いやり、尊敬に満ちたものだった。そしてそれは全て戦場には存在しないものだ。数秒間のことだったが、二人の心にいつまでも残るものとなった。

・

カウラの十二月の日差しは射るように強い。摂氏三十度に近い。誰もが犬の真似をして、木陰や日陰があればそこに逃げ込み涼を取りたい。できたらまさに犬のように地面にへたり込んで横になりたいと思うほどだ。スミス夫人にとっては何をするにも暑すぎるので、代わりにメアリーが映画や川遊びに子供達を連れて行くことになる。

ジュビリー＆リリック・ホールでダンスの会があるらしい。メアリーはいつかそういう場所に行ってみたいと思う。戦争が終わって宏が地域のどこかに留まり、一緒に暮らすことができたら二人でダンスに行くことはできるのかしら、と思いを馳せる。

メアリーにはそれは儚い夢物語だとわかっているが、考えずにはいられない。妹達の髪を結ってやるのに使っていた夜の時間は今では自分の髪を百回ブラッシングする時間に取って代わっている。宏の所に行くときは途中で結んでいる髪を解いて下ろしてから行っている。

最近では早寝が楽しみだ。眠っている振りをしているが、宏に会って来た後は何時間も宏とのキスと自分達の将来のことをあれこれ考えて過ごすのだ。メアリーは戦争の終結を心から願っている。そうしたら檻の中の動物のような暮らしではなく、宏もちゃんと地上で普通の暮らしができるようになるだろう。

第12章

ジョアンは娘の変化に気づいていた。メアリーが外見に気を使うようになった他にも何かを感じる。食事の時もうわの空だし、乏しい食事でさえも大して食べる様子もない。夢見がちで日常の色々なことがおろそかになっている。マネージャーが突然視察に来た時のために寝室の床は一点の曇りもないように掃除してなくてはいけないし、ジェームスの沐浴の為にお湯も沸かさなくてはいけない、ジェシーの髪を梳かしてやらなくてはいけない。そういったことを忘れたりしがちなのだ。ジョアンは気付きながらも黙っていたが、メアリーが卵を床に落とした時には黙っていられなかった。

「仕方ないわね」すでにもう磨いてあった床にかがみこんでジョアンが卵の中身を雑巾で掃除する。

「ごめんなさい」とメアリーがしおらしく謝って、膝をつき卵の殻を拾い集める。「ごめんなさいじゃあ、すまないわね。一体どうしたの?」ジョアンが声を荒げる。最後に娘をこんな風に叱ったのはいつだったか思い出せない。

「あなたが昼間から夢見ているせいで食べ物を無駄にする余裕はないのよ、メアリー。何が起きているっていうの?」

「何でもないわよ。誰だってうっかりするでしょう、お母さんってば」メアリーが母親に口答えをしたことは今まで一度もない。「生意気言わないの。あの人のせいね。あなたは変わったわ。お母さんはそれが気に入らないの!」

「ヒロシのせいじゃないわ!」とメアリーが叫んだ。「彼のせいで私は変わったりはしないわ。とってもいい人で頭もいい。声を荒げることだってない人よ。戦争が終わったらここで一緒に暮らして、そうしたらお母さんだって彼がお父さんやケヴィン叔父さんと同じような人だってわかるわ」

メアリーが口をつぐんだ。言ってはいけない事を言ってしまった。「ケヴィンみたいな！なんてこと！」ジョアンが天を見上げる。日本兵に恋心を持って欲しくないのはもちろんだが、ケヴィンのような女癖の悪い男にも好意を持って欲しくない。「メアリー、戦争が終わったらヒロシは日本に帰るのよ。わかっているわよね？」そう言ってジョアンは両手で娘の両腕を掴む。

「ここから出ても安全となったら彼は出て行くのよ。ずっといるわけじゃないんだからね」

メアリーは母親の腕を振り払うとドアから走って出て行く。「どうかしているわよ！」ジョアンは娘の後ろ姿に叫ぶ。苦い口論だった。母としてメアリーの幸せを思いやり、その一方で彼女と宏がどれくらい親しくなってしまったのかが心配だ。

メアリーが戻って来た時には、ジョアンは食べ物の包みと水の入れ物をいつも通りに用意していた。「子供達、寝室に行きなさい」と不機嫌そうにジョアンが言う。「脚の間から出て！お姉さん達と一緒に行きなさい。さあ早く！」と纏わりつくジェームスを引き離す。

「どうしたの？」父親の顔を見ながらメアリーが聞く。バンジョーは自分たちが最も信頼しいている長女を見上げた。娘が成長の過程で感じる痛みを彼も理解している。しかし、娘と宏の間に厄介なことが起き始めているのも感じている。ジョアンは自分とバンジョーがもっと早い段階で代わりに宏の所に行くべきだったと思う。でも二人でうろうろするよりも単純に娘一人だけに任せた方が安全だと考えたのだ。おそらく若い二人を信頼しすぎたのだろう。いや、地下に匿っている男を信用しすぎたのだ。

ジョアンはメアリーに対してよりも自分とバンジョーに対して腹を立てている。今までに聞いた日本人についてのの悪評が頭をぐるぐる回る。もしかしたら匿ってやっている男が、ケヴィンが言っていたような悪い人間だったとしたらと思うと吐き気がする。

確証は何もない。ただ単に親の勘だけで宏とメアリーの間に何かあったと感じるだけだ。ジョアンは娘がどんなに淡い気持ちだろうが、匿っている男に心を寄せていることはわかる。自分とバンジョーは何て馬鹿だったんだろう。

「お母さん、何なの?」「今夜は私が食べ物を持って行くわ。私が彼に直接会ってあなたが最近うわの空でいるのが何故かを確かめて来るわ。あなたは食べ物を持って行くだけで良かったのよ。彼の命をつなぐためにね。キリスト教徒がすべき事をしているだけなの。それなのに何、こんなことになって」メアリーは父親に助けを求める。

「お父さん・・」「お母さんの言う通りにしなさい、メアリー。お前の帰りを待っていたんだよ。さあ、妹達の面倒を母さんが戻るまで見ていなさい。俺は母さんを外から見てるから」

裏のドアから出るとジョアンは緊張を隠せなかった。何ヶ月もメアリーに何をさせて来たのかちゃんと考えたことさえなかった。

「気をつけるんだぞ」とバンジョーが後ろから妻に声をかける。

ジョアンはトイレに行く振りをしながら誰も見ていないことを確かめるため周りを注意深く見渡さなければいけないとわかっている。一番見つかりたくない相手はマージだ。暑い夜で蠅があたりを飛んでいる。もっと自信を持ってできると思っていたが、思いの外緊張する。しかしやり遂げなくてはいけない。メアリーが心を寄せている男に会って、どんな人物かを確かめなくてはいけないのだ。

トタン板をずらす。まだ陽の名残りがあって熱い。静かにと思うけれど音を立ててしまう。誰の注意も引かないと良いと思う。遠くで音楽が鳴っているのが聞こえる。うまく音が紛れると良いのだが。梯子を注意深く降りて行く。遂に両足がしっかりと地面に着いた。

しかし、全く何も見えずにパニックする。「どうしよう」と手探りでランタンを探す。

宏は相手がいつもの天使でないことに気づき、彼もまた動揺する。ジョアンがどうにか灯りを灯し、二人はお互いをじっと見つめ合う。「ジョアンというの。メアリーの母親です」できるだけ落ち着いて振る舞おうと努力する。全く知りもしない男の所に娘を一人で来させていた自分に腹が立つ。宏はジョアンを見て困惑するばかりだ。

「これは今夜の食べ物よ。ダンパーブレッドとお水。今夜はこれしかないの」宏はそれを受け取るときちんと頭を下げた。

「アリガトウ。サンキュー」「色々して頂いてありがとうございます」と宏が穏やかに礼を言った。ジョアンが彼をじっと見ると宏は服の乱れを直そうとした。髭も剃っていないしヨレヨレだ。ジョアンが一度メアリーに服を託した時以来着替えはしていない。

ジョアンはいつの間にかメアリーが宏を見るのと同じように目の前の男を見つめていた。

「皆さんが自分の命を救ってくださった事を国の母がどれほど感謝するでしょうか。どうやってお礼をしたら良いかもわかりません。でも、いつも心から感謝しております」

宏は誠実な様子だ。ジョアンが今までに全く知らない人から聞いた言葉では、抜きん出て真実味のあるものだった。戦地に送り出した彼の母親の気持ち、そして多分戦死してしまったと思っている彼の母親の気持ちはどんなだろうかとジョアンは思いやった。ジョアンは自分のそばを片時も離れたがらないジェームスの事も思った。泣き虫で知られているジェームスが、今日世界で起きているような戦争に行かずに済みますように、と祈りたい。ジョアンは初めて母親の立場に立って、自分達が宏を助けたことがどういうことかを考えてみる。

既に宏と一緒にいて緊張することはないと感じていた。これでは娘も同じように感じただろうと想像する。親しくなって欲しくはないけれど、これなら同情したり面倒をみてあげたくなったりするだろうと理解できた。「もう行かなくてはいけないわ」と言ってジョアンは梯子を上がり、トタン板を元どおりに戻すのに手間取ったが、急いで裏庭を歩いて行く。

家に戻ると隣のマージが来ていた。「遅い時間のお出かけだわね」と言われ、ジョアンは焦ってどもってしまう。「あ、あなたも遅いわね」「外に出て行くのが見えたから来たんだけど、着替えてブーツを履くのに手間取っちゃった。何か問題でもあるの?」

ジョアンの心臓は早鐘のようだった。嘘をつくのは下手だし、あんなに長く外にいた言い訳に何て言えば良いのだろう。

「月のものなのよ。とても重くてね」とマージがそのことをもう話したがらないと良いのだけど、と願いながらジョアンが言い訳をする。

マージがじっとジョアンを見つめる。「ふーん。ってことはもう一人生まれる気配はないってことね。ジェームスがそばを離れないしね」「そんなところね」とジョアンがため息をついた。「よく眠れるといいわね、ジョアン」「ありがとう。とても疲れた。修道院で忙しかったの。明日も仕事よ。早く寝なくちゃ。おやすみなさいね」

マージに何か言われる前にジョアンは隣の部屋に行ってドアを閉めてしまう。ドキドキがとまらない。バンジョーが心配そうに待っていた。「マージは大丈夫だったか？　外にいるのを見つけてどうしようも無かったんだ」座ったジョアンにバンジョーが紅茶を一杯出してやる。バンジョーも今夜の騒ぎでぐったりだ。

「マージは大丈夫よ。でも、あの人、彼は大丈夫じゃないわ。私でさえ気の毒に思ったわ」「じゃあ、メアリーがどうしてあれほどのめり込むのがわかった、ってことかい？」「バンジョー、違うのよ。私のは母親としての気持ちなの」「じゃあ、メアリーは彼にとって妹ってことか」とバンジョーが確認したがる。「多分そんなとこだと思う。でも、メアリーの表情を見るとね、お兄さんを思っている顔じゃあないのよ」

第13章

「グーサがサンタが来るって話しているのよ。クリスマス、どうにかしなくちゃいけないわねえ」

金勘定をしているバンジョーにジョアンが話しかける。幼い三人の娘とジェームスには何かサンタクロースから贈り物がなければいけないだろうとバンジョーも思う。クリスマスの二日前だが、懐具合は良くない。贈り物にできるような物はほとんど無いし、食料は相変わらず配給だ。でもバンジョーとジョアンはできるだけ何とかしようと考える。

バンジョーは家族に色々してやりたい。幸運なことに町の近くの新しい農場で納屋を二軒建てる仕事を抱えている。妻の話は半分くらいしか聞いていない。それでもジョアンが続ける。「パトリック神父さまが鶏を焼いてくれるって約束してくれたのよ」期待で口の中が潤う。チキンが食卓に登るのはクリスマスの時だけで、それは誰にとっても大ご馳走なのだ。

「聖ラファエル教会で働いているといいことがあるわねえ、バンジョー」とジョアンが今更のように言うが、バンジョーはまた聞いていない。バンジョーはジョアンをとても愛しているので　妻が話し続けて自分が黙っていてもそれで幸せなのだ。

「古い洋服を沢山もらって来たから直して着られるのよ。あなたには新しいズボンが来週できるわ。それからあの誰かさんにもね」とジョアンが顎で裏庭を示す。バンジョーがやっと顔を上げてそれが宏のことだと了解したよ、と言う意味で頷き返す。

バンジョーが温かい目で妻を眺める。もっと良い暮らしをさせてやれたら良いのに、と思う。もっと金があれば妻が町に行ってストッキングだの香水、洒落た靴だのを買えるだろう。町の白人女性が楽しむような物を妻にも買えたら良いのに。マージが持っているようなラジオでもいい。

ジョアンがバンジョーに粗末な缶からお茶を注ぐのを見て、バンジョーはもっと妻が話をしてくれたら良いな、と深い愛情を感じる。バンジョーは妻の声が大好きだ。少し前までちょっとうるさいなと思っていたことを悪かったな、と反省する。お茶を飲みながら、クリスマスにジョアンにプレゼントするものを思いつく。特別に洒落た物でも無いが、気に入ってくれるのはわかっている。最後の仕事を仕上げさえすれば買ってやれる。「ちょっと行って来るからな」と言うと彼は小屋から出かけて行く。

バンジョーはケヴィンと一緒にそっと台所から入って来る。「グーサと犬はみんなあっちにいるぞ」と言うとバンジョーはテーブルに座った。朝の九時だと言うのにすでにもう暑い。酷く汗をかいている。「教会が少しおもちゃを寄付してくれて良かった。昨日の夜分けておいたんで、多分全員に何かしら遊ぶ物が行き渡るだろう」

少し前にバンジョーとケヴィンは黒人の女の子達が人形で楽しそうに輪になって遊んで笑っているところを通り過ぎた。手にしていた人形は持ち主達とは違って、白い肌で金髪だったが、子供達はそんなことは全く気にしていないようだった。ティ・セットを持っている子もいて、紅茶を注ぐ真似をしていた。大人ごっこだ。

男の子達は三つものフットボールを同時に投げ合っている。ボールはエランビーにクリスマスの朝届いたばかりだった。バンジョーは足を怪我していなければ子供達とボールを蹴りたかったなと思う。

朝食の間、バンジョーはどこかへ行っていた。その間ケヴィンはテーブルで新聞を読んでいる。子供達はポリッジを食べ終わると小屋の外にある水道で顔と手を洗い、一番良い服を身に着けた。女の子達はジョアンが修道院の尼さんからもらって来た布から作った更紗のドレスを着ている。ジョアンは夜なべをして子供達みんなが何かしら特別なものを着ることができるよう準備していた。服自体はぼんやりとしたクリーム色だったが、綺麗な色のリボンを髪につけているのがアクセントになっている。ジェームスも新しいパンツを履いているが、ちょっと大きいので紐でたくし上げてある。新しいパンツが嬉しくて母親に抱きついてしつこくキスをしている。

「ケヴィン叔父さん、メアリーが叔父さんに何か買いなさい、って一ペニーくれたの。だからあたし達、これ買って来たのよ」小さなジェシーがマッチをひと箱ケヴィンにプレゼントした。「これは今までで最高のプレゼントだな！」とケヴィンがジェシーを抱き上げる。ジェシーの肩越しにジョアンに目配せをしてから少し厳しい調子で「でも、小さい子供はマッチで遊んじゃならないぞ。知ってるな？」と言い添える。それを聞いて小さい四人の子供達が大きく目を見開いて頷いた。女の子達はケヴィンがとても喜んでくれた様子だったのでいたって満足気だ。

ケヴィンが「新聞で何ができるか知ってるか？」と新聞を空中でひらひらさせながら子供達に誘い水を向ける。「新聞が飛ぶんだぞ」「そんなことできないよ。新聞は飛べないよ」ジェームスが自分のおでこを叩く。「凧を見たことないのか？」とケヴィンが言うと子供が一斉に笑う。

子供達に小枝を探しに行かせ、しばらくケヴィンは凧作りに忙しい。完成した。子供達はみんな嬉しくてはしゃぎ、ケヴィンは誇らし気だ。「行こう！凧は空に上げなきゃ。家の中じゃしょうがないだろう」

ジェームスが一番に外に走り出した。興奮してぴょんぴょん跳ねて手まで叩いている。他の居留地の子供達もみんな集まって来てケヴィンの周りにくっついて、低い熱風に何とか乗せて凧を上げようとケヴィンが四苦八苦しているそばに立っている。とうとう凧が空に上がるとジェームスが「僕にもやらせて」と黄色い声を挙げた。ケヴィンは凧が飛んで行ってしまわないようにジェームスの手首に紐を巻きつけるのを手伝ってやる。

バンジョーがご機嫌で小屋に帰って来たので、みんなで座ってグラスに入った甘いコーディアルを飲む。彼らにとってクリスマスの時だけの特別な飲み物だ。バンジョーがジョアンに茶色の箱を手渡す。「それ何？」と下の四人の子供達が口を揃えて聞く。バンジョーは大きくニッコリと笑った。「お前達のお母さんにだよ」と満足気だ。バンジョーとジョアンは子供が生まれてからというもの贈り物を交換する習慣はなかった。いつでも何でも全て子供達の健康と幸せのために費やされていた。もし手が届けばクリスマスのちょっとしたおもちゃなどにも。

ジョアンの顔には困惑と驚きが混ざった表情が浮かんでいる。あっという間にジェームスがそばにやって来て跳ね回りながら中身を知りたがる。「僕ももらえるの？」ジョアンは箱を開けて中を見るなり喜んでバンジョーに抱きついた。それからプレゼントのヤカンを箱から引っ張り出して見せる。バンジョーは妻の体に両手を回し「じゃあ、気にいったんだな」と嬉しそうだ。子供達も新品の鉄のヤカンに夢中で、誰が外の水道に持って行って水を入れて来るかで喧嘩している。

「これはとっても特別だわ。私は保護区で一番の幸せお母さんだわね」ジョアンは嬉しい。マージでさえヤカンは古びたのを使っている。「でもどうやって？　もう余分なお金は無かったでしょうに」と夫の耳にささやきかける。「昨日ジョーンズの爺さんにテーブルを作ったんだよ。それでこれが買える金をもらってね。誰にも言うなよ、って言われたんだ。だから内緒だぞ」そういってバンジョーはジョアンの背中を叩いた。ジョアンが小さく悲鳴をあげるとジェームスと他の子供たちがクスクスと笑った。

昼の時間にはローストチキンにポテト、グレービーソースのご馳走を食べて、最後にはスイカで締めくくった。誰もがムシャムシャと頬張っては、一口ごとに食べ物の味も香りも楽しんだ。そんな中でバンジョーはメアリーが浮かない顔をしてあまり食べていないのに気づいた。バンジョーは敢えて何も言わず、家族が揃っていることを幸せに感じていた。

食後にリラックスしてから、ジェームスがジェシーの髪を櫛で梳かそうとしてぐいっと引っ張り、櫛についたひと塊を抜いてしまった。ジェシーが悲鳴を上げて弟を押し退ける。ジェームスは髪の塊が気に入って櫛から外そうとするがなかなか取れず、最後には床に投げ出してしまう。「痛いよ」押し退けられたことに少し立ってから文句を言って母親の顔を見ながら泣き出した。「そこに投げっぱなしは良くないぞ」とケヴィンが甥っ子に注意する。ジェームスは嘘泣きをやめて、今度はケヴィンに興味を移す。「どうしていけないの?」ジェームスは膝によじ登ってケヴィンの腕の毛を梳かし始める。

「櫛に髪の毛を残したり、その辺にほったらかしにしたりしたらダメだ。髪の毛は燃やすか火にくべなくちゃいけないんだぞ」とケヴィンはストーブに目を移す。「でもお前さんはまだ小さいから火を使っちゃいけないな、ジェームス。でも大人は髪を燃やすもんなんだ」「だから何でなの?」「それはだな、もしまじない師が髪の毛を手に入れるとそれを使って相手にまじないをかけることができるからなんだよ」「どうして?」

バンジョーは椅子の背にもたれてタバコを巻き始める。もう何度も聞いたことのある古い物語を弟が話し始めるのを聞いている。

「この話を知らないのかい？　とっても具合の悪い男のところにまじない師がやって来るんだ。まじない師は病人のお腹をこうやって撫でて、撫でて、撫でて治してやったのさ。で、まじない師が部屋から出てくると手に持っているボールの中には髪の毛が山ほど入っていたんだってさ！　お腹から髪の毛が沢山出てくるなんて思いはしたくないだろ？」ケヴィンは真剣な表情でそう言ってジェームスを脅かす。「やだ！マミー！お腹の髪の毛なんて、いやだよ」ジェームスは泣きながら走って母親の元に逃げる。ケヴィンが立ち上がって素っ気なく言い放つ。「じゃあいいな。髪の毛を床に落としっぱなしになんかするんじゃないぞ」

ジョアンがケヴィンに、やり過ぎよと頭を振って見せる。ケヴィンは肩をすくめて何だよ、という身振りをして部屋から出て行った。

クリスマスの夜にメアリーは宏にチキンを持って行った。宏に特別なご馳走を食べて欲しくてほとんど食べずに自分の分を残しておいたものだ。彼はもしかしたらローストチキンを食べたことがないかもしれない。そうしたらなおさら味わってみて欲しい。こんな特別な、家族とのお祝いの日にたった一人で過ごしている宏を思って、メアリーは一日中いたたまれなかった。贈り物をもらえる人だっているのに。

「チキンを持って来たわ。私達はクリスマスの日だけ食べるの」自分達がそれほど貧しいのかと宏は思うかなと考えながら手渡した。彼の自国での暮らしぶりはどんななのだろう。彼にとってチキンは日常の食べ物なのかもしれない。「メリー・クリスマス。チキンは好きかしら?お母さんが作ったのよ」「チキンは好きだよ。焼き鳥にして食べるんだ」宏は小さな肉を一切れメアリーから受け取り、焼き鳥を焼く真似をしてみせる。

少ししかなかったので、あっという間にチキンが無くなった。でも、スイカがある。宏は後で食べようとよけておく。メアリーが立ち上がって、宏に贈り物を渡すタイミングを計っている。メアリーの飛び切りの笑顔につられて宏も笑顔になる。「何なんだい?どうしてそんなに嬉しそうなんだい?」

スミス家で見つけた本をメアリーが差し出した。この本が見つかって良かった。うまいこと『借りて』来られて良かった。「ウ・イ・リ・ガ・スの下で」と宏が一文字ずつ、いかにも日本人のするような読み方でたどたどしく発音してメアリーに確認を求める。「ウィルー、ガスね。木の名前なの。ウィルガはオレンジの木だってケヴィン叔父さんが言っていたわ」「メリー・クリスマス、メアリー。何もなくてごめんね」「あら、いいのよ。私には贈り物なんて」

メアリーはあなたの存在そのものが私にとっての贈り物なのよ、と言いそうになったけれどやめておく。彼と過ごす時間、友情、そして彼と言う存在がくれたもの、それがメアリーにとっての一番の贈り物なのだ。

第14章

『一九四五年二月二十五日　ジャップの死体も?』

メアリーがガーディアン紙の見出しを読み上げていたが、途中で口元を手で覆い、残りは声に出さずに読んだ。噂によると、リスゴーの町の水道局で見つかった牛、馬、さらにはジャップの死体のせいで水に悪臭が出ているということだ。メアリーがそう要約して両親に記事の内容を伝え、最後に付け加える。「リスゴーの地方議会が断固として否定したっていうことだから、大丈夫だよね」

三人揃って顔をしかめる。自分達が使っている、小屋の外にある唯一の蛇口から出て来る水に死体からの何かが混ざっていたらと思うとゾッとする。「さて、誰かお茶でも飲むかしら?」とジョアンが、場を取り繕おうとユーモアたっぷりに言う。「沸かしてあるからほとんど綺麗になっているでしょ」メアリーもバンジョーも紅茶を欲しがらない。もう何か汚いものが体に入ってしまったのではないかと心配だ。

瑞々しくて甘いスイカの果汁がみんなの口元を濡らしている。ケヴィンと仲間達がロックラン川を泳いで行って、中国人の農園に忍び込んで地域一番の美味しいスイカを手に入れて来たのだ。スイカがあまりに大きかったので、ジョアンは小さすぎて大して使いものにならないナイフで切り分けるのに苦労した。でも、どうにか切り分けてしまえばこうしてみんなで楽しめる。ジェームスが無邪気に「ケヴィンおじちゃん、これどうしたの?」と聞いた。みんな、盗みは良くないと知ってはいる。でも、エランビーの人達にとってスイカをこうやって手に入れるのは長いこと当たり前のことになってしまっている。

地元の仲間はそのことをを良しとしているし、真剣にこれを盗みと捉えている人はいない。スイカを分けて食べるのと一緒にみんなで罪の意識も分かち合うのでさほど悪いとも思わないのだ。とは言え、食べ終わってしまうと少し反省するのが常だった。ケヴィンは小さなジェームスの頭を撫でながら「見つけたんだよ。川の向こうからスイカが連れてってー、って俺を呼んでいるのが聞こえたんだ」「スイカが話すわけないじゃない」とジェームスがクスクス笑って、ちょっとべとついている手でケヴィンの腕をぴしゃりと叩く。

「ここでもスイカ、育てたらいいんじゃない？」とジェームスが母親に言ってみる。「そうね。でもここにはそんな場所がないのよね。どうせならジャガイモの方がお腹が一杯になるしね。そう思わない？」とジョアンが満面の笑みで答えた。ジェームスが納得して何度も頷く。「この方が点々のついたのよりいいよね」とジェシーも意見する。斑点があったり小さかったりして売り物にならないリンゴを地元の果樹園がくれることがたまにあるのだ。「傷がないものね。こんな完璧なスイカ、初めて！ありがとう！」と音を立ててスイカを味わっていたドティがケヴィンにハグをした。ドアに誰かが来てノックした。誰もがびくりと飛び上がる。「バンジョー。ジョン・スミスだ。おい、開けろ」「どうしよう、神様。隠す間もないわ」ジョアンがスイカを見ながら顔色を変えてケヴィンとバンジョーに訴えた。

「俺に任せろ」とケヴィンが応える。ジョン・スミスが入って来る。見るからに暑そうで不機嫌な様子だ。髪が額にバラバラと落ちていて汗ばんでいる。シャツは半分だらしなくはみ出して、これも汗であちこち湿っている。スイカが盗まれたと通報があったのだろう。それを知っていながらスミスが「どこで手に入れたんだ？」と聞いて来る。ケヴィンが「牛追いをした時にもらって来たものです」と如才ない。ジョアンも「少しいかがですか？甘いですよ」と誘い水を向ける。「そんな暇はない」「じゃあ、持って行ってくださいね。あら、素敵なシャツですね」とジョアンが一番大きな一切れを差し出した。「うちのやつは俺が仕事中でもきちんとしてるのが好きなもんでね」「そうでしょう、そうでしょう」とジョアンが続けた。

スミスは褒められてまんざらでもないらしく、シャツの裾をたくしこみ、髪をなで付ける。「何かご用でしたか? ジョン」とバンジョーが聞く。「スイカを食べにいらしたわけじゃないんでしょう?」「その通りだな。夜遅くに不審者を何度か見かけたって通報があったのでな。バンジョーは何がこの界隈で起きているかは把握しているだろうな。何か見たり聞いたりしたら俺のところに知らせるんだぞ。いいな?」そう言うとスミスはスイカを啜りながら出て行った。

『アボリジナル保護区の未来』

メアリーはガーディアン紙に載っている記事が気になって仕方ない。新聞の記事をバンジョーとシド、フレッドに読んでいるところだ。

「エランビー・アボリジナル保護区の改築または移転の計画があるらしい。既に二人のアボリジナル委員会メンバーがカウラを訪問している。一人はアボリジナルとの混血のW・ファーガソンという男で、一九一五年から一年間鉄道の仕事でカウラに住み、その後は羊毛刈りの仕事であちこちにいたとのことだ。『ファーガソン氏によると現在の保護区の状態は恥ずべきもので穴倉とさほど変わらないものだそうだ』」メアリーは自分達の家を自慢に思っている両親を見やる。「そうね。エランビーを恥ずかしいほど酷いと言う人は私は好きじゃないわね。特別な掃除道具があるわけでもないけれど、私達だって町の白人の家と同じくらい自分達の家を綺麗にしているもの」

カウラの白人の家に比べたらそれはもう格段に条件は悪いとしても、ジョアンやマージ叔母さん、アイビー叔母さんが誇りを持って家庭を切り盛りしていることはメアリーにはよく分かっている。段々と込み上げてくる怒りを懸命に抑えているバンジョーが立ち上がってジョアンを抱きしめる。「他に何が書いてあるんだ?メアリー」「ソーテル氏はアボリジナル委員会の意向は、アボリジナルを段々と白人種に取り込んで行くことにあり、またアボリジナルの人口は毎年減少して来ていると述べている」

本当のことなのかしら、とメアリーが読み上げるのを躊躇する。フレッドが「奴らは俺達が絶滅すると思っているんだよ。そのうち一人もいなくなる、ってな」と言うと、シドも言い加える。「それを奴らは望んでいるんだよ。俺達がいなくなれば問題もなくなると思っているのさ」バンジョーは深いため息をつく。

そこにケヴィンが新聞を手にやって来た。

メアリーは大人達が自分達の未来や移転計画について話している間に、じっと新聞を読み進めている。数日前に東京で疎開が始まっているとの記事を読んだことを思い出した。一万人ほどの市民が東京から地方に出て行ったそうだ。メアリーにはそれが戦時下の日本においてどういう意味を持つのか見当もつかない。カウラの日本人、ひいては宏にとってどのような影響があるのだろう。東京と宏の故郷との距離感が全くないので、彼の家族もどこかに避難したのだろうかと想像はするもののよく分からない。その記事の載っていた新聞は宏には見せないことにしている。必要以上に心配させるようなことはしたくないのだ。キスをしてからというもの、メアリーは彼のことが余計心配でたまらない。彼のことで頭が一杯だ。両親が出会った頃もこんなだったのかな。いつも相手のことを考えていたのかしら、相手がどうしているかが一番の関心ごとになったものかしら？　ああ、お母さんに相談できたら良いのに。でもそれはあり得ないことだわ。

大人達の会話が途切れたので、メアリーが記事を要約して説明する。「『ソーテル氏は町で市民の声に耳を傾ける予定だ。また、将来的にカウラの住宅街として発展する可能性のある広い土地に保護区が残ることに対しての反対意見も相当数見られるとの発言をしている』」

ケヴィンがタバコに火を点け、「また土地の話になる。俺達から土地を取り上げてここに移住させたくせに、今度はここも取り上げようとしているのさ」とさも不快そうに言い放つ。タバコが下唇に張り付いたままだ。ジョアンが義理の弟をまともに見つめ確信を持って堂々と発言した。「そんなことは絶対させないわ。ここを出ても良いなんていう人はいやしないわ。テコでも動くものですか」

エランビーの住人にとってイースターはあまり大事ではない。ジョアンだけは別で、受難日には早起きをしてロザリオの祈りを捧げた。さらにいつもより何回か多く聖マリアの祈りを地域社会のために唱え、最後に一度宏のためにも唱えた。ジョアン以外の人にとっては受難日はただ単に仕事も学校もない普通の日だ。まあ、仕事があれば、の話だが。

メアリーはスミス家で朝食の用意をしている。子供達はラウンダーズという球技をしているかフットボールを蹴って遊んでいる。男達はタバコを吸いながらあくびでもしている頃だ。ジョアンも女達も家事雑用に追われ、夜の食事の準備をどうしたものかと考える。

メアリーが帰宅するとジェシーが後ろから付いて来るようにして入って来た。「お母さん、叔母さん達が今日は何時にお肉を食べるの？って」受難日には伝道所の女達は色々なことをジョアンに聞きたがる。ジョアンが教会で働いているので、イースターの決まりごとについて正しいやり方を知っていると思われているからだ。カトリック教徒でない人達も、それらしくきちんとしたいのだ。

「正午過ぎたら食べたいだけ食べていい、って伝えてあげて」出て行くジェシーの背中に向かってさらにジョアンが話しかける。「今夜はまたマージ叔母さんのところでトランプよ、って言っておいてね」

ジェシーはスキップしながら楽しそうに出て行く。

みんなの食事が終わって大人達がトランプを始めた頃に、メアリーはマージ叔母さんの家に向かう。いつも子守をしてやるのだ。メアリーは母性が強くていつか自分の家族を持とうと夢見ている。最近では、空想の世界に入り込むと、宏と一緒になったとしたらどんな家族になってどんな暮らしになるのだろうと想像してしまう。エランビー以外の場所を知らないメアリーには、保護区から引っ越して出て行くことは考えられない。でも、日本のお餅や月の兎、桜の花の話を聞いて試してみたいと思っているので、ほんの少しの間だけならそういう異国情緒のあるのもいいかも、という考えに落ち着く。

宏に出会ったことで、全く新しい世界への興味が出て、考え方も変わって来た。メアリーはカウラから出たことがない。同い年くらいでシドニーに仕事に出て行った子達がいたので、今まで遠くといえばシドニーだったのが、今や日本で暮らすことまで空想するようになった。神道の国、四つの大きな島からなる国、魚を沢山食べる国。宏と結婚したとしたらどれほど今と違う暮らしになるのだろう。

スミス家のために料理したり掃除をしたりもしない、配給からも逃れ、更紗の服も着なくて良い。

メアリーは色々空想しているうちに知らず知らずのうちに微笑んでいた。そんな様子を母親が見ている。ジョアンは娘が宏に食べ物を届けて来たばかりだということを知っているので、匿っている日本兵と娘の浮いた様子を結びつけて考えてしまう。できることならジョアンは自分で食べ物を持って行くようにしたい。でも大人が出たり入ったりしていれば他の人に怪しまれる結果になることは、関係している誰もがわかっていることだ。若い連中はしょっちゅうその辺りをうろうろしているのが普通だから怪しまれることも少ない。「お父さんはどこにいるかしら？」「みんなとベランダでタバコを吸っているわ」メアリーが静かに答えた。まだ収まらない胸の鼓動をもう少し慈しみたい気持ちだ。体の他の部分が早い鼓動についていけないようだ。

「さあ、始めるわよ」マージが全員の注意を引いてトランプを配り始める。まだ一回目の勝負がつかないうちにいつも通りにマージがお決まりの文句でゴシップを始める。「私は噂をするような人間じゃないけどね」あまりに真剣にそう始めたので誰もがそうかと信じそうになる。マージが自分の手持ちカードを見て、それからアイビーとジョアンを見つめる。声を潜めてテーブルに乗り出して来た。外の誰かに聞かれたくない、といったほとんどささやき声だ。「知り合いの知り合いから聞いたんだけどね、町の人がね、イタリア兵の子供を身ごもったらしいのよ」

そんなことはいけない、と否定するかのようにマージが頭を振りながら続ける。「噂によるとね、そのイタリア兵は庭仕事の他に、彼女がいつも作っている兎のシチューにイタリアのスパゲッティも入れちゃう、っていうことまで教えちゃった、ってわけよ」「庭仕事以外のこともしちゃったのね」とアイビーが笑い過ぎて喉を詰まらせながらやっと言う。ジョアンはクスッと笑っただけだったので、マージはそれだけでは満足しない。

「スパゲッティって何?」とメアリーが聞くが、誰も食べたことが無いのでわからない。「結婚はしていないけれど明らかに好きあっているってことよね」マージがダメダメと言うようにまた頭を振って続ける。「バカな娘よね。戦争捕虜で、しかも他の国の兵隊とわざわざ恋するなんて」最後の一言はメアリーにはきつい。

万が一宏と自分のことがマージ叔母さんにわかったらどんなことになってしまうのかしら。叔母さんは保護区の内外の色々な人のことをみんな知っているみたいだし。なるべく反応を見せないように、お人形遊びをしている小さい子達を楽しませることに没頭している振りをする。その一方で大人達、特に母親がどんな反応をするかに耳は集中させている。

アイビーは文句を言っているマージにあたられないように、一生懸命真面目な顔をしてニヤニヤを隠そうとして、マージに続く。

「そうなのよ。私も同じことを耳にしたわ。でも私はイタリア人っていうのは女性にとって魅力があるんだと思うのよ。幸せそうにしている人たちじゃない?」

「女たらしなのよ!シドも気に入らないって言ってるわ。イタリア人はムラヤンの郊外の農場で働いていて、その野菜はエッジェルの店に出るらしいの。地元の仕事を奪っているってわけよね。おまけにごますり上手らしいのよ」とマージは容赦なく決めつける。

誰もシドがそう言ったとは信じていない。彼は悪口など言わない、感じの良い男なのだ。でも、あえてマージに反論しようとする者はいない。マージに口答えするのはご法度だ。

「どうなのかしらね。イタリア人は信用できるっていう話も聞くわ。監視がついていないものね」と町の中でのイタリア人の評判を知っているジョアンが言ってみる。反論したいわけではない。「そうよ。監視がついていないから誰かが妊娠したりするのよ」マージがイライラとテーブルを指先で叩くと乱暴にカードを場に出して来る。「収容所の門限に遅れたのがいてね、入れてくれ、ってノックしたそうよ。どこのバカが収容所に入れてくれって頼むって言うの? 考えられない」アイビーが大笑いしながら話を披露する。

「ますます面白そうな連中ね」マージは面白くなさそうだが、ジョアンはアイビーに同調して笑っている。「歌も上手いらしいわよ」「ここにだって上手い歌い手はいるわよ、ねえメアリー」とマージがテーブルの外からの応援を求めてメアリーに話しかける。メアリーが微笑みで応える。ウィリアムズ家の男達はギターもバンジョーも上手で歌も相当なものなのだ。

「そりゃあ、ここの人達が一番よ。でも教会でイタリア人が歌っているのを見たのよ。上手だったし、見た目もなかなかなのよ」「お母さん!」とメアリーが嗜める。母親がよその男のことを冗談にするのは嫌なのだ。「何なのよ、メアリー、あなた。私はただ教会で神を畏れる人達を見ただけよ。少なくとも彼らはカトリック教徒ですもの。収容所にはイタリア人の教会付き牧師もいるって知っていた? 私が教会に行くよりももっと彼らの方がよく行っているのよ」

これでメアリーには一つわかったことがある。母親は宏が日本人で、兵隊で、しかもカトリック教徒でないことを恐れているということがよく分かったのだ。戦争が終わって、もし二人が一緒になりたいと願ったとしても、どれほど多くの障害があるのかと考えるとメアリーの表情からは笑みが消えてしまった。突然、自分の細やかな夢が実現不可能に思えた。さらにマージが「誰かが誰かに言ったのを又聞きしたんだけどね。脱走に手を貸さないと去勢するぞって、日本人がイタリア人を脅したらしいわよ」と言うと流石にジョアンが娘のことを気にしてマージに非難めいた合図を送った。メアリーがそのことについて知っているかどうかはわからないけれど、そんなことを若い娘に説明する羽目になりたくない。「それはイタリア人にとっては悲劇だわね。もしイタリア人が女たらしだとしたらね」と言って、アイビーがさらに大笑いする。ジョアンも付き合ってちょっと笑っておく。「いやだわね。ここにはトランプをしに来たんじゃないの?」とマージが真面目な声で会話を終わらせる。

ジョアンがロザリオの祈りを捧げている。イースターの朝、ウィリアムズ家の全員が静かに食卓についている。イースターとクリスマスの時には教会は白人ばかりなので、ジョアンはミサには行かないのだ。メアリーは外が暗くなって、母親達がトランプを始めるのを待っていた。今から宏に食べ物を届けるつもりだ。母親には本を読むから早く床に就くと言ってあるが、ジョアンはそれがどういう意味だか知っている。

まだ完全に満月ではないけれど、宏から聞いた月の兎を探している。どうしても見たいので、きっと見つかる、と自分に言い聞かせているのだ。兎を見つけることができさえすれば、空を通してもう一度宏と自分のつながりが持てると感じる。兎といえば、自分が今ポテトと一緒に宏のために運んでいるシチューの中に入ってはいるが、それはメアリーが経験したい兎との関係ではない。いつもよりは少し量が多くて、メアリーにはそれがイースターを祝っている暖かさとして感じられる。

またキスしてくれるのかしら、とメアリーは期待する。キス以外のものでは感じることのできない気持ちがあることを知ったメアリーはそれをもう一度経験してみたい。今夜までその機会はなかった。と言うのも、夢想に浸っている自分を懸命に否定していたからだったが、今夜は期待して歩いている。

「こんばんは!ハッピー・イースター」と梯子を下り切るとメアリーは明るく言って、食べ物を差し出した。本来の役目を果たし、それからしばらく話せたらと思う。「アリガトウ」と宏が受け取り、いつもよりも少し長くメアリーを見つめるので彼女は赤くなってしまう。そして静かに宏が続ける。

「戦争中なのに、家族からも遠く離れてここに隠れているのがたまに信じられなくなるんだ。毎晩君がここに戻って来てくれるのを心待ちにしていると、不思議なんだけど・・」「君を想っていると桜の花の香りがすることがあるんだよ。信じられないんだ。ここにはありもしないのに。ここには泥と湿気しかないのにね」宏が訥々と話す。

「アリガトウ。食べ物も、そしてそれ以外のことにも」

宏が以前よりも温かい眼差しで、希望に満ちた眼差しで自分を見つめているのがメアリーには嬉しかった。でも、宏の言葉でぎこちなくなっている空気を変えようと違う話題に変えてみる。「あなたがキリスト教徒じゃないのは知っているけど、日本ではイースターをお祝いする人っているのかしら?　イースターって何だか知ってる?」「家族はイースターのお祝いはしないけれど、復活祭の話をする人達は知っているよ」「フッカツ、サイ」とメアリーが繰り返す。

「君をずっと待ってた。長い一日に感じたよ。いつもよりも長く感じた」と宏がそっと言う。言っていることはわかるけど、メアリーはどう返事をして、どう振る舞ったら良いのかわからない。何か言いたいことが別にあるのかしら？突然、もし宏がイタリア人だったら？と頭に浮かぶ。

「ここでゆっくりしてはいけないの」母親には早く寝ると言ったくせに、遅くに出歩いているということが人の目にどう映るのかが急に気になってそわそわし始めた。一度気がつくと次々と心配になって来た。隣人が宏のことを見つけたらどうなるのか、両親が自分達のキスのこと、自分の気持ちを知ったらどうしよう。宏と結婚したいという夢が叶わなくなったらどうしよう。頭に血が上って、顔が真っ赤になった。

宏はメアリーの手を優しく握ってこう言う。「もし、日本に自分の居場所がないのなら、自分はここにいたいと思っている」

メアリーは何と言って良いのかわからない。本当に他に行くところがあってもエランビーの地下に私と一緒にいたい、ということ？　誰にもそんな風に言われたことが無い。でも、メアリーは彼の言葉を信じて胸を高鳴らせる。未だかつて感じたことのない満足感を胸にメアリーは防空壕を出て行く。

「ママ、ママ、ママってば」ジェームスが部屋に走り込むとまっすぐ母親のところに飛び込んで来る。「世界一おっきい蜘蛛が鶏を食べちゃってるよ！」怖がって、息急き切ってまともに話せない。「メスの蜘蛛でね、ケヴィン叔父さんが小さい子も食べられちゃうって言うんだ」ジョアンがジェームスをなだめようとしたのを合図と待っていたかのように、ケヴィンがふらりと入って来る。「グーサを馬鹿げた話で怖がらせないでよ、ケヴ」ジョアンは義弟が息子を泣くまで怖がらせたのが気に入らない。「鶏を食べる蜘蛛の話以外にも、子供達に言うこと聞かせる方法は色々あるんだからね」ジョアンは呆れて頭を振る。延々と子供達を楽しませたり、怖がらせたり、時には為になることを話したりすることはケヴィンのお得意なのだ。

「作り話じゃないんだよ」と、ケヴィンがちょっと喋りに寄ってきたライアンの店から持って来た紙をジョアンに差し出して、「ほら」と見出しを指差す。『鶏殺しの蜘蛛はトタテ蜘蛛だと判明』

ひょいと片方の眉をあげると、ケヴィンは蜘蛛の真似をして指でジェームスの額をなで上げる。ジェームスは心臓が飛び出るほど驚いて急いで母親の背中に戻る。「いい加減にして！小さい子にそんな話ばっかりすると夜中に悪い夢を見るのよ。笑い事じゃないわ」そう非難されてケヴィンはジェームスをひょいと抱き上げて肩車をしてやる。「大丈夫だよな、男だもんな」/「「ママ、見て！ボクが一番背が高いよ！」ジョアンは手を伸ばして息子のほっぺを触ってやって、蜘蛛の話に目を落とす。カウラの農場で大きな蜘蛛がどうやって鶏を二羽ひどい目に合わせたかが書いてある。ジョアンは少し心配になったけれど、つかの間戦争のことを忘れていられたので、そのことが嬉しかった。

四月二五日はメアリーの誕生日だ。でも、小さな頃から、取り立てて何もしてもらえなく過ごす日だった。カウラの町の中ではアンザック・デーなので特別な一日だ。第一次世界大戦に参加した男達に敬意を表す為にエランビーの家族も行進を見物に出かける。町ではドーン・サービス、追悼の儀式、ツー・アップのゲームなどが行われるのだ。ジョアンはいつもより長いお祈りをして教会で蝋燭に火を灯して過ごすのを常としている。メアリーはスミス家で夫人がカーマイケルの誕生日のケーキとアンザック・ビスケットを焼くのを手伝っている。今日はカーマイケルの誕生日でもあるのだ。夫人はメアリーの誕生日であることは知らない。メアリーはあまり誰かに気づいてもらいたいと思っていないし、ケーキが欲しいと思ってもいない。でも、今年は宏にビスケットを一つ持って行ってあげたい。さらに、できたらそれを盗んで行きたくない。

「今日は私も誕生日なんです」とクッキーの生地を混ぜながらスミス夫人に言ってみる。もう何度も夫人に混ぜ方を教わったことがある。「あら、何歳になるの?」驚いた様子で夫人が訝しげにメアリーに尋ねる。「十八歳です。もうほとんど大人です」と誇らしげにメアリーが答えた。「そうね、二十一歳になるまでは本当の大人じゃないわね、メアリー。もうあと数年だわ。でも、あなたはもうすでにちゃんとした若いレディだわね」夫人はオーブンにトレイを入れながらそう言ってくれる。メアリーはスミス夫人が言ってくれた言葉が嬉しい。自分はもう成熟した大人の女性で、自分の人生についての決定をできる歳になったと思っている。特に宏とのことについては。

ドアをノックする音がした。メアリーは急いでそれに応える。笑顔のレイモンドだった。メアリーの手は粉だらけで、顔にもちょっとついたままだ。「こんにちは」と言うとレイモンドが笑い始めた。「どうしたの?」「鼻に粉がついてるよ」とレイモンドが自分の鼻をこすってみせる。

「アンザック・ビスケットを作っているところだったのよ」「ああ、美味しいんだろうな。君はお料理が上手なんだろうね」と言いながらレイモンドは入って来てスミス夫人に挨拶をする。「こんにちは、スミスさん。父がよろしくお伝えするようにと言っていました」そう言うと香りを深く吸い込んで「メアリーのビスケット、いい匂いですね」と褒める。「来週来た時にあなたにもあげるからね」と言うと夫人はレイモンドをドアの方に向きを変えさせて押しやった。「わあ、どうもありがとうございます、スミスさん。今日はこれで失礼します。メアリー、また来週な」レイモンドはちょっとメアリーを見つめると自分で出て行った。

スミス一家が夕食を済ませ、カーマイケルがケーキを食べた後、メアリーがスミス家を出る支度をしていると夫人がビスケットを三つほど布に包んで渡してくれた。静かに「布は後で返してね」と言っただけだった。もしスミス氏なんかと結婚していなかったら、夫人はとっても素敵な人だったろうに、とメアリーにはわかっている。

あまりに急いで歩いていたので、メアリーは転びそうになった。いつもするほどは周りに見られているかを気にしていなかった。慣れた手つきで何十回となく繰り返していた通りに鉄のシートをずらしてから中に入って、梯子を降りる。お伽話の虹の橋の果てにあるという金のポットは宏自身だ。飛び切りの笑顔でダンパーブレッドを宏に渡してから、ビスケットを三枚取り出した。まだ一つも食べていなかったのだ。「私も作るのを手伝ったのよ」と自慢げなメアリー。「たまにスミスさんと一緒にお菓子を焼くの」早く食べるようにと宏を急かす。

「カーマイケルのお誕生日のために奥さんと一緒に作ったのよ。帰りがけに奥さんがくださったの・・・。実は今日は私の誕生日でもあったのよ」メアリーはそう言うのに躊躇した。家族はとても貧しかったので、誰の誕生日も今まで特別なことはしたことがなかった。だからあまり騒ぎ立てたくなかったのだ。「タンジョウビ、オメデトウ。ハッピーバースデイ。これは君のだよ」と宏がビスケットを返して寄こす。メアリーが座った。宏もそれに続く。

「一緒に食べましょうね」メアリーはこれほど誕生日を楽しく、興奮して過ごしたことはない。一緒に、というのはロマンティックな提案だ。でも、二人とも食べ物に夢中で彼女にはあまり関係が進んだという気持ちはなかった。ケロシンのランプが消えた。二人は暗闇の中にいる。お互いの鼓動が聞こえるくらい心臓が早鐘を打っている。

宏は毎晩メアリーをここに寄越してくれる人たちから信頼されているからこそ成り立っている二人の結びつきを傷つけたくない。しかし、自分の体と心の中にある感情は無視できないほどのものだ。彼の口はビスケットと緊張で乾いている。メアリーの唇ほど甘いものは無い。暗闇の中、宏はメアリーの顔を探しキスをした。口の周りにビスケットの粉がついている。

メアリーはときめいた。心臓はドキドキし、体が熱くなる。

そして彼女の唇と宏の唇が引き寄せあって二度と離したくない感情に流される。

第15章

「ハッピィバースデー　トゥ　ユー、ハッピィバースデー　トゥ　ユー・・」ジェームスが大声で歌っている。彼自身の誕生日だけど、お構いなしだ。メアリーは末っ子の弟が誕生日を楽しそうに過ごしているのを見て嬉しい。家族の中で誕生日をこれほどきちんと祝ってもらっているのは彼だけだ、ということをジェームスが理解するにはまだ幼すぎる。まだ赤ちゃん扱いで、姉達は寄ってたかってキスしたり抱きしめたりと愛情を注いでいる。ジョアンが教会からもらって来た色鉛筆で姉達がカードを作った。ジェームスが真ん中にいる絵を綺麗に描いた。「スティッキーマン！スティッキーマン！」ジェームスがきいきい声で大喜びしている。父親が木から切り出して作った二つのスティッキーマンを手渡してやったからだ。エランビーの伝統的なおもちゃだ。「スティッキーマン！スティッキーマンが戦争に行くよ」ジェームスが両手のスティッキーマンを戦わせている。ジョアンとバンジョーは自分達の小さな子供でさえ、何が周りで起きているのかを知っていたのだと思い知らされる。それとも小さい男の子はみんな戦うのが好きなのだろうか。

ケヴィンは牛追いで市場に行っている。帰りには肉を沢山持って来るだろう。今回はソーセージもある。ジェームスは以前ソーセージを食べたことを覚えていないから、特別なご馳走になるはずだ。ケヴィンは最近とてもよく働いていつもより現金を持っていることがある。そんな時は子供達を町に連れて行って一人一人に氷を買ってやるのだ。一年に一度あるかないかのことで、ケヴィンが出稼ぎに行くからこそ可能になる。

「グーサを甘やかしてるわ」とその日遅くに帰って来たケヴィンにジョアンが小さな声で言う。ケヴィンは甥と姪が保護区の真ん中にあるクラジョンの木の下に座っているのを見る。そして急に圧倒的な寂しさに襲われる。「自分の子みたいに思っているんだよ。自分の子みたいに愛してるんだ」

メアリーはお祝いの席に間に合わなかった。スミス家で仕事があったからだ。でも小さな子供達が座って遊んでいる木の下に行き、ジェームスを抱き上げて思い切りキスをした。そして、スミス夫人がくれた、その日に作ったばかりのビスケットをジェームスにあげる。「僕の誕生日なんだよ。これ、枕の下に入れて明日までとっておきたいな」ビスケットをしげしげと眺めた後にジェームスがそう言ってメアリーの手から降りようとする。

「お家に持ってく」「ジェームス、みんなで分けなくちゃダメよ」メアリーが注意する。「でも小さいから分けたら無くなっちゃう」とジェームスは走って帰る。弟の後をゆっくり歩いて家に戻りながらメアリーは自分の将来について考える。最近では戦争が終わったらどうなるのかに神経を尖らせている。彼女の頭の中には沢山の疑問、計画と思いつきが渦巻いている。実現しないかもしれない。でも、夢を見続ける。見続けることで幸せを感じるのだから。そのことで希望を持てるのだから。誰にも自分の夢は話さない。

宏が同じ夢を見ているかどうかも確かではないのだ。

『今夕　チャーチルが声明を発表』

ガーディアン紙の一面の見出しを読んでメアリーが震え出した。ウィリアムズの小屋には叔父、叔母、友人。入れるだけの人が集まっている。子供達は大人の膝の上かテーブルの下だ。

「『ウィンストン・チャーチルがヨーロッパでの戦勝終結についての正式な声明を発表する。シドニー時間の夜十一時。

国王はシドニー時間の午前五時に発表。和平協定に署名してから発表までの遅れはドイツの不手際によるものである。ドイツ軍全体に武器を下ろすよう命令を伝達するのに時間が必要とされた。ドイツ指揮官達は総員に戦うのをやめるよう伝達すべく奔走中』」

メアリーが読み終わるか終わらないうちに部屋中で喜びの声が湧き上がった。ヨーロッパでの戦争終結は大喜びに値する。メアリーは何か日本について書かれていないか探すが、何の記事もない。メアリーにはこの結果が良いことなのか悪いことなのかよくわからないが、太平洋の戦争も終わって、宏と自分が一緒になる方向に向かうと良いと願っている。

ジョアンが娘から新聞を取ると急いで読んでから言った。

「明日、聖ラファエル教会でお祈りがあるわ。私、行って来る」「行くわ」「私も」とアイビーとマージが続いた。「町では旗や吹き流しが店と家に飾られている。きっと赤十字の舞踏会もあるだろうな。いつかそういうのに俺達も行けるのかな」そう言うとケヴィンが椅子に座る。その膝にすかさずジェームスが上ってくる。

「戦争、もうないの、ケヴィン叔父さん」そうジェームスに言われてケヴィンが他の大人達の顔を見回す。「そうだな。ヨーロッパのは終わったけれど、まだ太平洋の戦争に仲間が行っているから、そいつが終わるのを待っていなくちゃな」「朝になったらうちに来てよ。国王の放送を聞きましょうよ」マージが誘う。

翌朝。マージが近所の人達を後ろのドアから案内する。ジョアンも子供達も半分寝ているが、これは絶対に聴き逃せない。無線を聴くのは誰もが好きだが、今回は本当に特別で、国王がお話しになる。しかも戦争についてだ。とても大切なことではないか。

フレッドはすでに座っていて、大人達も座れるところを探して座っている。マージはみんなが座ったところでお茶を淹れる。ジェームスはジョアンの膝でもそもそしていて、バンジョーはちょうど放送が始まったところに滑り込む。彼は自分達の王でもない、押しつけの大英帝国の王の話は聴きたくないが、戦争については知っておきたいし、それにはこれが一番の方法なのもわかっている。ドアの近くで、聞こえさえすれば良いというところに立ったままだ。

「しーっ」司会者がキング・ジョージ六世を紹介するとマージが全体を嗜める。

国王が話し始める。

『本日、全能なる神に感謝を捧げたい。帝国の最も古い首都、戦争で荒廃はしたものの一瞬足りとも揺るがず、また何びとにも屈したことのないロンドンから国民に話しかけるものである。皆さんに私と一緒に感謝の行為に参加してもらいたいと願っている。

我々、全ヨーロッパを戦争へと誘い込んだ敵国ドイツはとうとう降伏したのだ。極東においてはまだ不退転を謳う残酷な敵、日本を相手にしなくてはいけない状況である。我々は強い決意と全ての資源を持って徹底して対処、敵を封じ込める所存であるのだ』

残酷な敵?宏はそんな人じゃないとメアリーは心中穏やかでない。温かくて、優しくて、思慮深い人で家族を恋しがっているわ。残酷だったらそんな風じゃないもの。自分のことばかりで他の人のことはどうでもいい、っていう人達のことでしょ。メアリーは国王のことが気に入らない。どうして朝早くから起き出して来てこんな嘘を聞かなくちゃいけなかったのかしら、と腹立たしい。周りの反応は、と見回すと大人達はみんな無線の方を向いたきりだ。音が割れる中ようやく聞き取れる放送に夢中で、誰もメアリーのことなど気にもしていない。

『帰ることのない勇者のことを覚えておいて欲しい。彼らが常に勇気を持って戦い続けて、犠牲となり、真っ向から無慈悲な敵に立ち向かってくれたのだ。部隊に属する全ての男達、そして部隊に属する全ての女性達、命を落とした全ての人達を忘れずにいなくてはならない。我々はとうとう苦難の終わりに到達し、喜びの只中にいるが、彼らはここに共にはいないのだ』

ジョアンはビビーとドゥーリーのニュートン兄弟のために十字を切る。少なくともどちらかは戦死しているらしい。また、彼女は地元からオーストラリアのために戦争に参加して行った全ての人のこともまた思っている。

『武装している、していないにかかわらず、また男性も女性も精一杯戦い、努力し、また我慢を強いられて来た。あなた達の王である私以上にそのことを身にしみてわかっている人はいないのである。地上、海上、そして空中で勇ましく武器を手に取って戦った諸君、そして多くの重荷を背負いながらも、不平ひとつ言わず勇気を持って進んでくれた市民に心からの感謝を捧げたいと思う』

バンジョーは『あなた達の王』と言う言葉を聞いて血が煮えたぎる思いだった。ジョージ六世は自分の王ではない。イギリスの君主が自分のリーダーになることは金輪際ないのだ。バンジョーのリーダーは祖先達だ。ウィラジュリの土地に留まり、侵攻に反旗を翻した父や祖父などの祖先に他ならない。

『彼らの思い出を胸に、六年もの長い間私達を苦しみと災の中支え続けてくれたのは何だったのかに思いを馳せてみようではないか。我々の支えとなったのは、自由、独立、人民としての存在が危機に瀕していると充分理解した上で、自らを守ることは即ち全世界の自由である権利を守ることだと知り、我々の信じるところは単に一国の問題ではなく、帝国及び共和国全体、ひいては法と自由である権利とが相伴って慈しまれている、全ての国にとっての問題でもあると理解していたことに相違ないのである』

バンジョーは国王が、制約のない自由、独立、自由である権利について話すのを聞いてとても怒り狂っている。どれも自分達にはない。自分達が戦争に行っても、どんな自由に関する権限も独立のチャンスもオーストラリア政府からは与えられなかった。バンジョーは声の限り叫びたい。海を越えて国王の耳に届くように叫びたい。「自由を満喫しているのはそれを既に手にしている連中だけではないか」と。ケヴィンが到着した。やや疲れた様子だが、誰も気に留めていない。ドアのところにバンジョーと一緒に立ち、タバコを下唇に咥えて腕組みをしている。

『五年以上もの長い間、心と頭脳、神経と筋肉の全てが打倒ナチスの為に捧げられて来た。今、我々は成功の波に乗り、その矛先を最後に残る敵へと向けるのだ。共和国と帝国の民が堪え忍んできた試練のことは女王も私も知るところである。共にそれを堪え忍んで来たことを大変誇りに思う。またこの先、容赦ない決断に直面したとしても、我々の強い意志力と持久力は無尽蔵である事を必ずしや証明できることと考える』

「あいつらが誰の苦難を知っていやがるって言うんだ?」とケヴィンが悪態をつく。まさにバンジョーが胸に秘めていた怒りそのものだ。バンジョーには妻子の手前、口には出せない。「ケヴィン！」ジョアンが呆れる。子供達は叔父の怒りの様を怖がっているが、少しワクワクもしている。叔父の罵りの言葉や行儀の悪さは初めてじゃない。「酔ってんのか？」とバンジョーがケヴィンに聞く。

「しっ！」マージが短い一声と鋭い眼差しでケヴィンの体を射抜く。一声でゆうに三回殺されてしまうようなきつさだったので、ケヴィンはすっと黙る。

『我々がこの暗くて危険な状態で子供を育てなければいけなかった時期が既に過ぎ去ったことに安堵し、この状態が神の意志で永遠に続くよう強く祈るものである。この平和が正義と善意の名の下に永遠に続くことにならないのであれば、勝利の為に我々の愛しき者達が流した血は無駄になってしまうのだ』

ケヴィンはもう一言も言う気がない。小屋から放り出されるのもまずいが、それよりもジョアンに愛想をつかされるのが嫌だ。しかし「正義と善意」という言葉が聞こえて来た時にはふんと言って頭を横に振った。

『勝利の喜びと誇り高き悲しみを胸に、本日、我々の役目を一段と高みに上げ、我々の為に命を落とした彼らの努力を決して無駄にしないよう、また彼らが子供達の為に良かれと考えていたであろう理想の世界を現実のものとするべく、気持ちを切り替えて行こうではないか。我々の名誉の為、この事を必ずしや遂行するべきである。危険が迫った時、我々は謙虚に自分達のするべき事を神の手に委ねた。そして神は我々に力をお与えになり、守ってくださったのだ。この勝利の時に、神のお慈悲に感謝すると共に我々の新たな使命、我々自身を神の力強い御手に委ねることとしようではないか』

みんなが立ち上がって小屋から出て行く段になるとジョアンは十字を切った。バンジョーは娘達をドアに導いて出してやる。ケヴィンも外に出て、誰もがまたベッドに戻ろうかと一瞬思った。

「ヨーロッパでの戦争は終わったのよ」とメアリーが伝えた。宏にはそれが戦争全部が終結したことを意味するのかどうかよく分からない。ただ、おそらく自由の身になれる日も近く、家にも帰れるかもしれない。そして家族に会える日も間も無くなのかもしれない。これが生きていたいと思った理由なのだ。戦争の終わりを見届けることが。「とてもいいニュースね」宏がメアリーに近づき、彼女の腰にそっと両手を回した。彼は薄暗がりのケロシンランプの下で日本語で言う。

「ワタシハ、アナタヲ　アイシテイマス、メアリー」

ほぼ十ヶ月の間、毎日来てもらった。会話の相手をしてもらい、食事を分けてもらったこと、物語を楽しみ、文化の違い、恐れと希望を経て、宏は今、心の内を打ち明ける。

「愛しているよ」

メアリーはすぐにジェームスがジョアンにするように両腕を宏の首に巻きつける。愛情に溢れている仕草だ。「私もあなたを愛しているわ。どこにも行かないで」メアリーは宏の耳に囁きかける。彼がさらにメアリーを引き寄せると涙がこぼれ落ちる。

宏は返事をしない。彼はメアリーを愛しているが、家族も愛しているので、故郷に帰りたい。もう一度家族に会いたいのだ。メアリーは彼の心の中にいる。でも日本の家族は血を分けた繋がりなのだ。宏は家に帰る。もしできたらメアリーも連れて行く。それが彼女の現在の状況からしても、非常に難しいことだろうとは察しが付く。日本人を知っている彼には受け入れも難しいことは想像に難くない。自分の家族で日本人以外と結婚したことのある者はいない。彼は同じような出身の女性と一緒になることを期待されるだろう。同等な身分の誰かと。

父親の意見が物事を大きく左右することもわかっている。望ましい伴侶を、きちんとした手順を踏んで選ばないということについて批判され、それが一族の総意となるのだ。それよりも先に、まず第一に兵士として死なかったこと、それから第二に伝統から外れた結婚をしようとしていること。この二つがそれぞれ恥となって宏にのしかかって来ることだろう。

ただ単に自分がメアリーを愛していると言ったところで両親にとっては不十分だ。両親は息子に通常の手順を踏んだ、つまり自分達同様お見合いでの結婚を望むのだ。その結婚の仕方のせいで自分と両親の違いが生まれたのかと宏は思ったりする。もし結婚する前にお互いをもっと知っていたら、両親は一緒にならなかったかもしれないのではないか。

彼らは恋愛結婚ではない。父親はとても伝統を重んじる人間だが、母はさほどでもない。宏は社会通念にきちんと従うことを要求される。父親にとっては社会的な責任の方が情や愛よりは大事なのだ。

思い出せば出すほど、両親の間に触れ合いはほとんどなかった。日本人全般に関してもそれは言える。そんな人間にはなりたくない。宏はメアリーをいつもそばに抱き寄せていたい。

他にすることもなく、宏が長い昼、そして夜の時間をかけて自分の感情と向き合い、未来を考え、どうやって日本社会に戻って行くのかを突き詰めた結果だ。

メアリーが違う考え方をすることを恐れて、まだ彼女に話していない、宏の胸の中に秘めた思いなのだ。この考え方と気持ちを彼女に理解してもらえないかも知れないと恐れている。一緒の将来というのは不可能なのではないかという恐れがある。

宏はずっとメアリーとの結婚を考え続けていた。陽の光を見ることができない長い日中、夜遅く、そして朝。ずっと宏は考えて来ていたのだ。自分の妻となるメアリーが婚礼の着物をまとった時にどんなだろうと。そして角隠しのメアリー。宏はまだ触れていないが、メアリーの濃い褐色の髪は絹の角隠しにどんなに映えるだろう。宏は何度も想像して来た。自分達の伝統的な装束を着けた結婚式のことを。自分は羽織、袴を着て、神道の結婚式を挙げるとしたら・・。

宏は想像していることをメアリーと分かち合いたいのだが、宏もまたメアリーと同じく慎重だ。反対に合うだろうという心配だけでなく、実際に自分達のせいではなくても甘い期待が悪夢に暗転することもあるから慎重にならざるを得ない。

長い間抱き合っているうちに二人の鼓動が早くなって来る。それでもまだ十分ではないのだ。

でも、本能的に離れなくてはいけない時を感じる。抱擁を解いてメアリーは行かなくてはいけない。その後一言もお互い発しない。

愛の告白の後はそれを心に染み込ませるのに時間がいるものだ。何度も思い出して味わい、そして楽しむのにも。

「あら、メアリーじゃない」宏と過ごした直後で夢見心地のところ、マージに声をかけられてメアリーが飛び上がる。「マージ叔母さん、あ、はい。こんばんは」マージはメアリーの後ろに誰かいるのではないかと、ちょっと見回す。「あなたが出歩くにはちょっと遅いんじゃないの」「そ、そ、その、お手洗いにちょっと・・」マージに何を見られたかわからないのでメアリーはパニックしてどもってしまう。「違うでしょ、メアリー。お手洗いなんかじゃないわよね。何度も夜この辺りをうろついているのを見かけているわ。お手洗いに行っていないのも知ってるわよ、あなた」「メアリーなの?」ジョアンが後ろのドアから声をかける。母親の助け舟に、メアリーは今まで経験したことがないほどほっとする。「今行くわ、お母さん」メアリーがそう言ってマージから逃れようとする。「あなたが何かしているのはわかっているわよ、お嬢さん。必ず見つけ出すからね。いつも誰かが私にちゃんと教えてくれるんだからね」

その夜、メアリーは眠れない。宏と抱き合ったこと、そしてマージ叔母さんと対峙したこと。その二つの経験の間で感情が大きく行ったり来たりしている。吐き気がする。恋の病、でも希望に満ちた病だ。

新聞にはカウラの日本人捕虜収容所のことはまだ何も書かれていない。しかし、スミス家で興味を持って読んだ記事があった。バサーストの町で会議があり、戦争が終わったらイタリア人を全て帰国させるべきだという意見を鉱山で働く連中が議論したという話だった。マージ叔母さんはこの話を妊娠した女性と繋げてどう料理するだろうとメアリーは思った。

戦争が終わったら、とか兵隊を帰還させるなどという話が出ているということは、本当に終戦が近いのではないかなと考える。メアリーは夜、床についてから保護区が静かになって、家族がみんな寝静まるのを待つ。それから目を閉じて未来に思いを巡らせるのだ。

エランビーで一度だけ結婚式に行ったことがある。従姉妹がとても若くして結婚したのだ。その時はあまり気に留めていなかったけれど、今一生懸命思い出してみるとなかなかロマンチックで素敵だった。メアリーも結婚式がしたい。家族と友達と花々と、そして宏。伝道所ではアボリジナルの人同士の結婚式しか今までになかった。宏が日本人であることはおそらく問題になるだろう。可能性のあること、仮定して考えなくてはいけないことをメアリーは数え上げている。

全員に反対されたらどうしよう。地元で許されなかったらどうしよう。スミス氏が許してくれなかったらどうしよう。聖ラファエル教会で洗礼を受けたのだから、式をパトリック神父が執り行ってくれないだろうか。お母さんは教会で一生懸命働いているから、神父様はお母さんのことを気に入っているわよね。古着をよく下さって、お母さんが繕っているし、食べ物も下さるもの。だからきっとうちの家族のことはお好きなのよね。ということはきっとヒロシのことも気に入って下さるわ。そうよ。だって、神様は全ての人を愛しているのですものね。それがお仕事だもの。私も教会に行くようにしようかな。カーマイケルとキャサリンを迎えに行く時に寄って、お祈りして蝋燭に火を灯そうかしら。そうしたらパトリック神父がそんな私を見て良い子だと思ってくれるかも。そうしたら喜んで式をしてくれるわよね。えっと、ヒロシはどうなのかしら？神道の人がカトリックと結婚できるのかな。白人と黒人みたいに？そもそもヒロシは私と結婚したいのかしら？

メアリーの考えと気持ちはまるでローラーコースターのようだ。前向きで希望に満ちているかと思うと次の瞬間には絶対に一緒になんかなれないと深く落ち込んでしまう。気が気でないので眠りは浅くなってしまう。それでも朝が来て、あと何時間、何分で宏に会えるかと時間を数えるのが待ち遠しいのだ。

「ジョアン!ジョアン!ドア開けて!」マージがゴツゴツした手でウィリアムズ家の薄いドアを叩く。「ジョアン、開けて。話があるのよ」メアリーは既に出かけていて、ジョアンは教会に仕事に行く前にと子供達の世話をしている最中だ。ドアを開けるといきなりマージが言う。「私、アイツのこと知ってるのよ」「あいつって誰?」「ジャップのことよ。知ってるわ」ジョアンはマージの腕を掴んで家に引き込んだ。「しーっ。誰かに聞かれるわ」マージはジョアンから身を引いて怒りのあまり真っ赤な顔で言い返す。

「しーっじゃないでしょ、ジョアン・ウィリアムズ。二度と私をこんな風に掴んだりしないで頂戴」「ごめんなさいね」パニックしたジョアンはマージの腕をさする。マージは唇をぎゅっと噛み締めて許すものかとジョアンを睨みつける。「それするとあなたの口って猫のお尻みたいに見えるって知ってる、マージ?」

マージの目と口元に現れていたきつい表情が少し和らいだ。二人ともその冗談は初めてじゃない。「どうしてあなたのことはすぐ許しちゃうのかしらね、ジョアニー」そう言うとマージは台所のテーブルのところに座ったのでジョアンはホッとする。

「でも、フレッドは許せないわ。もう絶対。あなた達が隠して来たジャップのこと、どういうわけか私には話さなかったんだもの。昨日の夜私がメアリーを見かけて、これは何かあるなと思って彼を問い詰めたら降参したけどね」ジョアンは、他に誰がメアリーを見かけたことがあるのかと、マージが誰かに話したのだろうかと心配する。「私もあなたと同じくらい口が固いつもりよ」心底そう思っているのだろう。どうかするとジョアンもうっかりマージが口が固い、と信じてしまいそうなマージの口ぶりだ。

「戦争が終わったからフレッドはきっと昨日話してくれたのね。そうに違いないわ」そう言いながらマージが狭い小屋の中を見回す。

「で、どこにいるの、そいつって・・その、あれかしら?」ジョアンにはマージが何のことを言いたいのか全く検討がつかない。「あれって何?」「わかってるくせに」と言ってからマージが声を潜めて聞いて来る。「どうなの。黄色いの?」「何言っているのよ。いやね」彼の肌の色などジョアンが初めて宏に会った時には気にも留めていなかった。「さて、あなたが知っているっていうことは、他に誰が知っているの?」

「そうねえ。あんまり話していないけど」マージがモジモジする。「じゃあいいけど!」ジョアンはそう言ったもののマージの言葉を信用していない。「アイビーにちょっと話したかもしれない。私がここに来る途中でシドとアイビーとそんな話をしたかもしれないわね」

ジョアンが返事をする間も無く、ドアをノックしてからシドとアイビーが入って来る。すぐ後ろからバンジョーとフレッドが続く。みんなが入って来たので、またマージが興奮して話し始める。誰がそんなことをする権利があるのか、どうして自分やみんなに話さず決めたのか、噂になるじゃないか、自分は噂は嫌いだけど、と。また自分の話になっている、と周りは半ば呆れながら聞いている。

そこにケヴィンがぶらりと入って来て、ここは任せておけとばかりに取り仕切る。「落ち着けよ、マージ。市場の押し売りだってそんなに喚かないぜ」とタバコを巻きながら言って退ける。「警察に届けるわ。多分報奨金が出るわ」男達が来たので再び感情が昂ぶって来た。「こんなことしちゃあいけなかったのよ。罪人を匿うなんてとんでもない。ああ、神様」マージが小屋から出て行こうとしたところに裏口からメアリーが入って来て、家の表に向かって来るのがジョアンに見えた。スミス家から預かって来た繕い物を母親に頼もうと、手には服を持っている。

バンジョーが表ドアに立ちはだかって、出て行こうとするマージを止めている。裏口から表の部屋に入って来たメアリーがそれに気づいた。空気が重く張り詰めている。

普段、フレッドとバンジョーが争うことはない。でも、今、フレッドは自分の妻の側に立たなければいけないとわかっている。まともな男なら誰でもそうするだろう。人生を大事に思っている男なら誰でも。「バンジョー、よすんだ」アイビー、シド、ジョアン、メアリー、バンジョー、フレッド、マージの全員がドアのところでああでもないこうでもないと言い始めた。フレッドはこの修羅場を収めたい。

バンジョーは大男だ。でもマージは全く恐れず顔ギリギリまで近づいて対峙している。フレッドはオタオタする。マージが売った喧嘩をフレッドが引き継がなくてはいけないかもしれないが、フレッドはそういうのは苦手だ。「マージ、ここは退いてくれ。俺達に任せてくれ。どうしたらいいかわかってやってることだ。人の命を救っているんだ。俺達、お前達と同じ命だ。そういう問題なんだ」

バンジョーは女性に対して強い口調で話したくはない。でも、マージの口が軽いのでここまで言わなければならなくなってしまった。

マージは動かない。

「どいておくれよ、バンジョー・ウィリアムズ。あの黄色いのを差し出したら報奨金が出るかもしれないのよ」

バンジョーもマージも一歩も譲らない。お互いの目を睨みつけるウィラジュリ族の膠着状態になっている。メアリーの目には涙が浮かんでいる。そこにケヴィンが口を挟む。「これを解決するには一つしか方法はないだろう。いつもの方法でやろうじゃないか。踏切のところで解決するんだ」エランビーの者なら誰でも知っている。保護区から離れた、警察の手の届かない踏切のあたりに行って、ボクシングで内輪のいざこざの決着をつけるのが一番の方法なのだ。

「ケヴィン！このことをボクシングでカタをつけるなんてダメよ。バンジョー・ウィリアムズ、ボクシングなんていけないわ」ジョアンは心を痛めているが決然と言う。ボクシングで決着をつけるかどうか、兄弟の間で話をする間も無く、クロードが玄関にやって来た。

「早く来て！踏切の広場で格闘が始まってる。居留地にジャップがいるらしいって言うんで、誰が通報するかで戦っているんだ。報奨金があるって話らしい」クロードはバンジョーの肩越しにみんなに伝えようとする。

全員が振り返ってマージを見る。やはり彼女が噂の火蓋を切っていたのだ。

「誰かに先を越されたらしいな」とケヴィン。ジョアンはウィリアムズ兄弟が戦わなくて済んだことに安堵し、子供達を大人から避けて、急ごしらえのボクシング場へと急ぐ。現場に着くと十数人の人たちが、地面に大きくぐるりと描かれた輪の端に並んでいる。

片方の側は日本兵を匿うのに反対、もう片方は賛成とサイドが別れている。宏が最初に保護区に来た時に起きてもおかしくはなかった争いの場面だ。踏切のそばでの戦いは口論のおしまいを意味する。どちらが勝とうとそれが最終の答で、いかに負けた方に厳しい結果だろうと覆されることはない。それは今日の場合も同じことだ。男達は二人とも上半身裸で、拳を高い位置で構えている。

ほんの数発で一人が倒れて、カウントが始まった。3、2、1と周りがみんなで数え、取りあえず終わったということに歓声が上がる。どちらが勝ったのかはまだ全員は理解していない。

勝ったのはムーライの家の男だった。ボクシングに長けた連中だ。勝者が倒れている相手を地面から助け起こしてやる。相手もまっすぐ立ち上がり、二人は握手をした。ムーライの家の者がバンジョーのところにやって来てこう言った。まだ肩で息をしている。

「勝ったよ。これで誰もあんたの家の者と匿っていたやつのことも警察に突き出したりはしない。だけど、どうしてこうなったか教えてくれよ。俺はそいつに何にもしてやれないから戦っただけなんだけど、他にまともな理由がないんだよ」バンジョーは即座に答える。「彼の政府は俺達の政府と戦ってる。俺達の政府は俺達が政府の為に戦争に行っても認めようとしないんだ。だから、俺はオーストラリアの政府と戦っているんだ。そうなると日本人と同じ側にいるってことになる」

バンジョーは宏を見つけた朝、シド、フレッド、ケヴィンに説明した時と同じ熱い思いを自分の言葉に誇りを持って説明した。

「よし。じゃあ俺も勝った甲斐がある」ムーライ家の男はそう言うと集まっている連中に向き直って高々と伝える。

「バンジョーがいいと言うまで、誰も何にもジャップのことについては話をするなよ。俺が勝った。ここの決まりはみんな知っているな」群衆は頷いたがまだ動かない。非難の眼差しがマージに向けられる。例外なしだ」と勝った男がマージの方を見据えてもう一度繰り返す。「これについては一枚岩で行くぞ。白人は俺達が仲違いするのが好きだからな。がっかりさせてやろうじゃないか。こいつが隠れ場所から出て来るのに安全な時まで待とう。出て来たらちゃんと歓迎してから国に送り返してやろうじゃないか」

第16章

六月の初旬だ。移民についての新聞記事をメアリーが両親に読んでいる。

「『移民の受け入れは戦後大きな問題となるだろう。連邦政府の大臣は、白人にのみ門戸を開き、彼らが国内に落ち着き、家族を育みオーストラリア人となるように、との意見で一致している』」

メアリーが動揺する。オーストラリア人は日本人を黄色人種だと考えているのを彼女は知っている。例え自由の身となっても宏はここにはいられないということではないか。「誰かが缶詰工場で話していたのを聞いたよ。白豪主義っていうんだそうだ。ランブリングフラットの近くで中国人の鉱夫と揉めたのがきっかけだって。ここからそう遠くじゃないよな」フレッドが言うとみんなが頷く。「かなり前のことらしいんだけど、ここいらの連中は昔のことでも忘れないからな。鉱夫達は白人以外の人間に仕事を横取りされるのを嫌ってる。それには俺達も含まれるってもんだ。どっちにしろ俺達には仕事は来ないけれどな。安く働けっていうからそうすれば、それもまたもっと文句言われるタネになる」

「テストもあるんだって」フレッドが頭を横に降る。「英語で書かなくちゃいけなくて、落ちたら入国できないそうだ。俺の見たとこによると白人はみんなこの法律を気に入っているな」「首相がオーストラリアはこれからもずっと大英帝国の一員であり続けるって言っているんだから、救いようがないよ」とバンジョー。

「イタリア人がここに残って結婚して仕事をするらしいぞ。そんなことはさせられない。ここにいたってことがそもそも良くない。政府に金をせびって戦争が終わるまで待っていやがる。本国に帰りゃいいんだよ、全く」ケヴィンはそう言って、他の連中の理解と同意を得たくて周りを見回す。
ジョアンの意見はこうだ。「みんな自分の国に帰って家族に会いたいでしょうから、結婚して残る人はほとんどいないいんじゃないかしら」

メアリーは白豪主義について考えないようにしている。それと兵隊達が残って結婚するかしないかについての他人の意見には耳を貸したくない。まだ宏がいなくなることは考えられない。もし宏に結婚しようと言われたら、すぐに結婚して、ここで二人で幸わせに暮らしたい。カウラにいてはいけないと言われたらメアリーは宏と一緒に日本に駆け落ちしても良いと思っている。

日本で暮らす・・。楽しそうだけど同時にとても怖い。花見のピクニックは楽しそうだし、うどんも食べてみたい。でも戦争で日本はかなり荒廃しているそうだから心配だ。そして彼女の家族は何と言うだろうか。家族から離れて泊まったことは一晩たりともない。どうやってそれに慣れて行ったら良いのだろうか。メアリーは祈りを捧げることにした。

「神様、どうか戦争が終わったらヒロシと私が一緒にカウラで暮らすことができますように。彼は良い人なんです。お母さん、お父さん、ベティ、ドティ、ジェシーとジェームスにご加護を。マージ叔母さんにもどうぞご加護を。そして彼女があまり噂をしなくなるようお助けください。アーメン」

『一九四五年六月八日　日本が本土侵攻に備える　必死の攻防』

新聞の見出しを読むメアリーの手が汗ばむ。胃が痛み、吐き気がする。終わりが近づいているのがわかるので、読み進むのをやめたくなる。「大丈夫なの」娘が真っ青になっているのを見てジョアンが聞く。メアリーはたまらず新聞を母親に渡し、ジョアンが代わりに読み続ける。

「『大日本帝国陸軍本部より日本中の老若男女に緊急指令が通達された。帝国を守るために、いざという時には自決するように、と』」ジョアンは座り込み、胸に十字を切った。メアリーが数分前に感じた吐き気を彼女もまた感じている。

メアリーが新聞を取り返し、先を続ける。「『日本は近々侵攻されるだろうと予測している。陸軍のトップから支給された手引きによると人民団体は訓練の中に、決死の攻撃、戦車への飛び込み攻撃を含むように示唆している。それによると人民全ては自爆などの方法によって進行して来る敵を致死させることによって軍隊に力を貸すように、と。日本国内では食料と医療器具の供給不足が深刻である』」誰も言葉を発しなかった。メアリーが聞く。

「これはどういうことなの? 理解ができないわ」宏のことを何よりもまず考えながらメアリーが聞く。

日本の方法については誰もわからないが、バンジョーは記事を読んでこうだろうという考えをまとめた。

「おそらく日本はもう敗戦が近いと思っているんだろう」

メアリーは重苦しい空気を変えたくて、違う路線の記事を新聞をめくりながら探している。本心からわあっと叫ぶような嬉しい記事を見つけた。「わあ!」「何なの?」とジョアンに聞かれるほどだ。メアリーが見出しを読み上げる。

「『アボ　十代の少女たちが歓声　カウラの低音歌手がニュースに』」

あっという間にウィリアムズ家が興奮に包まれた。親類が町で歌手になったのだ。日本人に関するニュースはとても後味の悪いものだったけれど、もうその話をする者はいない。ブラー・ウィリアムズの成功は全てを忘れて大喜びするに値する。出稼ぎから数日戻って来ているケヴィン叔父さんも仲間に入って、楽しそうに留守の間の出来事に追いつこうとしている。メアリーがまた新聞記事を読み始める。

「『エランビー居留区出身のマーヴ・ブラー・ウィリアムズがシドニーで名を挙げている』金曜日発刊のデイリー・テレグラフにスポーツ編集者のヒュー・ダッシュが、カウラ出身の低音の歌手についての記事を寄せている」メアリーが読むと部屋にいる誰もが感心する。

「『フットボールチーム、オールブラックスのウイング、マーヴ・ウィリアムズは黒人版ビング・クロスビーとしてシドニーのアボリジナル達の間で好評を博している。すでに十代の少女達が追っかけとして付いて回るほどだ』

「黒人版ビング・クロスビーだって？　そりゃあないだろう」ほんの数行分聞いただけでケヴィンが口を挟んで来る。彼はいつも自分のことを黒人版ビング・クロスビーだと触れ回って来たので、お株を取られて面白くなさそうだ。もっともそう言ってくれる人は誰もいなかったけれど。自分が浴びるべき脚光を横取りされたように感じているのだ。メアリーは叔父が黙るのを待ってから続ける。

「『浅黒い綺麗な十代の女の子たちが彼の一挙手一投足を執拗に追いかける。いくら聞いても聞き足りない。いくら見ても見足りない。低音の下りに来るとそれに合わせて「ウー、ウー」とコーラスで追いかける』」

ケヴィンが呆れたように目玉をぐるぐる回してみせ、不満の呻きを漏らす。彼は地元のビング・クロスビーとしては知られていなかったかもしれないが、兎にも角にも女性には愛される存在で、自分でもそれは意識しているのだ。ジョアンはケヴィンに「やめなさいよ」と言ってからメアリーに仕草で続きを読むように伝える。

「『マーヴはダブルのジャケットの青い鳥として知られている。ペラコ製シャツの広告のような漆黒の肌を持ちロナルド・コールマンの口髭、洒落たもみあげを蓄えている』」

「そうだったわね」とジョアンがカウラ劇場で二度ほど見たことのある映画に出ていたイギリス人の俳優を思い出す。「あの口髭は確かにコールマンっていう人のに似てるわ。ドゥエインが、ブラーとキスをするとくすぐったいって言っていたものよ」それを聞いてケヴィンが余計腹を立てる。ドゥエインはケヴィンの思いが遂げられなかったもう一人の地元美人だ。今となってはもう遅い。彼女は結婚して居留区を出て行ってしまった。いつもケヴィンは好きな人と添い遂げることができないようだ。

「『彼はまたラ・ペローズで一番人気のピンナップ・ボーイで・・』」とメアリーが読んでいる途中でケヴィンは立ち上がって出て行こうとしている。

「ピンナップ・ボーイだと？もう聞いちゃいられないな。ライアンの店にでも行って来るよ」「いい加減にしなさいよ、ケヴィン。他の人にそんなにヤキモチを焼くもんじゃないわ。悪い癖よ。ここからの仲間が成功して良かったじゃないの。才能があって働き者ってことでしょ。戻って来て座りなさいな」ジョアンが椅子の後ろに立ってそこにケヴィンが戻って来るのを待っている。バンジョーは椅子の背にもたれて、弟がジョアンの言う通りにするのを見ている。二人のウィリアムズ兄弟の両方をうまく扱えるのはジョアンだけだ。ジョアンはメアリーを促して先を読ませる。

『マーヴはカウラの町のガムリーフ（樹の葉を楽器として使う）バンドから飛び出して来た男だ。アルトの樹葉笛担当だった。尖ったウーメラ槍先で葉に波の形をつけることによってダブル・ストップの奏法を編み出した。それがまずかった。仲間は彼に向かって骨を向けて、バンドをやめて出て行くようにと強いられたのだ。』」

「お母さん、骨を向ける、ってどういうこと？」ドティが母親に聞いた。他の子供達もジョアンの説明を待っている。

「アボリジナルの人がするおまじないの一種ね。誰かと何かで揉めたりして仕返しをしたい人が相手に向かって『骨を向ける』とその人がひどい目にあうということなの」ジョアンはあまり詳しく話さずそこで話をやめる。骨を向けられた人が死に至ることもあるのだということは幼いジェームスの前で言いたくない。一方、ケヴィンは新聞が『骨を向ける』という表現を使ったこと自体を信じられなく思っている。ブラーが本当にそんな話をしたのだろうか。

「馬鹿げてる。音楽ぐらいのことで骨を向けたりするもんか。ブラーが記者にそんなことというなんて。俺が聞いたところによるとただ単にバンドから出て行ってくれ、って言われただけだけどな」「新聞に書いてあることは本当のことばかりじゃないからな。ブラーはそんな話、してもいないかもしれないぞ」とバンジョーが意見をする。ケヴィンはバンジョーの話を聞いてはいない。

「一体その記事はどのくらい長いんだ、メアリー？　そいつに終わりってものはあるのかい」

メアリーは新聞を持ち上げて、かなり長い二つのパートに分かれているコラム欄をケヴィン叔父に見せて伝える。

「結構長いわよ」そして母親の顔を見ながら続ける。「でも今回は少なくともアボリジナルの人について良い事が書いてあるわ。お母さんはいつも悪いことしか書いていない、って言うものね」

ケヴィンは横に頭を振る。「まだ他にブラーについて何か書くことなんてあるのか？」メアリーがさっと新聞を斜め読みしてゆっくりまとめる。「えっとね、歌を歌って、踊って、ラジオに出て、ティヴォリっていう所に行って、それから新しいバンドと組んでる、って。レッドファーンで先週の日曜日にオールブラックスのチームに戻ってラ・ペローズ・ウォリアーズと試合したって」

それを聞いたジョアンが「あら、フットボールも続けているって感心じゃない。音楽とは全く違うことをしようとしているのね」

メアリーがクスクス笑う。ケヴィンは記事の一言一言が自分を攻撃しているように感じて気に入らないので「何だよ?」と突っかかる。そこにメアリーが「ブラー叔父さんが『シナトラの歌は程の良い喘息の寄せ集めみたいなもんだ』って言ったって!」と言うからもうお冠だ。

「もうだめだ!」とケヴィンが椅子を乱暴に押しやって小屋からすごい勢いで飛び出して行った。その様子を見てジョアンとバンジョーがぐるっと目玉を上に回し呆れた気持ちを共有する。

「お母さん、お父さん!」メアリーが我を失って泣きながら小屋に走って入って来る。倒れこむようにテーブルに新聞を投げ出すと、咳き込んでしまう。母親は水を一杯渡してやり、父親は背中からメアリーを守るように包み込んでやる。

メアリーは鼻を拭き、もう一度咳をし、水を一口飲むと大きく息を吸い直す。一九四五年八月七日だ。

『日本に初の原子爆弾投下　一〇トン爆弾の二千倍の破壊力』

記事はワシントンという所で書かれている。スミス夫人がそれはアメリカの都市だと教えてくれた。メアリーは原子爆弾がどのような物かは知らないが、普通の爆弾の二千倍の破壊力といえばとんでもない物だろう。投下されたら被害は甚大で、しかももうそれが日本で使われてしまったのだ。宏の故郷からどれくらい離れた場所に投下されたのかはわからないが、何れにせよこの知らせは宏の心を打ち砕くだろう。母親は新聞を取り上げ「なんてこと」と十字を切った。「バンジョー、他の人達を呼んで来た方がいいわ」バンジョーが出て行って、みんなを連れて来た時には六人分のお茶の用意ができていた。メアリーは我を取り戻していて、みんなが席に着いて静かになると新聞を読み上げ始めた。

「『アメリカは世界で初めての原子爆弾、極めて壊滅的な被害をもたらす爆弾を本日日本の広島市に投下した』」涙がメアリーの頬を伝い落ちる。最後まで読み通せるかわからないけれど、やらなければいけないと彼女は思っている。彼女の役目であり、宏と関わって行く自分のけじめだと考える。

「『この爆弾は今までに使われたことのあるRAF10トン爆弾の二千倍の爆発力を持つものである。過去六週間の間に日本全域に投下された爆弾の威力と、この新型爆弾三発の威力がほとんど同等であると専門家は語っている』」

メアリーは今までに投下された爆弾のことは読んでいなかったので、ショックを受ける。スミスさんから新聞をもらって来ることができなかった日に掲載されていた記事に違いない。メアリーが知らないということは宏も知らないということだ。彼女には宏の家族の無事かどうかを考えることしかできない。

「『原子爆弾投下以来、武器製造本拠地及び主要港である広島は、見通しの全く効かないほど厚い煙と埃にすっかり覆われている』『トルーマン大統領はこう日本に警告する。「日本国土上に存在する全ての生産性事業を跡形もなく消し去る用意が我々にはある。日本が未だかつて経験したことのないほどの規模と破壊力とで水陸両方からの攻撃を加えるものである」』

メアリーは口を手に当てて息を飲む。宏にこの新聞を見せるべきかどうかとても迷う。彼に何が起きているのか知って欲しい。ヨーロッパで戦争が終わっているのにまだアメリカと日本が戦っているのは何故なのかを知りたい。もしかしたら宏がそれを説明してくれるかもしれない。

シドが残り物のジャガイモを宏に持って行くように、とくれたのでダンパーブレッドと水の容れ物と一緒に手渡す。宏はメアリーが震えているのに気づき、すぐに抱き寄せてくれたがメアリーはすっと身を引き、新聞を手渡した。「爆弾が落とされたの。原子爆弾が。沢山の・・」メアリーは泣き出し、宏が新聞を読む間は後ろに下がっている。彼はほんの数行読むと目を固く瞑った。肩が震えている。「家族が・・。近くではなかったけれど、もし一度爆弾が落とされたらこの先も続くだろう」とため息をついた。「沢山の犠牲者が出るだろう。美しい日本。景色が・・・消えてしまう」

宏は母国の美しい景色が多少なりとも壊滅的な状況から逃れることができないかと想像する。しかし心の中ではそれは無理だと感じる。アメリカは原子爆弾を持っているのだ。それに立ち向かう手立てはない。

宏はアメリカによって破壊される日本のことを思い惨めな気持ちになり、自分の殻に閉じこもってしまう。メアリーは愛する男性が、原子爆弾を落とした連中に対する憎悪の中に深く沈んで行くのをただ立って見つめているだけだった。

第17章

『一九四五年八月三日　ジャップに対する燃えるような憎悪』

メアリーはどうしてもガーディアン紙の見出しを個人的な感情で捉えてしまう。オーストラリアは同盟国側だ。多くの犠牲者を出し、損害を受けている。アメリカはどうして敵だったドイツには原子爆弾を落とさずにおいたのか? 日本人は「アメリカ人の災」という言い方をしたりするのだろうか。メアリーはオーストラリア人に裏切られたような気がする。彼女が胸に秘めている思いによって、自分の判断力が鈍っているからだというのは自分でもわかっている。一日が終わってみたら、戦争では誰もが同じ思いをしているということなのだろう。

最近ではメアリーは新聞を一人で読み、その後で両親に読んでもらうようにしている。読み上げて情報を共有するやり方には興味を失っている。ただただ、宏と一緒にいたい。

アメリカは広島に続いて長崎にも原子爆弾を投下した。そして日本は遂に降伏したのだった。ケンダル・ストリートでは戦いの終わりを祝い、パレードが行われた。

とうとう戦争が終結した。国同士で書類にサインし、同意書を作り、戦争賠償についての取り決めがなされるだろうということはメアリーにもわかっている。しかし、カウラにまだ残っている日本兵はどうなるのか。自分の感情、宏に言って良いこと、悪いこと、身の回りに起きていることなど全てについてメアリーは混乱していた。東京にアメリカ軍が大挙して占領に入っていることなどは宏は知らなくても良いと思う。東京の中心から何マイルもの街が全て焼き尽くされて、市民は周辺の町へ移動し掘っ立て小屋に住んでいることなども。降伏したからこそ戦争が終わったのは良いことだとメアリーは思うが、それは彼の国にとって大変な恥辱であったであろうことは想像できる。

メアリーが宏に知って欲しいことは、彼は一人ぼっちではない、というただそれだけだった。しかし、宏は真実を知るべきだろう。メアリーはオーストラリア人が「見事な勝利」と浮かれていることは伝えないつもりだが。その夜、宏のところに向かう途中、メアリーはどう言って彼に終戦のことを伝えようか考えていた。どう言おうとも容易な話ではないことは認めざるを得ない。

「日本との戦争が終わったわ」メアリーの表情には笑みはない。宏はにっこりして揉み手しながら「勝ったんだね?」と聞く。目が輝いている。これで少なくとも一つ父親が喜ぶことがあるだろう。「そうでもないかも」メアリーが注意深く返事をする。『そうでもない』、ってどういう意味?メアリー。戦争は終わったんだよね。そうだよね」

彼は最初の言葉を聞き間違えていないかどうか、メアリーに確かめたい。

「そうなの。戦争は終わったわ。ヒロシ、でも・・」メアリーが大きく息を吸ってから言う。

「でも、日本は・・降伏したの」

「そんな!そんな!」宏は頭を激しく振る。日本が降伏したなんていたたまれない。戦争に行った全ての兵隊に対して申し訳ない。戦争で犠牲になった兵隊に申し訳が立たない。そして天皇陛下に対して・・・。「だめだ。だめだ。だめだ」

メアリーがそっと宏に「大丈夫?」と声をかける。彼はやっとの事で頷くものの何も言わない。

戦争がとうとう終わったのだ。安堵感を感じても良いのに、その感情は二人には全くない。ただ、降伏したという その事実にいたたまれずに恥の感情に圧倒されている。

日本が降伏してから二週間後、エランビーでダンスの会が催された。ジョン・スミスは友人である市長との様々な公式な仕事などで忙しくて町に行っているので、エランビーでは音楽を自由に流せるので賑やかだ。白人と結婚して保護区を離れていた黒人達も今日は戻って来ている。誰もが幸せそうだ。子供達もはしゃいで走り回っているし、今日はダンパーブレッドも兎のシチューも豊富に用意されている。ケヴィンは所在なさげな一人者の綺麗な女性に片っ端から話しかけている。

メアリーがこの場にいないことは誰も気づいていない。ありがたいことに彼女が裏庭を横切って宏のところに降りて行ったのを見た人もいない。みんながバンジョーの家族が宏を匿っていると知っているが、それでもメアリーが宏と一緒にいる時間があまりに長ければ、誰が何を言出だすかわからない。メアリーは誰がカウラの噂話の根源かは知っているので噂の的にはなりたくない。

昼間危険を冒して宏に会いに行くのは初めてではなかった。宏をあまり驚かせたくない。しかし、生活がガラリと変わる時に来ているので、メアリーは切羽詰まっているのだ。

メアリーが割合無頓着にトタン板をずらすと、宏が何事かと慌てた。メアリーが姿を表すと同時に宏は彼女に抱きついて来た。彼もまた彼女と同じくらい恐れていたのだ。上から色々な音が聞こえてくるが、それが何だかわからない。

「戦争に行っていた部隊がもうすぐ帰還するのよ。ここでも、町でもそれをお祝いしているの」それからメアリーは息を切らして宏に聞く。「私達、どうなるの?」泣きながら宏の胸にしがみつく。

宏は彼女をしっかりと抱き寄せるが、彼にも答はわからない。どんなに愛していても、今の彼は自分の愛する女性に何かを約束できる立場にいないのだ。今までにしてもらったこと以上にもう何かを彼女にしてくれとは頼めない。どんな運命がこの先あるのか、それを待つほか何もできないのだ。

『一九四五年九月一八日　カウラ出身者が放免される
レグ・ウエンハム　飛行機で戻る』

町ではまたお祝いだ。新聞がカウラ出身のレグ・ウエンハムが他の三十四人の戦争捕虜と共にローズ・ベイにもうすぐ到着するという記事を発表している。リバプール・ストリートのC・R・ベイリス夫人は、戦争初期にボルネオで捕虜になった夫のクライブ・ベイリス中尉が元気で生存していて、カウラに帰還するとの電報を受け取った。

バンジョーがジョアンと話をしている。「オーストラリア人の戦争捕虜に何が起きたか本当のことを聞けるのかな。ヒロシと同じように誰かが助けてくれたとかそういう話はあるかな」「わからないわ、バンジョー。戦争が終わってみんな帰還して来るわ。そろそろ決心しなくちゃいけないわね」

ジョアンは宏と会ってからというもの、裏庭に閉じ込めたままにしている彼のことが気になって、気の毒で仕方ない。できる限りのことはして、食事を与え、匿っては来たが、それでも長い月日を夜も昼も隠れていなくてはいけないのは、考えるだに気の毒だ。

「いや。まだだ。外に出しても大丈夫とわかってからじゃないといけない。彼も、俺達もだ」バンジョーが反対する。まだ誰も宏を匿うことになった経緯をきちんと整理していなかった。

「私達が罪を問われるって、あなた思っているのね」「ここでの生活自体が罪を受けているようなものなんじゃないか。でも、俺は自分達が正しいことをしたと思っているよ。あいつが脱走したってことは、あそこに居たくなかったからだろう。つまり収容所から外に出たかったんだよ」「わかってるわ、あなた。私達は正しいことをしたわ。でもあなたも知っているわよね、メアリーが恋をしてるって。最後には彼女が悲しい思いをするわね」

ジョアンが夫のそばに来て椅子から立ち上がるように促し、彼女の両腕を彼の首に回した。彼の目を覗き込みながらジョアンが夫に言う。「そう。あなたの言う通りね。これをどうやって終わらせるか、ちゃんと考えなくちゃいけないわ。彼と私達のために」

ジョアンは「メアリーのために」とはあえて言わない。でも彼女は母親だ。娘の様子をずっと見て来ている。宏が出て行く時には娘の胸に大きな穴が開くだろう。そしてそれは長いことそのまま癒えることがない大きな大きな穴となるだろう。

『戦争捕虜収容所の保持：商工会議所が地元の議会をサポート』

九月二十五日。カウラの商工会議所によって、町の外にある捕虜収容所を戦後どのように保持するかの議論が始まっているとのニュースを受けてウィリアムズ家でもそれぞれが意見を言っている。

これについては宏と自分の将来が関係しているので、メアリーも部外者でいる気になれず、また新聞を読み上げる。ジョアンはメアリーの様子をよく見るようにしている。明らかに恋煩いだからだ。あまり食べないし、いつもどこと無く上の空だ。

「『先週行われた商工会議所の会議で決議されたところによると、収容所の周辺の保持に全面的に市議会に協力するとのことである。カウラ市民には平和活動のために跡地が活用されるような提案を熟考されたい。すでに電気、上下水道などの最新設備を備えた病院が建てられている。回復期にある兵士達、農業に従事する若い世代の訓練のために理想的な収容施設となるものである』」

「だったらそこに住みたいもんだよ。ここよりも良さそうな所じゃないか」とシド。バンジョーも続く。「電気と上下水道。そういうのは目新しくていいだろうな」ケヴィンはそれほど穏やかではない。拳をテーブルに打ち付けるとこう叫んで出て行った。「何度言ったらわかるんだ？　あの収容所の連中は俺達よりいい暮らしをしているんだ。病院施設だと？　病院だと！公立の病院でだってまともな治療も俺達は受けられないっていうのに」バンジョーは立ち上がって、弟が踏切の方に向かったのを見て、誰もボクシングなどしていないと良いなと願う。今のケヴィンは一触即発だ。

「ちょっと散歩に出ないか」とバンジョーが男達を誘う。犬とグーサが騒いでいる。男達はタバコを巻きながらバンジョーに続いている。「キング・ビリーにヒロシの話をしなくちゃいかんな。今ならいいと思うんだが」そう言うとバンジョーが深くタバコの煙を吸い込んだ。シドが慌てる。「まだだよ。何て言ったらいいか、言い訳がないじゃないか。キング・ビリーはいざとなったら容赦ないぞ」スミス家に向かって歩いているのに気づいてシドがパニックする。

シドだけではない。フレッドはマージから何週間もあれこれ言われ続けている。おまけに今までにしでかした秘密を全て白状するように言われた。マージのお楽しみのためと、キング・ビリーや他の人に宏のことを言いつけに行かない代償としてだ。確かにマージはここのところ全く噂話をしない。それは関係ありそうな連中はもとより、夫のフレッドもマージ本人でさえも驚くほどのことだった。

バンジョーの作戦はこうだ。何度も考えて来ていたが、口に出すのは初めてだ。

「キング・ビリーに、ついさっきヒロシが隠れていたのを見つけた、って言うのさ。今朝見つけて捕まえておいた、って。ずっとヒロシがここにいたなんて、わざわざ言う必要はないだろ。そんなことを言ったら怒らせちまう。俺だってバカじゃないんだよ」

「わざわざキング・ビリーに言わなくちゃいけないことかな。あいつを町まで連れて行って帰る手伝いをしてやればいいじゃないか」とフレッドが言うと、シドも興奮して賛成する。「そうだよ、そうだよ。その方がよっぽどいいさ。そしたら俺達の責任じゃなくなるだろう。町まで連れて行って方角だけ教えてやって、あとは誰にも何にも言うなよ、って」

バンジョーは他の連中があまりにも物事が簡単に片付くと思っているのかを目の当たりにして顔をしかめた。

「俺は連中が彼を国に戻す最後の日まで、ここで面倒見てやったらいいと思うんだよ。一年以上も食べさせて、匿ってやって、すでにヒロシは俺達のコミュニティの一部になっているんだ。誰も彼を知らないとしてもな。じゃあ、彼を元のところに戻したとして、どこに住むんだ？ ヒロシのことを死んだと思っている仲間の兵隊の所か？ もしそこに戻りたかったとしたら、とっくに勝手に自分で帰っているだろ。そう思わないか？」「バンジョーの言うことはもっともだな。あいつが我慢してあそこにいた、ってことはいたかったからだろ。今更放り出すわけには行かないな。これだけ長く面倒を見て来たんだから、あとちょっとくらいやってやろうじゃないか」

三人の男達は五匹の犬を従えて左に曲がって歩き続ける。犬達はお互いの匂いを嗅いだり、そこらへんで転がったりしている。

「しかしだな、いつから俺達が白人にこうしろ、ああしろって言える立場になったんだ？ キング・ビリーに俺達をかばえって言ったところで素直に聞きはしないだろう。いやいや。きっと警察にいきなり突き出すだろうな」とシドが悲観的に頭を横に振る。フレッドも同感だ。「シドの言う通りだ。仲間達が話をわかってくれただけでもラッキーだったよな。意見が分かれたら、ほら、あっという間に踏切行きだよ」と急ごしらえのボクシング場の方を指差す。「バンジョー、どう思う？ キング・ビリーは反対するかな。結局のところ白人なんだからな、忘れちゃいけない。彼は俺達のボスなんだ」

シドがその場で立ち止まり、その足元に三匹の犬が座り込んで体を掻き始めた。そっと犬達を足で退かすと続ける。

「キング・ビリーが決める立場だろ。ああしろ、こうしろって言うのは彼なんだ。逆は無しだ。マネージャーの言う通りに俺達が従って全員が規則通りに暮らす、っていうことさ。勝手に戦争捕虜を匿っておいて、後から罪に問わないようしてくれって言ってもそりゃ通らないだろう」男達は既に何周か小屋の周りを回っている。さりげなくタバコを吸いながら運動しているように見せかけている。バンジョーの悪い方の脚が痛み始めた。

「もうちょっと待ってちゃいけない理由はないだろ?」とシドが言う。「どうして、って、あいつは故郷に帰らなくちゃいけないんだよ。一人ぼっちで長いこと悲しんで来たのさ。できるだけ早く出してやるのが俺達の役目だと思うんだ。それが今だと思うんだよ」バンジョーには迷いはない。自分の家に一緒に来るよう、二人を促す。「よし、着いて来いよ。ちゃんと話し合って、ボロが出ないようにしておこう」

第18章

バンジョーがドアをノックする間、シドとフレッドは後ろで控えている。今日はバンジョーに全て任せることになっている。バンジョーは平静で理性的でいることが自分達にとっても宏にとっても肝心だと考えている。特に宏の監禁生活からの解放が大騒ぎにならないようにしたい。いずれにせよ、どれほど愛想良くしたところでキング・ビリーにまやかしは通用しない。

ジョン・スミスがドアを開けたが、まだ寝巻き姿だった。「おっと、いけない」シドがこぼす。早すぎたか。朝のスミスは機嫌が余計悪いかもしれない。

「何事だ？バンジョー」キング・ビリーがぶっきらぼうに聞く。それからシドとフレッドに視線を移し「やあ」と反応する。「お話したいことがあるんです」バンジョーが慎重に切り出す。なるべく大げさな話にしたくない。「今度は誰が何をやらかしたんだ？」いつもキング・ビリーはこうだ。誰かが問題を起こしたか、何かが起きそうだと思っている聞き方だ。バンジョーが落ち着かない様子でちょっと笑って答える。「誰も何もしていませんが、スミスさんに関係のありそうなものを見つけたのでお知らせにと思って。スミスさんが有名になるような話なんです」スミスの自尊心がくすぐられたようだ。彼の気分が少しだけ和らいだ。「そうか。それじゃあ中に入ってもらうとするかな」

彼らがスミスの家の中に入るのは初めてだ。メアリーはスミス家の台所でいつもの家事をしたり皿を洗ったりしていた。父親の計画については全く知らされていなかったし、彼らがここに来るのも知らなかった。男達はどんな話に進もうと、牢獄行きだけは逃れたいと思っている。

「さて、聞こうじゃないか。何を見つけたんだ？　どんな話を持って来たんだ？」キング・ビリーは額に落ちかかって来ていた髪を禿げ始めている頭に左から右へと撫でつけた。もし自分が有名になることができたら、エランビーから抜け出すチャンスだということをキング・ビリーもわかっている。

「何がどうなると俺が有名になるんだ？」

バンジョーが自信を持った様子で話し始める。「去年の収容所の脱走事件はご存知ですね。日本兵がフェンスを乗り越えて逃げ出した事件のことですが。あちこちに何人もが逃げ出して病院やら農場やらで目撃されましたよね。ウィアー夫人がお茶とスコーンで脱走兵を接待した話は、俺達も聞きました。スミスさんも聞いていらっしゃるでしょう」

スミスは頷くが、訝しげに目を細める。

「二百三十一人の日本兵が死んで、逃げた連中も数日中に捕まったということでした。小屋を燃やしてしまったんで、テント生活になっていたって」バンジョーはスミスに中断されないようにどんどん話し続ける。でも、頭の半分くらいではジョアンのことを考えていて、もし監獄生活になったらジョアンが子供と残されてどうなるだろうと心配になって来る。ケヴィンが自分の代わりに家族の面倒をみるという理由で引っ越して来たらどうしよう。バンジョーは汗をかきはじめた。

穏やかに上手に話すつもりが必死になって来てしまい、スミスが長い話にイライラして来たのもわかる。シドとフレッドはバンジョーが話すのを見ていたが、バンジョーがパニックを起こして来たのを見て計画外の助け舟を出すことにした。シドが「ジャップがここにいるんです」と会話に飛び込んだ。

スミスが激昂して立ち上がる。「何だと？どこに？エランビーにかっ？」そしてライフルを探し始めた。エランビーの誰もがスミスがライフルを持っているとは知っていたが、誰も見たことはない。「黄色い畜生はどこにいるんだ？」

あまりに大きな声だったので、メアリーにも聞こえてしまった。メアリーは台所で聞き耳を立てる。声は聞こえるがみんなの様子は見えない。シドが「そうです。ここに」と地面を指差す。

「兵隊です。あの夜かいつか脱走したに違いないけど。俺達はわからないんです。だけどそいつはここにいるんです」シドは思い切って言ってしまったことに安心してまた繰り返す。「そいつはここにいるんです。俺達、見つけたんです」キング・ビリーの顔は、怒りで今にも爆発しそうだった。バンジョーが素早く対処する。「実際のところ、彼が俺達を見つけたんです。ジョン」バンジョーは気を取り直して元の計画に戻り、シドとフレッドに向かって頷いた。

「走って来たに違いないです。他の連中は違う方向に行ったのかもしれない。そして・・」バンジョーはここで間を置いて、次に言うことが効果的に聞こえるようにする。「そして何だ？」「ずっと隠れていたらしいんです。今朝うちの外便所で見つけたんですが、もちろんかなり消耗しているようで。まあ生きているんで、それは良かったかと」「生きていて良かった、って、お前気でも違ったか？ジャップが生きていてどこがいいんだ？」

三人の黒人達はスミスの剣幕に恐れをなした。ショットガンを引っ張り出して宏を射殺したらどうしようと心配になった。メアリーは震え出した。「いえね。生きているんでいいんですよ。エランビーのマネージャーのスミスさんがやつを発見した、ってことになったら、スミスさんが戦後の和平にひと肌脱いでるとガーディアンが記事にしたがるんじゃないかと思って」それを聞いてジョン・スミスがもう一度座ってから続けるようにとバンジョーを促す。

「今は和平の時だから、スミスさんがこの町で平和への第一歩を示したら、みんなの手本になるんじゃないかと」バンジョーはキング・ビリーの表情の猛々しさが和らいで来たのに気づく。バンジョーの計画が軌道に乗って来た。「スミスさんが声明を発表なすったらどうでしょうね。我々は日本兵を無事に国に返してやる義務がある。戦争が終わった今、日本兵はもう囚人じゃない。日本人が俺達の捕虜にしたようなひどいことはせずに、元気で怪我ひとつ無く国に返してやったら、連合国は日本よりも優っているという証明にもなる」シドとフレッドがそれを聞いて大きく頷く。

スミスはバンジョーのことを疑わしげに目を細めて見ている。そんなにうまくことが運ぶものか、と。しかし、スミスはバンジョーに黙れとは言っていない。

「平和への道が今日始まらなければいけない、といった声明を発表するのにこの脱走兵を助けるのが手本になる、って使うわけですよ。いわばスミスさんがリーダーになって。真のリーダーとしてね」メアリーは壁に耳を押し付けて盗み聞きしている。父親が宏について話している言い方が気に入らない。まるで宏が感情のある人間ではないかのような扱いだ。ニューギニア戦線でトラウマになるような経験をし、捕虜収容所に入れられて、それから更に一年以上の長い間を地下の穴蔵で過ごさなければならなかった宏なのに。

彼女も声を挙げたい。でもそれはできない。彼女はただ静かに立っているだけだ。スミス夫人が赤十字の会合から早く帰ってくることのないようにと祈るばかりだ。バンジョーはシドとフレッドに向かって顔をしかめて合図を送る。「シドニーの新聞、『テレグラフ』紙も記事にしたがると思いますよ。きっと写真も撮るでしょうね」フレッドがバンジョーの援護をする。

「多分な」とスミスが段々と機嫌を直して来た様子で、まんざらでもなさそうに体を揺する。バンジョーが頭を働かせているのと同じにスミスも色々思いを巡らせている。どうやらこの話が自分に都合良く回りそうだと思い始めているようだ。「他にどんな考えがあるんだ？警察にとっとと突き出す以外のことでな。本来ならそうするのが真っ当なことなんだからな。知っての通り俺は市長とも友達だし議会の知り合いも沢山いるからな、何といっても善良な市民だし。しかしだな。バンジョー、言っておくがな、何だか少し嘘臭い気がするんだ。もしお前が俺に嘘なんぞついていたら福祉議会の出番だぞ」

バンジョーの額に玉の汗が浮かび、少し吐き気がして来た。全て計画した筋書きとはいえ、今までに面と向かってこれほどの嘘を誰かについたことは一度もなかった。「ちょっとした会をしたらどうでしょうね？　その逃げて来た奴、いや俺達の見つけた奴のために」とシドが興奮した様子で割り込んで来てマネージャーに向かって言う。スミスの心が動いたのが男達にも見て取れる。

「俺は善人だろ？見出しはこんな風になるだろうな。『ジョン・スミスがジャップに住まいを提供』いや、ダメだな。ジャップ好きだと思われるのは困る。それじゃ誰にも支持されない。俺は奴らが大嫌いだしな。町の連中もほとんどそうだからな」とスミスが頭を横に降りながら考える。シドが助け舟を出す。

「ではこんなのはどうでしょう。『ジョン・スミス、かつての敵に住まいを提供』」スミスはまだ気に入らない表情だ。

「または『保護区のマネージャー、平和への第一歩を自ら踏み出す』」「おお、それはいいかもな。うまいぞ」キング・ビリーの表情が和らぐ。

フレッドが笑顔になる。キング・ビリーを喜ばせるのが今まで彼らがして来たことを穏便に収束させる唯一の方法なのだ。三人は本当のところ気分が悪くなっている。自分達が監獄に放り込まれないようにする為に、また宏を捕虜収容所に戻さないようにする為に、この先自分達がつき続けなければいけない嘘に既に辟易している。

宏のことをよく知らずに始めたことだったが、彼を保護しようと決めた時点で、最後まで宏の生活を保護する責任が彼らに被さって来たということなのだ。

「メアリー!」スミスが叫んだ。

メアリーは聞き耳を立ててじっとしていた台所のドアの後ろで動けなくなっていた。いよいよ宏が公の場に連れて来られて日本に返されるのだという事実を目の当たりにして、体が凍りついたようだ。もう彼女の手でできることは何一つない。突然、自分ではコントロールできない状況になってしまったのだ。感情に押しつぶされてめまいがする。

「メアリー!」スミスがもう一度彼女を呼びつける。メアリーがすぐに出て来ないのでバンジョーに文句を言う。

「お前の娘はもうちょっと躾が必要だな」

バンジョーはこの計画のことで頭がいっぱいで、自分の娘がこの家で働いているということすら全く忘れていた。

「メアリー!」もう一度呼ばれて少女がやって来た。「一番いいシャツとスーツを用意してくれ。写真用にな」「はい。旦那様」メアリーは父親と男達の方を見ないようにして返事をする。頭は素早く回転していて、心は千々に乱れている。涙が溢れそうだ。顔が真っ赤で気分が悪い。

バンジョーはスミスの自分の娘への話し方が気に入らない。でも、一芝居打ったので疲れ切っていて、マネージャーにあれこれ言う気には到底なれない。そもそも何を言えると言うのだ？　シドの言う通りだ。黒人が白人に何をどうしろと言える筋はないのだ。スミスが立ち上がる。「それじゃあ、そのジャップは今どこにいるんだ？ちゃんと繋いであるのか？その黄色い畜生に会わなくちゃいかんな。名前を聞き出さないといかんな。言葉はどうなんだ？」

「防空壕に閉じ込めてあります。名前は聞きました。それから俺達がダンパーブレッドをやったらサンキュー、って言っていました」

「そうか。そこでいいな」スミスが段取りを考え始めている。

「囚人を置いておくにはそこでいい。写真を撮られる時にはあまり具合が悪そうじゃいかんな。お前達も知っての通り、俺は気前がいいから、ほどほどの身なりにしてやろう。ジャップみたいに俺達は残酷じゃないしな。ここには来させたくないけど、かみさんに何か食べる物を作らせよう。お前のとこの娘に持って行かせるよ。もちろんここの仕事が終わってからだけどな」

スミスが宏の為に食べ物を用意させるということは、とてもおかしなことだと誰もが思ったが、何も言わないでおく。これで、宏の暮らしは少し良くなるし、自分達の安全もある程度確保できた。スミスも今の所こちら側についている。スミスの気がいつ変わらないとも知れない。そうなったらその時は仕方ない、と覚悟を決める。

子供達が床に就き、ほとんどの隣人達が家に落ち着いた頃を見計らって、バンジョー、ジョアン、メアリーの三人が小さな儀式をして、宏を社会へと連れ戻した。

メアリーが宏を隠れ家に迎えに行った。

「あなたを外に出してあげることになったわ」メアリーの声には不安がにじみ出ている。「どういうこと？」「今夜、あなたを外に出してあげることになったの。お父さんがマネージャーに話をして、そろそろ出ても良いということになったの。そして・・」メアリーはそこまで言うと泣き出して宏の胸に飛び込んだ。「あなたには行かないでほしい。ここにいるのは気の毒だと思う。でもいなくなって欲しくないの」宏にも聞こえそうなほどメアリーの心臓は早く、強く打っている。

宏は解放の時を何ヶ月も待ち続けていた。今、とうとうその時がやって来た。神経が逆立つようなピリピリした感覚だ。この先の数日、数週間をどうやって乗り切ったら良いのかまだ準備ができていない。自由になった時の自分の五感がどう反応するのだろうということくらいしか想像できない。長いこと、囲われた場所でくぐもった音を聞いて来たので、収容所で朝、外に出ては聞いていたような、コッカトゥやワライカワセミなど鳥の声を遮るものなしで聞いてみたい。

夜、フクロウが吠えるような声で鳴くと、みんなで女性の叫びみたいに聞こえて嫌だと文句を言い合ったものだった。それも今の宏の耳には音楽のように聞こえるだろう。地上からのくぐもった音、自分の呼吸音、そしてメアリーの声だけを聞いて長いこと暮らしていたので、精神的にとても辛かった。あと一歩で発狂しそうだった。

メアリーが涙を拭いて彼の手を引いて梯子へと導く。「さあ」

宏は一段一段気をつけて緊張しながら登って行く。これを登って行ったら、もう戻ることはない。最後なのだ。

メアリーが真っ暗な穴蔵から出る。宏も続く。宏が外にゆっくり出て来る。空一面に星が出ている。明日は晴れるだろう。太陽と青い空。長いこと切望していた風景だ。日の出も日の入りも見たい。風を肌で感じたい。暑くたって構わない。ずっと我慢しなければならなかった自分の体臭から自由になって新鮮な空気を吸いたい。暗いので、最近の雨で育っている青々とした芝生の緑は見えない、でもその香りを宏は感じることができる。春の甘い香りがする。彼は深く息を吸い込んで、自由の味を味わう。自由とは星を眺めること、地面のかぐわしい香りを嗅ぐこと、自然の声を聞き、そして愛する女性に触れることなのだ。

その人はここにいる。両親の前でどのように振る舞って良いのか気になり、意識している。もう、どんなに宏に抱きつきたくても、それはできない。

とても奇妙な瞬間だった。誰もどう振る舞って良いのやらわからない。宏もどう反応して良いのか戸惑う。自宅に戻った時もこんな居心地の悪さが自分を出迎えるのだろうか、と心配になる。

看護婦のような口調でジョアンが「これが清潔な服ですよ」ときちんと畳まれたシャツ、パンツ、靴と靴下を渡して「あそこでお湯を使ったらいいわ」と外のタライを指差した。バンジョーが目隠しの為に周りに布を巡らしておいた。「私達はあそこに住んでいるの。準備ができたら一緒に何か食べましょう」

随分長い時間が経ってから宏が入り口の所にやって来た。静かにノックをし、誰かが応対するまで待っている。

子供達は寝ているので、メアリーがそっと台所に宏を案内した。一緒に座って紅茶を飲み、それからダンパーブレッドと糖蜜を食べた。

宏とメアリーはお互いを見るのを避けている。宏は自分を救ってくれた家族の娘さんと恋に落ちてしまったことを申し訳なく思っているし、メアリーは両親がどういう態度に出るつもりなのかがわからなくて怖いのだ。

「さて、メアリーは寝る時間だよ」とバンジョーが言う。

フレッドとシドにも彼らの妻達にも宏を連れ出すことは伝えていなかった。一度に色々起きると宏の負担になると思ってのことだ。また、宏を閉じ込めておこうと話し合っていたので、今夜のことは彼らには黙っている。

「明日は大変な日になるな。ヒロシは新聞のインタビューに答えなくてはいけない。どういう受け答えをしたら良いかを良く話しておくよ」メアリーは頷く前にちょっと時間を稼ぐ。まだそばを離れたくないのだ。宏が顔をあげて二人の目が合った。彼女の顔に大きな笑顔が浮かぶ。

ジョアンはそんな二人の間のきらめきを捉え、これからのことが娘にとって辛いだろうと感じる。ジョアンはメアリーと一緒に立ち上がる。

母娘が部屋を出て行く時に、メアリーがもう一度振り向いて、小さく手を振った。心が乱れる。でも、好きな人が今日は表側の部屋で寝ることになっているのが嬉しい。その代わり、メアリーはジェームスや妹達とすし詰めだ。

宏はバンジョーがスミス氏について話すのを注意深く聞いている。三人の男達が作りあげた話、それから新聞記者から聞かれるであろう質問に到るまで。「答は短くした方がいい。わかるかい?」「はい。わかります」「英語がとても上手なんだね」「大学に行って英語を勉強しました。それからメアリーがとても力になってくれました」

翌朝メアリーは目が醒めるとまだ目が開ききらないうちにベッドから飛び出した。これから起こることを考えて興奮している。準備したお祝いのこと、新聞記者が宏に話を聞きに来る事など考えただけでドキドキする。ケヴィン叔父さんを始め、日本人を嫌う人は多いけれど、誰もがどうか感じよく接してくれますように、とメアリーは祈る。

しかし、ベランダに出て行った時に目にした光景はメアリーの想像以上のものだった。彼女の愛する人と父親が一緒に座ってタバコを吹かし、紅茶を飲んでいる。宏がタバコを吸うとは知らなかったが、宏と父親とが一緒にすることがあって良かったと思えば構わない。良い兆候だ。彼女は仕事に出かける用意をする。

バンジョーが八月の寒い朝、初めて宏を見つけた場所のすぐそばに、今はバンジョーと宏が座っている。あの朝は茶色い牛追いの犬に嗅ぎつけられたのだった。その犬、KBは今朝は少しだけ見慣れない訪問者を警戒しているものの、静かにバンジョーの側に座っている。

ウィリアムズ家の子供達が一人一人出て来ては宏に自己紹介をする。宏が立ち上がってお辞儀をする。女の子達はお辞儀を返すと、それが面白いのかクスクス笑いながらジョアンのいる台所に戻っていく。ジェームスはいつも通り父親の膝に上がるが、数分もしないうちに宏の膝に移る。ケヴィン叔父さんが来ている時と全く変わらない。幼い彼はたった一つのことにしか気づかない。いつもよりも男の人が一人多い。まあ、それは女性がいる場所では良くあることだった。

メアリーは外出するためにベランダを通る。緊張している。「おはよう。もうスミスさんの家に行くわね」と父親に声をかけた。宏のことは半分しか見ていないが何とか声をかける。「あとで会いましょうね」

いつもと違った振る舞いをしている自分に父親が気づくだろうと思うと緊張する。最悪、明るい光の中にいる宏は彼女のことが変だと思うかもしれない・・。そんなことに構っている時間はない。既にもう遅刻なのだ。小屋を出る時に躓いてしまい、恥ずかしくて真っ赤になりながらスミス家へと急ぐ。

ジョン・スミスは今朝は珍しいほどの上機嫌だ。遅刻したメアリーを大声で咎めることもしない。話しかけもしないが。

メアリーはまっすぐに台所に向かい、カーマイケルとキャサリンの朝食の支度をする。スミスがラウンジルームからずっと口笛を吹きながらやってくるのが聞こえた。「新聞に俺が出るぞ。一面記事になるかもしれないな」とスミスが子供達に向かって大声で怒鳴った。台所に戻って来ながら「人道主義者、ってことで有名になるぞ。意味はわかるか?」

どちらの子も反応しない。朝から父親がこんなに上機嫌で朝食の最中に話しかけてくるのに慣れていないのだ。

「つまりな、良いことをしてる、ってことだ」一人で頷くと更に続ける。「そうなんだぞ!俺はあのジャップをただ単に軍に突き出すことだってできたんだ。でも、食べ物をやって服もやってお別れ会もしてやるんだ。俺が善人だからなんだぞ」

スミスらしくないことだが、彼は妻をキュッと抱きしめて上機嫌で言う。「いい記事になったらもしかしたらここを出られるかもしれん。お前がもっと大きな町に行きたがっているのを知ってるぞ。バーサストとかな」

「キング・ビリーは絶好調だな」

バンジョーがフレッドとシドと話している。フレッドはスミスの方を見やると顔をしかめた。スミスが宏の肩に手を回している。

「本当にスミスがジャップ嫌いだとしたら、随分うまく隠しているじゃないか。まるで親友同士みたいに見えるぜ」

「ヒロシはキング・ビリーから離れようとしているんじゃないのか。でも、彼は彼の役目を果たしてるな。なかなかの役者だ。新聞記者も喜んでる」

スミスはカウラから和平への道が始まると熱弁を奮っている。宏を健康な状態で送り出すことができて喜ばしい、と。そして続ける。「彼はあちこちの穴蔵に隠れて過ごしていたので、ほんの数日前までここにいることさえ私たちは知らなかったのですが」

「バンジョー、全くもって天才的計画だったな。天才だ！」フレッドが感心する。バンジョーは満足げにタバコを取り出す。「実際のところ、今回もすっかりしてやったな」

メアリーがスミス家から出て来て、父親の隣に黙って寄り添った。保護区の子供達もみんな出て来ていて、宏が自分達と違う風貌なのに驚いている。誰かがサムライ！と声をかける。

「待った！」宏が答えるとジョン・スミスから離れて行く。大人は目で後を追い、子供達はぞろぞろ宏の後を着いて行く。一人が何を探しているの、と聞くと宏が答える。「棒だよ。刀にするんだ」あっという間に子供達は元より、ほとんどの十代の連中も夢中になって棒や枝を拾っては宏に見せる。彼の気にいる物を探しているのだ。程なくして宏は一本を選ぶと細い枝や葉っぱを落としてスムースな一本の棒に仕立て上げた。宏が地面に座ると、子供達も周りに座った。新聞記者も追いついた。スミスもやって来たが、注目の的が自分から宏に移ったのが気に食わない。

「古代の昔、日本では、武士の中から指導者が選ばれた」誰もが宏の英語の上手さに驚いた。誰かが長い葦を持って来て宏に渡した。宏はそれを使って短い枝を長い棒にくくりつけて柄とした。

「そして、選ばれると天皇陛下から刀を頂戴したものだった」

誰も一言も発しない。この異国の男が発している言葉の巧みさ、そして物語そのものに催眠術をかけられたかのようだった。

「現代でも正義と平和の象徴として兵士達は刀を携えるのです」そう言うと宏は立ち上がってスミスにその棒を差し出した。「これを平和の象徴としてあなたに差し上げます」

マネージャーは自尊心を満足させられて天にも昇る心地だ。誰もがそれに気づいたが、気にかける者はいない。スミスがご機嫌だったらみんなが楽しい一日を送ることができるのだ。ウィリアムズの男達の奏でる音楽も楽しげに始まっている。

「ハリーもとても才能があるわね」ジョアンがケヴィンの従兄弟が楽器を演奏しているのを見ながら誇らしげに言う。マージも負けていない。ムーライ家の男と一緒になったのが自慢だ。「全員才能があるのよ。伯父さんのムーライ大将から来た血筋だわね」

バンジョーが自分の楽器を取り出した。宏に頼まれて、バンジョーは楽器を手渡した。マージが「どうして日本兵がバンジョーなんか弾けるの？あの人、本当は日本から来たんじゃないでしょ」と驚く。宏がその六弦の楽器を鳴らし始めると、あたりが静まり返った。日本の伝統的な歌を演奏しようとするが、三弦に慣れている彼には少し厄介だ。それでもメアリーを感心させるには十分だ。子供達も引き寄せられて、演奏に聞き入っている。小さな子が音楽に合わせて踊ろうとする。大人達がはやし立てる。

「どうやったの？」メアリーが愛する男性を誇りに思いながら聞いた。「故郷でね、同じような楽器を弾いていたんだ。三味線、っていって弦は三本しかないんだよ。こっちの方が簡単かもしれないね」

人々が徐々に集まって来て自己紹介を始める。宏は握手をしてからお辞儀をする。お辞儀の度に子供の誰かがそれを真似して、毎回大人の誰かがそれを嗜める。誰もが笑っている。幸福に包まれた一日だ。

宏は強い日差しが肌に突き刺さるのを感じている。自然の温かさがどんなだったか、ほとんど忘れていた。顔いっぱいの笑みで唇が横に広がっている。少し離れた後ろから彼を見守るメアリーの心は歌を歌っているかのように弾んでいる。これで良かったんだわ、と一人頷く。

もう宏は敵の一人じゃない。陰謀だの秘密だのもう関係ない。堂々と太陽の下にいる。彼女は宏がここの人達とうまくやって行けそうだと算段している。みんな彼のことが気に入ったようだし。もし、みんなが彼を気に入っているなら、ここに留まらせても良いかと頼みやすい。一緒に暮らせるだろう。

子供が宏を誘いに来た。「おじさん、ほら、こっち！」ブーメランを手にしている。

保護区の裏の広場に着いて行き、子供にブーメランの扱いを見せてもらっている。上手く行ったり行かなかったりだ。とうとう宏の番が来て、彼が投げてみるとちゃんとみんなのいる所に戻って来た。子供達が大きな声で囃し立てる。「彼は自然体なんだな。いいやつだと思うよ」とバンジョーが腕を娘に回した。「そうなのよ。お父さん。いい人なの」

第19章

　とうとう宏が去って行く日が来た。オーストラリアの軍用車でシドニーに行き、他のカウラ収容所からの兵隊達と一緒にそこから船に乗ることになった。

　ジョン・スミスはもうしばらく宏が町に居られるようにとその筋に掛け合うと約束していたが、誰と知り合いで誰と親しかろうが軍の鶴の一声で、元捕虜を軍の監視下以外で自由に滞在させることはできないと決定が下されていた。ジョン・スミスにとっても、インタビューや新聞記事やらの伝手を失うことになる。

　宏が点呼の際の人数確認から漏れていたことは誰かの責任だった訳で、捜査が入ることになっている。バンジョーはエランビーで宏が過ごしていた時期のことで調査をされることがないようにと祈っている。

　宏の最後の夜、ジョアンとバンジョーは娘と宏に家の前側の部屋の中では二人きりになってはいけないと伝えた。でもベランダだったら好きなだけ一緒にいて良いと許可をした。

　二人ともあまり言葉を口にしない。もう言葉にできることはあまりないのがわかっている。それぞれに駆け落ちのことも考えているが、ここから出たところでどこに落ち着けるというのだろう。メアリーはアボリジナル保護政策の下で生活しているし、白豪主義下での宏にまともな生活がオーストラリアでできるとは到底思えない。

　戦争に行ったし、捕虜生活も、隠れ家生活も経験した今、宏は逃げ隠れする生活はしたくない。堂々と、人の息子として、兄として、そして詩人として、夢にまで見た真っ当な暮らしがしたいのだ。例えメアリーがすぐ一緒に来られないとしても、できるだけ早く宏は彼女を迎えに来られるよう力を尽くすつもりでいる。

彼の家族がどうやって宏が生き延びることができて、どうしてアボリジナルの女の子と恋に落ちたかをわかってくれさえしたらすぐにでも。

陽があっという間に昇って来た。二人とも一睡もしていない。メアリーは暗闇がずっと続けば良いのにと願わずにいられない。太陽が昇りきったら別れの時が来る。既に心は悲しみに沈んでいる。台所で音がした。バンジョーが紅茶を淹れるので火を点けたのだろう。

バンジョーが大きく咳払いをし、自分が近くにいる事を二人に知らせる。メアリーは優等生だし、カトリックだから性的なことは心配ないだろうとはわかっている。母親も同じような年頃の時はそうだった。バンジョーは自分の可愛い娘に大人になって欲しくない。恋など知らないで欲しい。ましてや元捕虜だった日本兵で正に今日娘を置いて母国へ帰って、娘に初めての失恋の悲しみを経験させるような者とは恋などして欲しくない。

バンジョーが出て来る気配で、いつの間にか抱き合っていた宏とメアリーはまっすぐ座り直した。最後の時を一緒に過ごした恋人達のプライバシーはベランダに伝う朝顔が守ってくれていた。

「紅茶はどうだ?」とバンジョーがマグを二つ手に現れた。宏が立ち上がり「アリガトウ。ありがとうございます」と受け取り、一つを愛するメアリーに渡す。「お父さん、何時?」「六時半だよ」「お腹が空いていたら、スミスさんからいただいたスコーンが台所にあるよ」

メアリーは誰もが親切に手助けしてくれたことが信じられない。

バンジョーが楽器を取り出して『ワルチング・マチルダ』を歌い始める。宏も低い声で少し外れた音程で参加する。スミス夫人の詩集の中の歌詞を思い出しながら。子供達とジョアンが朝早くからの音楽に誘われてそっと出て来る。バンジョーが弾き終わると宏が身振りで楽器を借りる。六弦のバンジョーにも慣れたのか、伝統的な日本の曲を弾こうとする。誰もが一つ一つの音に聴き入る。

「お礼の歌です」楽器を奏でながら宏がメアリーを見つめる。メアリーは涙で何も見えなくなっている。頬にも涙が伝っている。両親がメアリーの脇に立って、両側から娘を抱きしめる。娘の傷ついた心をいつでも受け止めることができるように、と。

ジムがもう一人の収容所の兵隊と現れると音楽が止んだ。彼らが宏の案内人で、カウラから彼を連れ出す役目だ。そしてメアリーの人生からも宏を連れ出して行くのだ。

メアリーはその瞬間、そんな役目のジムを憎んだ。そして叫んでしまう。「ダメよ。彼はどこにも行かないわ！ここにいるのよ。この私と一緒にここにいるの。ヒロシ、あなたからも言ってよ。ここにいたい、って」

宏はメアリーの隣に立っている。間違ったことを言ってはいけない。してはいけない。メアリーを愛していて、一緒にいたいのは確かだが、故郷に帰らなければいけないのだ。家族に会わなければ。日本の家族の存在こそが自分が脱走した理由なのだから。宏の目にも涙が溢れている。メアリーが泣き崩れるのを見ていられない。

「自分は行かなくてはいけないのだよ、メアリー。でも・・」宏はジョアンを見つめ、それからバンジョーに眼差しを移す。

「メアリーを一緒に連れて行ってはいけませんか？　結婚したいのです」

「するわ！結婚するわ！あなたと一緒に行くわ！」

メアリーは宏がいきなり面と向かって両親にそう言ったのが信じられない。

「メアリー！」ジョアンとバンジョーが制する。ジョアンが娘を抱きしめて諭す。「可哀想な娘。あなたはヒロシと一緒には行けないのよ」「行けるわ！私も彼を愛してるもの。行くのよ！」と母親を押し退ける。

兵隊達がすっと歩み出て、宏の横に立ってメアリーに宣言する。「お嬢さん、あなたは行くことができないのですよ。日本兵はみんな一緒に船で帰還するのです」「そんなことはどうでもいいのよ。愛し合っているし、結婚するのだから！」とメアリーが宏にしがみつく。

バンジョーがメアリーの後ろに来て、彼女の両肩に手を置く。「スミスがお前とヒロシの結婚を許さないよ、メアリー。決してな」

メアリーが父親に向き直って激しく泣きながらも必死で言葉を絞り出す。「スミスさんにだって止められないわ。ヒロシを愛してる。ヒロシの国の生活も家族も文化のこともみんな私は知っているもの。愛している人と一緒にいることを誰にも邪魔させない」

メアリーの大騒ぎに弟と妹達も出て来てドアの所に立って一緒に泣き始めた。何が起きているかはわかっていない。

兵隊達が宏に、「もう行かなくてはいけません」と言って出口の方に促す。

メアリーは更に泣き叫び、宏にしがみつく。もう「だめ、だめ、だめ」としか言葉にならない。両親は彼女を宏から引き剥がさなくてはならないほどだ。もう、別れの言葉も告白も将来への約束も何もなくなった。宏がなぜ留まる、と戦ってくれないのかメアリーには理解できない。

でも、実際、他に選択肢は無いのだ。宏は生き延びることができただけでも幸運だったのだ。戦争を切り抜け、脱走し、エランビーで隠れることができて、幸運だった。彼はエランビーにいられたことに感謝している。生き延び、メアリーに出会い、彼女を愛したことに。でも、この恋物語の最後に彼に発言権はないだろう。彼は日本軍に属し、今やオーストラリア軍の保護監視下にある。いかにせよ勝ち目のない戦いになってしまう。

「どうか・・」宏は静かに言うとジョアンとバンジョーを見て、バンジョーに右手を差し出した。バンジョーはその手を握り返し、左手を宏の肩に置く。宏が「アリガトウ」と礼を言って深く頷く。それからメアリーに視線を移し、そっと近づく。目でジョアンに許しを乞い、ジョアンが穏やかに首を縦に振り、許可を与えた。

宏は優しくメアリーを抱きしめて彼女の耳に囁く。

「ワタシハ、アナタヲ　アイシテイマス、メアリー」「行かないで、行かないで、お願いだから行かないで」とメアリーが泣き叫ぶ。

宏が兵隊達に連れられて小屋を出て行くとメアリーは地面に崩れ落ちた。

メアリーは生気が抜けたようになっている。魂が体から出て行って、歩く元気も残されていない感じだ。気分が悪いし、頭も痛い。何日か食事もしていない。身の置き所がないほどの悲しみで寝室で臥せっている。ただただ泣くばかりで、バンジョーもジョアンもなす術がない。三日ほどしてスミス家の雑用に戻った時には、仕事を始める前に夫人がメアリーに同情して紅茶を一杯淹れてくれた。

どの棚の埃を払ってもどのシーツを洗濯しても、どこを見ても彼女には宏の笑顔しか見えなかった。戦争が終わったと告げた時に彼の目に浮かんだ希望の光・・。彼がメアリーに愛していると言ってくれた日のこと。

「ワタシハ、アナタヲ　アイシテイマス」とメアリーは何度も何度も独り言を言い続ける。

一九四六年三月。宏はカウラとヘイの収容所にいた日本兵元捕虜達と一緒にいる。バルメイン船籍の大海丸に乗船し、日本に戻るのだ。数人の顔に見覚えがある。タバコを一緒に吸って少しだけ話をしたが、収容所の話はしない。宏はエランビーのこともメアリーのことも黙っている。宏は予想外にも船酔いをしていた。

多くの兵隊が友人の遺灰や遺品を携行している。白い布に包まれた箱を抱えている者もいる。その中には前線で亡くなった兵隊の遺髪、遺爪が入っていることを宏は知っている。そのうちのどれかが親友の正雄の物ではないかと考える。正雄はアルフ・バークと言う男に射殺されたそうだ。他の数人と一緒に逃げていたのを捜索に出たバークに見つかったのだ。宏の心が悲鳴をあげる。

誰もが感情を抑えている感じだった。カウラ収容所の中国人が船に乗ったら日本人に襲われるのではという噂もあったが、実際のところ何もトラブルは起きていない。宏も他のほとんどの兵士と同様、故郷に帰ったらどんな様子になっているのか、また家族がどんな反応を示すのかが怖くて仕方ない。船の中を毎日何マイルも何マイルも歩いて、エランビーですっかり弱ってしまった脚の力を回復させようとしている。頭の中で何度もメアリーに詩を暗唱し、家に帰ったら両親に何と彼女のことを言おうかと計画を立てる。

夜、暗闇の中、たった一人になると彼は無防備に泣くのだった。戦争に行くよりも今から家族に会う方が怖いのだ。

ひと月ほどして東京の近くの浦賀湾に到着した。消毒の為のＤＤＴの霧を吹きかけられた。これはずっと思い描いていた帰国ではなかった。国に災いをもたらすウイルスか何かのように扱われた。その国を守る為に戦争に行って来たというのに。

桜の季節だったが、見渡す限りには桜が咲いている場所は全くない。景色は裸そのもので木々は傷んでいた。もう回復はしないのではないかという様子の木ばかりだった。焼夷弾が祖国をひどく焼き尽くしていた。しかし、遠くに見える山々には何らかの色が残されている。四国まで戻ったら何かが残っているかもしれないと宏は考える。

靖国神社で自分の名前の書かれた墓標を見つけ、宏は更に苦しんだ。彼は既にそこに祀られているのだ。宏の書いた手紙は家族に届いていない。それともそもそも赤十字は手紙を送らなかったのか。家にいきなり帰ったら家族はどれほど衝撃を受けるだろうか。

東京から故郷に向かう道中、宏は吐き気がずっとしている。家族が許してくれますようにと祈る。再会の喜びが恥の意識を上回りますように。立派に戦死したと思っていた息子がおめおめと帰宅したことで、父親の顔が失望で暗くなりませんように。

家に近づくと、宏は脱走の夜にかいたよりもひどく汗をかき始めた。脚がわなわなし、吐いてしまいたいほど気分が悪い。

エランビーで見つかった時と同じく、朝早くだった。家族は家にいるだろう。お茶を飲んでいる頃だろうか。玄関の戸をしっかりノックする。足を引きずる音が近づいて来る。戸が開けられた。そしてそこに母親が立っていた。覚えていた通りの美しい母だ。

「幽霊じゃないんだね」母親が金切り声をあげる。息子の体を頭の上から爪先まで何度も眺める。そして本物であることを確かめる為に宏の足を触る。彼女は本当に息子が生きて帰って来たとわかると膝を折って座り込んだ。そして喚いた。

父親が廊下を走って来る。妻を助け起こし、涙一粒を頬に伝わらせ、息子をかき抱いた。子供の頃以来のことだった。

終章

『一九六四年十一月十三日　日本大使　日本人墓地の式典に参加
五十人の領事館員、実業家が十一月二十二日にカウラを訪問予定　新しい日本人墓地の落成式に参加』

メアリーは記事の最初の一文を読むと同時に宏のことを思い出した。歳月を経て、彼はどんな容貌になっているだろうと思いを馳せる。彼と会ったらどんなだろうとは敢えて考えない。それは不可能なことだ。

カウラのロックラン・ストリートにある自宅の裏庭のポーチに座っている。最近生まれた孫娘を抱いている。紅茶が次第に冷めて行く。エランビーで生まれ育った暮らしと町の暮らしはとても違う。彼女は白人と結婚したからエランビーを出なくてはいけなかったのだ。

メアリーは今でも機会を見つけては新聞を読んでいる。そうしているとあの穴蔵で彼と過ごした時間を思い出すのだった。ずっと自分の心の中で愛し続けている男性と過ごした時間を。宏が去って行ってから一年以上というもの、メアリーは彼を恋い焦がれた。そして二度と彼が戻って来ないという事実をとうとう受け入れた後、レイモンドの求婚を承諾したのだった。レイモンドはスミス家に食料雑貨を届けに来ていた青年だ。スミス夫人は白人と一緒になって町に引っ越すのが得策よ、と背中を押してくれた。メアリーはメアリーなりにレイモンドを愛し、レイモンドは彼女にとても良くしてくれる。

彼女はすぐに妊娠し、女の子が生まれ、エミーと名付けた。そのエミーが生んだばかりの子供が今抱いている第一子のジェニーだ。

カウラではここのところ、退役軍人会が日本兵と抑留者の為の墓地を作ることにしたというニュースで持ちきりだ。地元民はみんなオーストラリア人がかつてあれほど憎んでいた日本人に対して寛大で寛容であることに驚きを隠せない。しかし、退役軍人会のメンバー達はオーストラリア軍人の墓の手入れをしているうちに、日本人の墓も同じように敬意を持って手入れをするべきだと考えるようになったのだった。

日本兵にだって自分達と同じように家族がいて、夢と希望を持ち、母国の為に勇気を持って戦った人間なのだ。ちょうど宏のように。

多くの退役軍人会メンバーが、パレスチナで同胞の墓がとても良く手入れされているのを見て来ていた。誰かが自分達の息子、兄弟、伯父、叔父達、父親の墓を丁寧に扱ってくれているということにどれほど慰められたことか。戦争で戦った男達にとってはそれが正しいことだと思えるのだった。

元戦争捕虜の家族が開会式にやって来るという記事を読んで、メアリーは宏が来ることを願った。しかし一方では来ない方が良いとも思う。来たとして何か良い事なんてあるのだろうか。

レイモンドがテーブルで新聞を読んでいる。「戦争での憎しみをいつまでも引きずっているのは意味がない事だよ。カウラがこういうことをするのはとても良いと思うな」

メアリーはレイモンドの正義を信じるところが好きだ。

あの時、兵隊達が去って行ったあと、誰もがメアリーと宏とのことを知るところとなった。でもレイモンドは気にしなかった。彼はメアリーと結婚したがった。例え彼女が去って行った兵隊に片思いをしていようと、彼はもういないし帰っても来ないと分かっていたのだ。メアリーももし宏と一緒になれなくても、誰かと結婚したらそのうちにその人の好きなところを見つけることができるだろうと思っていた。

十一月二十二日の朝、夜が明ける前にメアリーは起きていた。ほとんど寝ていない。病院で食事を出すサービスの補佐として働いているが、午後までは出勤しなくて良いのだ。開会式のことを聞いてすぐに歩いて行って遠くから見てみようと決めていた。式典にはオーストラリア政府関係者と軍の関係者しか招待されていないのは知っている。でも、行かずにはいられない。もし宏がそこに来ていたらどうしよう。

レイモンドが仕事に出た後、メアリーは一番良い服を身に付けて、現地に向かって歩き始めた。どんな思い出が溢れ出すことか、そして宏に会ったら自分がどんな行動に出てしまうかハラハラしながら歩いている。心では会いたいと願っているが、頭ではそう願っていない。

ドンカスター・ドライブにある墓地に着くと公用車がきていて、大きなカメラを携えたマスコミ、そして美しいドレスを纏った日本人女性がいた。宏はあのような女性と結婚したのだろうか。あの中のだれかが宏の妻なのだろうか。メアリーは少し下がってそこにいる人達の顔を順に確かめて忘れられない顔、宏の顔を探す。

墓地の中で宏は立ったまま滂沱の涙を流す。他の多くが命を落とした中、自分が助けられた町に戻ったことで感極まっている。脱走の夜を思い出す。音、照明、そして木が燃える匂いまで昨日のことのように思い出している。

エランビーで匿われていた時と同じ後悔の念に囚われる。宏は正雄の墓標を見つけ、戦争の悲劇から学んだことは何だったのだろうと考える。他の墓標をいくつも見ながら、脱走に心から賛成だった者はほとんどいなかったのに、いざとなったら、そうしてみんなあれほど無鉄砲に振る舞ったのだろうかと考える。

親切にしてくれたオーストラリア看守達になぜあれほどの迷惑をかけてしまったのだろうか。オーストラリアに捕虜として到着した時は弱り果て、傷つき、飢餓状態にあった。そこから回復したのは死ぬ為だったのか。

思い出すことで宏の心が痛んだ。しかし、ここに来たのには目的があるのだ。戦死した同胞、そして正雄に敬意を表す為だ。個人的な恨みなど無いということを彼を救ってくれた人々、そして国に対して示したい。カウラは自分を救い、生かしておいてくれた上に、より良い世界への希望を抱かせてくれたのだ。

宏はまたメアリーにも会えたらと思っている。よく晴れた青空と夏の陽射しの下、宏は墓地の向こうに立っている薄いブルーのドレスを着た女性に気づいた。褐色の肌と華奢な体型。彼がかつて触れた唇。宏は凍りついたように動けない。初めて彼がメアリーに愛していると伝えた時と同じ衝動が体に湧き上がる。

「彼女がいる」と思わず囁いてしまう。長い帰国の船旅の中、心の中で燃やし続けた炎が初めて自分がメアリーを愛していると気づいたその日と同じ激しさで、二十年の時を超えてまだ燃えている。

そして彼女は今、ここにいる。目の前に。彼女も自分を探しているのだ。誰に叱責される恐れも裁きもなく、彼と彼女が結婚できないという政府の政策もなく、思い切り抱き合えるのだ。「彼女がいる」ともう一度囁く。

厳かで正式な儀式の間、宏は幸福感で一杯だった。

初めて本当に息が吸えるようになった気がしている。人混みをかき分け、彼女に向かって進んで行く。メアリーから一瞬たりとも目を離さない。こちらを向いて気づいてくれないか。心がはやる。手に汗を握り、口がカラカラになる。「彼女がいる」宏は二十年も前に感じた幸運が今、自分と彼女の間に起きていると思う。ずっと愛して来た女性だ。

メアリーが振り向いた。まだ自分に気づいてくれない。彼女が誰と話しているかは見えない。墓地の門に着いた時、一人の男がメアリーの腰に手を回すのが見えた。

宏は立ち止まる。

「ここにいると思ったよ」宏には男がメアリーに優しく言うのが聞こえる。

「家に戻る時間だよ」

謝辞

歴史は一人だけのものではありません。カウラの人達の沢山の話が集まって、『鉄条網と桜』になったのだと思います。

初めに、私の母エルジーがエランビーで育った時の事を話してくれました。母の話に耳を傾け、学び、そして形を変えて語るという、一つの物語を紡ぐ旅路を共に歩むのは素晴らしいものでした。

カウラで私に知恵と知識を授けてくださり、調べ物に協力し、時間を割いて下書きを読んでくださった皆さん、この本はあなた達のものです。地元のクーリ（アボリジナルの人）である歴史学者、ローレンス・バンブレット博士、カウラ脱走委員会のローレンス・ライアンとグラハム・アプソープ、マーク・マクリーシュ、ノーマ・ウォレス伯母（ニュートン在）は皆さんこの小説ができるだけ完璧なものになるよう力を貸してくださいました。

私のティダ（女友達）のベアトリス・ムーライトとジャッキー・ビアーレ、朝早く一緒にカウラの舗装道路をリサーチの為に一緒に歩いてくれてありがとう。ヤギのビリーの丘をとぼとぼと一緒に登って、降りた間もずっと励ましの言葉を変えてくれて助かりました。

アン・ウェルドン（コー）は原稿を読んでくれたし、ヘーゼル・ウイリアムズ伯母さんはクロード・ウィリアムズと『怖い馬』の話をしてくれましたね。どうもありがとう。

カウラ図書館の親切なスタッフの方々、カウラの家族の歴史研究グループのボランティアの人達が何枚もマイクロフィルムを機械にかけてくださってことにも感謝します。

カウラ脱走事件に際しての日本人としての心の持ちよう、考え方を考察してくださった山田真美教授に知識とフィードバックをいただきました。お礼申し上げます。二〇一五年に東京で一緒にリサーチをしてくださったカイリー・ウォールブリッジにも感謝いたします。

また芭蕉の俳句を英訳してくださった、東京、武蔵野大学のドナ・ウィークス博士にも心からのお礼を申し上げたいと思います。

最初の原稿のほとんどはバルセロナのティダ（女友達）、ジュリー・ワークの元で書かせてもらいました。注意深く原稿を読んでもらっています。カールスとブルネル・カフェのスタッフにもカフェで私が執筆している間にとても良いタイミングで「燃料」を注ぎ続けてくれてありがとうと申し上げたいです。

『鉄条網と桜』のほとんどの編集をクィーンズランドの州立図書館でしました。クィーンズランド・ライターズ・センターのスタッフの皆さんも、文字通り頭を寄せ合って助けてくれてどうもありがとうございました。

ストレス解消の水泳ティダ（女友達）、エレン・ヴァン・ニーヴェンは水の中でバシャバシャやりながら私の泣き言を聞いてくれましたね。どうもありがとう。

そしてリサ・ヘイデク。何度も長い電話をかけて、書くこと、リサーチ、編集、企画やら他のことやらの落ち着かない気持ちを整理するのを助けてもらいました。

サイモン＆シュスター　オーストラリア社の一流編集チーム、編集のエリザベス・コーウエルとカイリー・メイソン。最良の形でこの本を出版してくれてどうもありがとう。

私が全幅の信頼を置くエージェントのタラ・ウィンには何と言ってお礼を申し上げて良いかわかりません。

また、日本の読者にこの物語を届ける手助けをしてくれた翻訳者の岡紀子さんにも心からのお礼を伝えたいと思います。

そして、最後に読者の方々。この本があなた方の人生の旅路に何らかの意味をもたらしますよう願っています。今日、自分たちが誰であるかを知り、それを慈しむことは自分達が歩んで来た道を受け入れ、過去において一つの民族としてどのようだったかを受け入れる必要があると考えています。

アニタ・ヘイス

追記
日本語版の出版につきまして

この度、日本語版の『鉄条網と桜』の出版につきまして更にお礼を申し上げます。

2024年にカウラ脱走事件の80周年となります。その際、この日本語版を実現された岡紀子先生に感謝申し上げます。カウラの親友のひとりであり、長年カウラと日本のかけ橋として、そのニュアンスがこの翻訳によく現れていると思います。友人のドナ・ウィークス（武蔵野大学名誉教授）の役をお礼申し上げます。

お二人もカウラや日本、そして私自身との絆を持ち、この貴重なストーリーを通して更に友情を築くことができて心を込めて感謝申し上げたいと思います。

著者紹介

アニタ・ヘイス博士はノン・フィクションの作家で、歴史、女性に関する依頼原稿、詩、ソーシャル・コメンタリー、そして旅行記を書いている。

著述者の集まりには数多く呼ばれて参加している。また、海外での講演活動もこなし、オーストラリア固有の文学についても多く語っている。

先住民リテラシー財団の永久大使であり、ニューサウスウェールズ州中央のウィラジュリ族団体の誇り高きメンバーでもある。

選抜先住民国際センターの代弁者であり、ウロワ・アボリジナル・カレッジ UTS の大使も勤めている。またジュンブンナ先住民学びのハウスの准教授であり、現在は著述と講演、司会、エピック・グッド財団の運営、そして『創造的な破壊者』として活動している。

また、2012 年の人権賞、2013 年の年間最優秀オーストラリア人賞の最終選考に選ばれている。現在はブリスベーン在住。著者アニタ・ヘイスは現在、オーストラリアのブリスベン市にあるクイーンズランド大学コミュニケーション学部の教授で、最新長編小説は『Dirrayawadha』です。

アニタのウエブサイトは　www.anitaheiss.com

X／旧 twitter　@AnitaHeiss

Facebook　@AnitaHeissAuthor

読書会のために（質問集）

1）エランビーの生活は過酷なものでした。電気は通っていないし、食料は配給制でした。また、常に色々は制限が課され、生活全般において政府からの介入がありました。
政府がアボリジナルの人達にしていた社会保障制度などはどのようなものがあったでしょう。どうして戦争捕虜収容所の暮らしの方がエランビーよりも良いなどということが起きたのでしょうか。

2）バンジョー・ウイリアムズの下した、宏を匿うという決断はエランビーの隣人達、家族、親族に多大な犠牲を強いるものでした。それを正しい決断だったと思いますか？
また、その道を選んだバンジョーの倫理観とはどんなものだったでしょう。

3）もしあなたが宏の立場にいたとしたら、どのように振る舞いましたか？
収容所に留まりましたか？それとも蜂起に加わりましたか？
留まったとしたらそれは恥になりますか？
あなたは逃亡生活を送って、生き延びることができるでしょうか？

4）スミス夫妻についてどう思いましたか？

スミス氏はエランビーのマネージャーだったがために制限のある行動をしていたと思いますか。それとも、もっとエランビーの家族を助けることができたと思いますか。

政府がマネージャーとしてスミス氏に期待していた節度を守りながらも、もう少しでもエランビーでの体制を厳しくないレベルに変えることはできたと思いますか？

5）町の人達のイタリア人捕虜と日本人捕虜に対する接し方は全く違いました。イタリア人は収容所の外で仕事をし、町に溶け込むような暮らしでした。

日本人の方が差別をされていたと思いますか？

現在でもこのような文化的背景による違いが、多くの社会であると考えますか。

6）オーストラリアの市民権を与えられない立場でありながらも、第一次、第二次世界大戦、その他の戦争で先住民兵士達は戦いました。

彼らがどうしてそういった道を選んだのか、理解できますか？　なぜ参戦したのか、または参戦しなかったのか？

戦後、帰還兵達は白人帰還兵と同等に扱われたでしょうか？

彼らはどのような犠牲をオーストラリアに対して払ったのでしょうか？

7）あなたはニュー・サウス・ウェールズ州の田舎町、カウラに行ったことがありますか？あなたの経験したことはどのようなことでしたか？

8）一九四〇年代にアボリジナルの人達が獲得したのはどのような権利でしたか？
現在、オーストラリア人は全て公平な扱いを受けていると思いますか？

9）メアリーはわずか十七歳で宏と恋に落ちました。あなたは十代の時に恋をしていましたか？
その後、その恋はどうなりましたか？

10）メアリーがレイモンドと結婚して、本当に幸せだったと思いますか？
幸せだと思うのはなぜですか？
幸せでなかったと思うのはなぜですか？

訳者あとがき

カウラの夜は暗い。文字通り、星は手が届きそうなほど輝き、晴れていれば毎晩天の川が見えますが、新月の夜には東京のいつまでも眠らない薄紫色の夜空からは想像がつかないほどの本物の暗闇があります。

一九四四年一九四四カウラ脱走事件の起きた夜は新月。南半球は真冬。どれほど暗く寒い中での不安な脱走事件だったことかと胸が痛みます。

捕虜たちの間で脱走するかどうかの投票が行われたのは、実際に宿舎に火を放つほんの半日前のことだったと聞いています。日本軍には捕虜というものは存在しない、お国のために死んで来い、と叩き込まれていた為、多くの捕虜たちが本音を隠して「脱走賛成」に票を投じたそうです。「本当はやりたくなかった。でもマルを描くしかなかった」と元捕虜のお一人が生前にインタビューに応えてくださった言葉が十五年経った今でも忘れられません。

私がカウラに初めて行ったのは交換留学生だった一九七八年のことです。小説の背景になっているカウラの脱走事件の三十四年後。「戦争で敵対した日豪関係を修復するために」と一九七〇年にA・J・オリバー氏をはじめとするカウラの退役軍人のグループが発起人となり、成蹊高等学校を訪れ、当時の校長だった栗原美能留氏とカウラ高校との間で始めた留学プログラムの九年目、十番目の留学生でした。

それ以来カウラは十六歳から十七歳の十ヶ月を過ごした私にとって特別な場所、第二の故郷となりました。

『桜と鉄条網』を訳していると、ところどころ出てくる道や川の名前、地名には覚えがあるものもあります。ああ、あの急な坂道ね、などと自分の知っているカウラの情景が浮かび懐かしくも楽しい作業でした。

物語の冒頭、暗く寒い夜、脱走した宏は走り続けます。火が放たれた収容所を背にひたすら走る。エランビーの場所は私にはよくわかりませんが、川の向こうだとしたらかなり距離があったはずです。

そうしてやっとたどり着いた場所はアボリジナル保護区、エランビーで、そこに住むメアリーは十七歳。逃げ込んできた脱走兵の宏とのぎこちない会話から、大きな意味での日本とオーストラリアとの和解が始まったと私は捉えています。

収容所から脱走してきた宏を匿うかどうかを数人で話し合う場面で、メアリーの父親のバンジョーが言う「この日本兵にだって、兄弟がいるかもしれん。俺たちの兄弟だったらどうする?」この一言が思いやりに満ちていて美しい。

日本とカウラ市との交流は今でも続いています。一九七九年には中島健氏が監修して作り上げた日本庭園がカウラにオープンしました。二〇二四年八月四日・五日の両日にはカウラで脱走事件八十周年の記念式典が行われます。私もその場に立って、ホストファミリーのお姉さんたち、留学生仲間、お世話になった委員会の人たちと一緒に、戦争で犠牲になった全ての方々、カウラで命を落とした日本兵、事件で亡くなったオーストラリア兵の鎮魂の祈りに参加したいと思っています。

この素晴らしい物語の翻訳の機会を与えてくれた著者のアニタ・ヘイスさん、日本語訳にあたって貴重な助言をくれたドナ・ウィークスさん、カウラでお世話になったホストファミリー、友達、留学生委員会の方達、そしていつでも世界で一番の味方でいてくれる夫の岡正明に感謝の気持ちを捧げたいと思います。

二〇二四年四月　新緑の東京にて　　Peace, Goodwill and Friendship 岡　紀子

著作権

初版は2016年にオーサイモン&シュスター
この電子本は2024年にリガチュア有限会社によって発行
PO Box 294　バルメイン　ニューサウスウェールズ州　2041　オーストラリア
www.ligatu.re・mail@ligatu.re
Print ISBN　978-1-922749-89-5
E-book ISBN　978-1-922749-90-1

www.ingramcontent.com/pod-product-compliance
Lightning Source LLC
Chambersburg PA
CBHW061534210726
48287CB00006B/1953
* 9 7 8 1 9 2 2 7 4 9 8 9 5 *